KB164626

박상우 장편소설

운명게임

1

박상우
장편소설

운명게임

1

인생이 나의 것이 아니라는 진실에 대하여

해냄

이것은 나의 것이 아니다.
이것은 내가 아니다.
이것은 나의 자아가 아니다.

—샤카무니(Sākyamuni)

차례

1

새벽 2시 15분.

원룸의 천장으로부터 눈부신 원통형의 광선이 밀려 내려온다. 빛은 외부로부터 밀려들지만 광원은 보이지 않는다. 천장의 콘크리트 구조물을 거침없이 관통해 내려오는 그것의 직경은 2미터 정도로 방 한가운데 이부자리를 펴고 자고 있는 인물에 원통형 광선의 중심이 맞춰져 있다. 하지만 빛의 중심에 놓인 육체는 주검처럼 미동도 하지 않는다.

주변의 어둠을 절단한 듯 완벽한 빛기둥 속으로 다시 가늘고 긴 백광의 금속성 물체가 밀려 내려온다. 예리한 탐침봉 같은 그것이 잠을 자고 있는 인물의 심장 부근에 멈추자 끝부분에서 실처럼 가느다란 바늘이 밀려나와 몸속으로 그대로 삽입된다. 거의 동시에 심장 부위로부터 끊임없이 변화하는 미세한 색상이 바늘을 타고 위로 상승한다. 붉은 기운으로부터 점차 푸른 기운으로 변하던 그것은 이윽고 백광의 상태가 되어 바늘과 함께 원통형의 빛기둥에서 사라져버린다.

곧이어 원통형의 빛기둥 속으로 은쟁반 형상의 금속 물체가 회전하며 내려온다. 잠자는 육체의 30센티미터 정도까지 내려왔다가 다시 30센티미터 정도 위로 올라가 멈추더니, 다시 30센티미터 정도 내려왔다가 일순 정지한다. 회전 속도가 갑자기 빨라져 금속 물체의 형상이 보이지 않을 정도가 된다.

그 순간, 방 한가운데 주검처럼 누워 있던 인물이 갑자기 눈을 뜬다. 거의 동시에 빛기둥이 소멸한다. 눈을 뜬 게 먼저인지 빛 기운이 소멸된 게 먼저인지 선후를 분간하기 어렵지만 어둠 속에서 눈을 뜬 인물은 천장을 잠시 올려다보다가 다시 눈을 감는다.

이보리가 방 한가운데 앉아 있다. 눈을 감고 결가부좌 자세를 취하고 있는데도 가늘고 긴 몸매가 두드러진다. 얼굴도 다소 긴 편인데 눈썹은 짙고 이마는 넓어 안정과 불안정이 묘하게 공존하는 듯한 인상이다. 흰 피부와 긴 목선으로 인해 남성적이라기보다 중성의 이미지가 자연스럽게 우러난다. 하지만 입매에는 묘하게 힘이 들어가 내적인 결기가 엿보인다.

직사각형의 원룸 공간, 출입문 맞은편 창에서 쏟아져 내리는 밝은 햇살이 실내 공간의 절반 이상을 점령하고 있다. 그를 에워싼 방 안의 구조물은 아담한 주방과 붙박이장, 냉장고, 가로세로 90센티미터 정도의 원목 식탁이 전부다. TV도 없고 벽시계도 없고 침대도 없다.

원목 식탁 위에 13인치 크기의 메탈그레이 색상 노트북과 책 한 권이 놓여 있다. 어두운 동굴 속, 푸른 몸체에 이목구비가 없는 기이한 불상 사진이 표지 중심에 자리 잡고 있다. 상단에 『인간 문제의 궁극에 대한 답』이라는 제목과 '샤카무니를 찾아서'라는 부제가 두 줄로 배열돼 있다.

이보리는 빛의 경계지점에 결가부좌 자세로 앉아 상체를 꼿꼿하게 세우고 있다. 그 순간, 어디선가 휴대폰 진동음이 들린다. 강렬한 진동이 고요하던 실내에 파동을 일으킨다. 그는 그것을 감지하지 못한 듯 견고한 자세를 유지한다. 진동의 진원지는 붙박이장 안쪽, 햇살이 대각으로 빗금을 긋고 있는 내부의 어디쯤이다.

휴대폰의 진동음은 여러 번 반복되다 잦아든다. 1~2분쯤 지난 뒤 그것은 다시 한 번 반복된다. 하지만 그의 자세는 흐트러지지 않는다. 그렇게 몇 분이 지난 뒤부터 다시 진동음 이전의 평온이 회복된다. 시간의 흐름이 멎어버린 듯한 시공간, 그는 생명의 정수가 빠져나간 허물처럼 미동도 하지 않는다.

그로부터 40분쯤 지난 뒤 그는 자세를 풀고 양 손바닥으로 여러 차례 마른세수를 한다. 그런 뒤 열 손가락을 갈퀴처럼 오므려 두피 마사지를 하고 양손을 뒤로 결속한 자세로 스트레칭을 시작한다. 두 다리를 곧게 펴고 상체를 여러 번 반으로 접었다 편 뒤 큰대자로 길게 눕는다. 그리고 눈을 감은 채 입으로 기분, 하고 작게 읊조린다. 명상으로 충전한 기를 전신으로 골고루 분배하는 일, 그것이 기분(氣分)이다.

기분을 끝낸 뒤 그는 하체의 무릎을 접고 상체에 붙였다 떼는 동작을 반복한다. 그렇게 100번 이상 되풀이한 뒤 그는 마지막 반동의 힘으로 상체를 일으킨다. 그 순간, 다시 진동음이 시작된다.

그는 무심한 표정으로 몸을 일으키고 붙박이장 문을 연다. 문 안쪽에 갇혀 있던 어둠이 일순 차단막처럼 시야를 가리지만 외부의 빛살이 가차 없이 밀려들어 위아래로 잘 정돈된 의류와 이불 등속을 부각시킨다.

그가 감색 사파리 주머니에 넣어둔 휴대폰을 꺼내 귀에 가져다 대자 차분한 저음이 밀려나온다.

"이보리 선생님입니까?"

"그렇습니다."

"아까 전화 두 번 드렸었는데 받지 않아서 다시 드렸습니다. 제 이름은 조필규라고 합니다."

"제가 모르는 분인데 무슨 일인지요."

"다름 아니라 선생님을 뵙고 긴히 상의드릴 일이 있어 찾아왔습니다."

"찾아왔다구요?"

동공이 활짝 열리며 이보리의 시선이 출입문 쪽으로 향한다.

"네, 지금 선생님이 사시는 101호 앞에 서 있습니다. 괜찮으시다면 만나 뵙고 말씀드리겠습니다."

"도대체 언제부터 거기 있었다는 거죠?"

출입문 앞으로 걸어가며 이보리는 의아하다는 표정을 짓는다.

"한 50분쯤, 아마 한 시간 좀 못 될 겁니다."

"전화를 두 번이나 받지 않았는데 제가 집에 있다는 걸 어떻게 알고 기다린 거죠?"

"아, 그게, 말씀드리기 좀 뭣한데…… 전화를 받지 않아서 건너편의 구립도서관에도 가봤거든요. 거기 계시지 않기에 집에 있다고 확신한 거죠."

"제 생활 패턴을 어떻게 그렇게 잘 알고 있는 거죠? 저를 미행하고 관찰하기라도 한 건가요?"

"아, 죄송합니다. 사연이 좀 기니까 그건 만나 뵙고 말씀드리겠습니다. 사전에 양해를 구하고 약속을 정한 뒤에 찾아뵈어야 하는데 이렇게 두서없이 실례를 범해서 정말 죄송합니다."

휴대폰을 끊고 이보리는 잠시 출입문 앞에 서서 망설인다. 그때 출입문 밖에서 선생님, 하는 조필규의 목소리가 들린다. 보리는 두어 번 고개를 좌우로 흔들고 나서 출입문을 연다.

키가 170센티미터쯤 돼 보이는 조필규가 빛을 등진 채 실루엣처럼 서 있다. 50대 후반쯤으로 보이는 얼굴, 2 대 8 가르마의 깔끔한 헤어스타일, 갈색 체크무늬 재킷에 검정 바지로 조화를 이룬 말끔한 콤비 차림에다가, 표정에는 감정적 군더더기가 없어 보인다. 그는 문을 연 보리에게 허리를 굽혀 인사를 건넨 뒤 흰 치아를 드러내고 웃으며 손을 내밀어 악수를 청한다.

"일단 안으로 들어오시죠."

이보리가 출입구 왼편으로 물러서며 들어오라는 자세를 취한다.

"그래도 되겠습니까? 혹여 불편하시면 밖으로 나가 커피숍 같은 곳에서 얘기를 나누어도 될 텐데요."

"누추하지만 여기가 편합니다. 들어오세요."

조필규가 원룸 안으로 들어온 뒤 보리는 그에게 방 한가운데를 가리키며 앉으라는 시늉을 한다. 언뜻 식탁을 보고 그곳에 앉으려던 조필규는 순간 자세를 고치며 재빨리 방 한가운데에 자리를 잡고 앉는다.

보리는 냉장고에서 생수 한 통을 꺼내 조필규 앞에 내려놓는다. 그런 뒤 그는 자신이 명상을 하던 위치에 다시 결가부좌 자세로 앉는다.

"제 냉장고에는 마실 게 물밖에 없습니다. 편하게 드십시오."

"아, 네, 감사합니다. 사실 물이 제일 좋은 음료이지요. 근데……."

"말씀하세요."

"지금 앉아 계신 그 자세, 결가부좌 맞죠?"

조필규가 신기하다는 눈빛으로 보리를 건너다본다.

"무슨 문제라도 있나요?"

"아뇨. 자세가 완전하네요. 지극히 자연스럽고 안정적으로 보입니다."

"이런 자세야 절에 가면 스님들에게서 얼마든지 볼 수 있을 텐데요."

"그 사람들이야 그게 직업이니까 당연하지만 일반인이 결가부좌를 이렇게 편안하게 생활화하는 건 결코 쉬운 일이 아닙니다. 사실 오늘 제가 찾아온 이유도 결가부좌와 연관이 있는데…… 선생님 반응이 어떨지 몰라 선뜻 말을 꺼내기가 망설여지는군요."

"명상과 관련된 일입니까?"

"아닙니다. 사실을 말씀드리자면 제가 모시는 어르신이 한 분 계신데 그분께서 이보리 선생님을 만나 뵙고 싶어하십니다. 제가 이곳까지 찾아뵌 문제의 핵심이기도 한데, 어르신께서 이 선생님을 뵙자고 하는 이유가 좀 그렇습니다."

"좀 그렇다니요?"

"저희 어르신께서 작년 가을에 이 선생님께서 출간하신 『인간 문제의 궁극에 대한 답』을 읽으시고 책에 담긴 내용에 대해 여러 방면으로 나누고 싶은 얘기가 많으신 눈치입니다."

말을 하고 나서 조필규는 컵을 들어 물을 한 모금 마신다.

"그 어르신이라는 분이 구체적으로 누구인가요? 어르신은 남의 부모님을 높여 부르거나 부모님 친구분들을 일컬을 때 쓰는 말이잖아요."

"그건 그렇습니다만 제가 말씀드리는 어르신은 저희 부모님과는 아무 상관 없이 그냥 어르신입니다. 그저 윗사람 정도의 의미로만 생각해 주십시오."

"그러니까 그 어르신의 신분을 구체적으로 밝힐 수 없다, 그런 얘기인가요?"

"그렇습니다. 양해해 주시기 바랍니다."

"좋습니다. 그럼 그 어르신께서 제 책을 읽고 저를 만나고 싶다고 한 이유를 저자와 독자의 만남 정도로 받아들여도 되는 건가요?"

"아, 그건 그렇기도 하고 그렇지 않기도 한데요. 선생님의 책이 만남의 동기가 된 건 맞는데 단지 한 번 뵙고 말자는 의미는 아니라는 겁니다. 어르신께서는 선생님을 면담 대상으로 만나고 싶어하십니다. 선생님 말고 다른 후보도 두 명 더 있는데…… 어르신께서 직접 면담을 한 뒤에 결정하겠다고 하셔서 이렇게 실례를 무릅쓰고 찾아와 부탁을 드리는 겁니다."

"면담 뒤에 뭘 결정하겠다는 거죠? 제가 무슨 일자리라도 얻게 되는 건가요?"

"면담에서 선정되면 어르신의 전담 상담사가 됩니다. 어르신이 알고 싶어하는 인생 문제 전반에 대해 고견을 주는 역할을 하는 거죠. 그래서 그런 분야에 식견이 깊은 분들을 물색하고 있는 겁니다. 최종적으로 선정되신 분은 어르신의 상담 상대 역할을 하는 것만으로 상당한 대우를 받게 됩니다. 물론 세부적인 사항은 계약서를 작성해야 합니다만, 아무튼 그런 절차를 거쳐 일이 진행될 겁니다."

"그런 사람을 뽑는 게 이번이 처음인가요?"

"네, 이전에는 이런 일이 없었습니다. 아무래도 어르신께서 연로해지시면서 남은 인생에 대해 생각이 많아지신 게 아닌가 싶습니다."

"혹시 대우 조건을 알 수 있을까요?"

"그건 최종 결정이 이루어진 뒤에 어르신의 지시를 받아 구체적으로 결정되겠지만 지금 대략적으로 결정된 내용을 말씀드리자면 저희와 계약을 체결하고 그것을 준수하는 조건으로 월 500만 원 정도의 급여를 지급받게 될 겁니다."

"500……만 원이요? 그런 급여를 제공하겠다는 건 24시간 그분 곁에 붙어 있으면서 시도 때도 없이 모든 요구에 응하라는 건가요?"

"아니, 아니죠. 그런 건 절대 아닙니다. 어르신도 자존심이 강하고 남을 귀찮게 하는 스타일이 아니라서 그런 노예 계약 같은 걸 원하는 게 아닙니다. 어르신이 필요로 하실 때, 그것이 어떤 때일지라도 응한다는 정도입니다. 그러니까……."

"시간, 요일도 불문하고 필요할 때는 기동타격대나 119처럼 출동해야 하는 거군요. 새벽이건 심야이건, 일요일이건 공휴일이건 가리지 않고."

"그렇습니다. 그 정도의 대가는 감안하셔야 할 일입니다."

"제 나이 이제 고작 서른아홉인데 그런 일이 가당키나 하겠습니까. 저는 욕심부리지 않고 사양하도록 하겠습니다."

배꼽 아래에 포개고 있던 양손을 활짝 펼쳐 보이며 그는 고사하는 자세를 취한다.

"아니, 그러시면 곤란합니다. 그동안 후보군을 선정하는 일로만 1년 이상을 보냈습니다. 대학교수, 스님, 철학자, 전문상담사 등등 수도 없이 많은 사람들을 걸러 후보를 압축하고 이제 세 명이 남은 건데…… 사실 나머지 두 분은 이미 면담을 끝낸 상태입니다. 그런데……."

"그런데요?"

"이런 말씀 드리는 건 좀 그렇습니다만, 앞의 두 분에 대해 어르신이 사뭇 탐탁잖아 하시는 눈치입니다. 그러니 부디 면담에 응해 주시기 바랍니다. 제가 보기엔 어르신께서 이 선생님께 많은 기대를 걸고 있는 눈치입니다."

긴장한 듯 조필규는 물을 한 모금 마신다.

"그러니까 제가 마지막 면담 대상자라는 거군요."

"그렇습니다."

"제가 면담 대상이 된 줄도 모른 채 마지막 면담 대상자가 되었다니 좀 어이가 없군요. 그럼 제 생활 패턴은 어떻게 알게 된 건가요?"

"그건 후보군을 압축한 뒤에 직업, 생활, 활동 등등에 대한 기초 조사를 용역 의뢰해서 알게 된 겁니다. 제대로 된 인물을 뽑기 위한 사전 조사라고나 할까요."

"그럼 제가 직업도 없고, 돈도 없고, 날마다 도서관만 오가는 생활을 한다는 건 아주 쉽게 간파하셨겠군요. 그래서 500만 원 정도의 급여라면 군말 않고 넘어올 거라고 자신하셨을 테고."

미간에 힘을 주고 형형한 눈빛으로 보리는 상대측의 의중을 파헤친다.

"혹여 불쾌하셨다면 정말 죄송합니다. 일이 진행되는 걸 지켜보시면 제 말이 사실이라는 걸 알게 될 겁니다. 선생님께 해가 될 일이 결코 아니니 정말 괘념치 않으셔도 됩니다."

"좋습니다. 문제의 발단이라고 생각하고 일단 부딪쳐보도록 하겠습니다. 저도 모르게 관찰 대상이 되고 최종 면담 대상이 되었다고 하니 이 문제의 중심에 있는 그 어르신이라는 분을 저도 꼭 만나야 할 것 같은 생각이 드는군요. 면담은 언제죠?"

보리의 질문에 조필규는 지체 없이 대답을 건넨다.

"지금 저하고 같이 가시면 됩니다!"

✧

가시거리가 30미터에 불과한 도심, 정오 무렵의 햇살은 무한 오염입자에 갇혀 불온하게 수런거린다. 그것이 파동이건 입자이건 빛은 물체에 부딪쳐 자유롭게 산란되어야 함에도 불구하고 정체된 대기에 갇혀 오염된 비닐처럼 탁하게 보인다.

3월 초순경의 포근한 기온에도 불구하고 사람들은 마스크를 쓰고 어깨를 움츠린 채 겨자빛 대기를 가로지르며 걸음을 재촉한다. 재난 영화의 엑스트라들처럼 사뭇 비현실적인 모습이다. 도심의 전광판 영상은 매시간 관측 사상 최악의 공기질 수치를 알리지만 사람들은 그것에 주의를 기울이지 않는다.

호텔 로비의 커피숍에 혼자 앉아 이보리는 전망이 불투명한 도심을 내다본다. 로비 커피숍에서 잠깐만 기다려달라고 말한 뒤 사라진 조필규는 10분이 지났는데도 나타나지 않는다.

점심식사 시간이라 주변의 소음이 점차 고조된다. 불편한 표정으로 앉아 있던 그가 의자에서 일어나 커피숍을 빠져나온다. 그가 앉았던 탁자에는 달랑 물 한 컵이 놓여 있을 뿐이다.

"이 선생님, 왜 나오세요?"

보리가 커피숍 입구로 나서는 순간 우측 로비에서 조필규가 놀란 표정으로 나타난다.

조필규의 물음에 보리는 응대하지 않는다. 필요한 말만 하라는 표정이다.

"방금 어르신께 다녀왔는데 이 선생님 식사를 안 하셨을 테니 식당에서 대접해 드리고 모셔오라고 하시네요. 괜찮겠습니까?"

"전 점심식사를 하지 않습니다."

"점심식사를 하지 않으신다고요?"

당황한 표정으로 조필규가 되묻는다. 보리가 고개를 끄덕이자 조필규는 등을 보이고 몇 걸음 앞으로 걸어나가며 휴대폰을 귀에 가져다 댄다. 원래 점심식사를 안 하신다는데요, 하는 조필규의 말이 보리에게까지 들린다.

통화를 끝낸 뒤 조필규는 앞장서서 로비 안쪽의 엘리베이터 앞으로 걸어간다. 그곳은 호텔 객실이 아니라 레지던스 전용 엘리베이터가 있는 곳이다. 엘리베이터가 36층까지 올라가는 동안 두 사람은 아무 대화도 나누지 않는다. 도착음과 함께 엘리베이터 출입문이 열리자 초콜릿 색깔의 카펫이 깔린 복도가 나타난다. 은은한 라벤더 향이 스며 있는 복도에는 자연광이 전혀 없다.

복도 하단에서 밀려나오는 간접 조명을 밟으며 조필규는 우측의 객실 앞으로 걸어가 카드키를 꺼내 출입문을 연다. 엘리베이터에서 내리자마자 바로 나타나는 단 하나의 출입문, 주변에 다른 호실은 보이지 않는다. 복도를 구분해 레지던스 사용자의 사적 공간을 최대한 보호해 주는 구조이다.

안으로 들어서자 좌측과 우측으로 공간이 갈라진다. 출입문이 중간 지점에 있어 들어서자마자 용건에 따라 공간을 선택할 수 있는 구조이다. 우측 공간에는 응접세트와 테이블, 텔레비전과 화장실이 있다. 메인 공간에 딸린 부속 공간인 듯하다. 좌측에는 우측

공간의 몇 배에 달하는 공간이 있는데 전체적으로 커튼이 쳐져 있어 어둠침침해 보인다.

넓은 공간의 좌측 초입에 다시 출입문이 있어 그곳이 침실임을 짐작케 한다. 하지만 정작 납득하기 어려운 장면은 그것이 아니다. 넓은 거실 중간 지점에 검은 휘장이 설치돼 있고 그 앞쪽에 원목 테이블과 1인용 앤티크 암체어가 놓여 있다. 테이블 위에는 두 개의 생수병과 컵, 메모지와 펜이 놓여 있다. 급조된 무대 세트처럼 모든 것이 부자연스럽게 보인다.

"어르신, 이 선생님 모시고 왔습니다."

거실 중간에 설치된 휘장 앞에서 조필규가 조심스럽게 입을 연다. 그러자 안쪽에서 자세를 고쳐 앉는 듯한 기척이 들리고 곧이어 낮고 느리면서도 묵중한 음성이 공간의 하부로부터 부력을 받은 것처럼 솟아오른다.

"앉으라고 해라."

조필규가 마임을 하듯 보리를 돌아보며 허리를 굽히고 손으로 암체어를 가리킨다. 그런 뒤, 보리가 자리를 잡는 동안 그는 부속 공간으로 나가 문을 닫고 퇴장한다.

보리가 자리를 잡음으로써 무대 세팅이 완전해진다. 바야흐로 연극이 시작되기 직전의 긴장감, 막이 오르기 직전처럼 압축된 고요가 실내에 충만해진다.

검은 휘장 너머에서 다시 한 번 자세를 고쳐 앉는 기척이 들린 뒤 이윽고 극이 시작된다.

어르신 : 자네 나이가 서른아홉이라고 했나?

이보리 : 그렇습니다.

어르신 : 내 나이가 자네 두 배쯤 되니 말은 놓겠네. 괜찮겠나?

이보리 : 괜찮습니다.

어르신 : 점심식사를 안 한다고 들었는데, 오늘만 그런 건가, 원래 그런 건가?

이보리 : 원래 그렇습니다.

어르신 : 그럼 하루에 두 끼 식사를 하는군.

이보리 : 그렇습니다.

어르신 : 주로 뭘 먹나?

이보리 : 생식을 위주로 합니다.

어르신 : 생식? 날것을 먹는단 말인가?

이보리 : 그렇습니다.

어르신 : 그럼 고기 같은 건?

이보리 : 야채 위주의 식사를 합니다.

어르신 : 밥은?

이보리 : 불린 현미를 한 줌 정도 오래 씹어 먹습니다.

어르신 : 그렇게 먹으면 사는 데 지장 없나?

이보리 : 그렇게 먹지 않으면 불편해지게 설정돼 있습니다.

어르신 : 설정돼 있다…… 아주 재미있는 표현을 쓰는군.

이보리 : 인간은 누구나 설정된 대로 사니까요.

어르신 : 좋아. 산중의 스님도 아닌데 언제부터 그렇게 살았나?

이보리 : 아주 어릴 때부터 길들여진 식습관입니다.

어르신 : 길들여졌다면 자신이 스스로 한 게 아니라는 말인가?

이보리 : 어린 시절부터 할아버지 밑에서 자랐는데 할아버지 식습관이 그랬습니다.

어르신 : 어린 시절부터 할아버지 밑에서 자랐다고 하니 아주 긴 사연이 있겠군.

이보리 : 긴 스토리가 있지만 이 자리에서는 그런 부분까지 언급하지 않겠습니다.

어르신 : 좋아. 지금 현재의 자네를 중시하는 것이니 지나간 과거는 문제 될 게 없네. 그 문제는 넘어가도록 하고…….

찰나처럼 책장을 넘기는 소리가 들리고 곧이어 질문은 계속된다.

어르신 : 여기 자네가 쓴 『인간 문제의 궁극에 대한 답』의 저자 소개 페이지를 보면 이름 세 글자 밑에 '저자의 요구로 저자 소개를 약함'이라고 되어 있는데…… 이래도 되는 건가?

이보리 : 특별하게 소개할 게 없기 때문입니다.

어르신 : 다른 사람들 책에 적힌 저자 약력들 보면 학력도 쓰고 경력도 쓰고 어떻게든 내세울 것들을 늘어놓는데 '저자의 요구로 저자 소개를 약함'이라니……. 하다못해 학력이라도 적어야 마땅한 거 아닌가 말이네.

이보리 : 이보리에게는 학력이라고 내세울 만한 게 없습니다.

어르신 : 학력이 없어?

다소 높아진 언성, 자세를 크게 고쳐 앉는 기척.

이보리 : 네, 이보리는 무학력자입니다.

대답 이후 더 이상 질문이 넘어오지 않는다. 종이를 넘기는 소리가 연해 들리다 잠시 정적, 다시 종이 넘기는 소리, 그러다가 탁, 소리가 나게 책을 내려놓는 기척.

어르신 : 여기 자네에 관한 기초 자료를 보니 '학력 확인 불가'라고 적혀 있구만. 이게 어떻게 가능한 거지?

이보리 : 세상을 살면서 학력을 만든 적이 없으니까요. 무학력자는 단지 제도적인 교육에 물들지 않고 가르침에 세뇌당하지 않은 자연스러운 사람일 뿐입니다. 세상 사는 데 문제가 될 건 아무것도 없다고 생각합니다. 그것이 무학력에 대한 이보리의 입장입니다.

어르신 : 하기야 세상을 크게 어지럽히는 놈들은 대부분 많이 배운 놈들이니까. 내 말은 학력을 문제 삼는 게 아니라 학교를 다니지 않았는데 어떻게 이런 책을 쓸 수 있었는가 하는 것이라네. 전적으로 독학의 산물인가?

이보리 : 그렇습니다. 인생은 누구에게나 독학이니까요.

어르신 : 독학을 어떤 식으로 한 거지?

이보리 : 초등학교를 다녀야 할 나이부터 도서관에서 살았습니다. 할아버지가 도서관에 데려다주고 데리러 오던 일곱 살 무렵부터 시작해 지금까지 집과 도서관을 주 활동 무대로 살아왔습니다.

어르신 : 근 30년을 그렇게 살았으면 그동안 쌓은 지식이 엄청나겠군.

이보리 : 지식은 중요한 거름 역할을 하지만 그것이 주된 목적은 아닙니다. 지식은 지혜를 얻는 데 필요한 불쏘시개 같은 것일 뿐입니다. 그 나머지는…….

말을 멈추고 그는 호흡을 가다듬는다.

어르신 : 그 나머지는 뭔가?

이보리 : 그 나머지는 이보리 자신에게서 얻은 것들입니다.

어르신 : 특별히 뭔가를 한다는 말이로군.

이보리 : 특별한 건 아니고…… 상위자아와 에너지를 주고받는 교신 명상을 합니다.

어르신 : 교신 명상이라……. 명상이라는 말은 숱하게 들어봤지만 자네가 말하는 그런 명상은 처음 들어보는군. 그러니까 그런 명상이 자네가 이런 책을 쓰게 하는 데 도움이 됐다는 말인가?

이보리 : 그렇습니다.

어르신 : 그럼 그 상위자아라는 건 자네에게만 있는 건가?

이보리 : 특정한 사람만 상위자아와 연결돼 있는 건 아닙니다. 세상 사람들은 상위자아를 슈퍼에고라고도 부르고, 초자아라고도 부르고, 수호령이라고 부르기도 합니다. 중요한 것은 대부분의 사람들이 그 존재성과의 연결을 자각하지 못하고 산다는 것입니다. 나는 누구다, 하는 경직된 자의식이 세상만사를 자기 중심으로만

인식하게 만들기 때문이죠. 하지만 그런 사람들도 잠을 자는 동안 상위자아와 접속해 많은 의식 활동을 합니다. 잠에서 깨어난 뒤 그것을 까맣게 모르고 있을 뿐이죠.

어르신 : 그런 교신 명상은 어떻게 하는 건지 말해 줄 수 있겠나?

이보리 : 죄송합니다. 그런 과정은 언어적으로 도저히 설명이 불가능합니다. 결가부좌 자세로 앉아 있는 동안 상위차원으로 접속되고 그것이 심화되면서 이루어지는 변화무쌍한 에너지 변환 과정이니까요.

어르신 : 오, 결가부좌! 자네, 결가부좌가 된다는 말이지? 오른발을 왼쪽 허벅지 위에 얹을 수도 있고 그 반대로도 할 수 있다 이거지?

이보리 : 그렇습니다.

어르신 : 그럼 그 자세로 얼마 동안 명상을 하는가?

이보리 : 한 번에 두어 시간 정도 앉아 있습니다.

어르신 : 오, 그건 정말 대단하군. 나는 결가부좌에 한이 맺힌 사람이라서 그런 거니 이해하게. 내가 오랫동안 다니던 절의 주지한테 들은 말인데 말이야, 세상에는 결가부좌가 되는 사람이 있고 되지 않는 사람이 정해져 있다는 거야. 수련을 해서 결가부좌를 이루는 사람도 물론 있지만 아무리 수련을 해도 끝끝내 안 되는 사람이 있다는 거지. 뿐만 아니라 결가부좌가 안 되는 사람은 아무리 도를 닦아도 성불하거나 해탈하거나 열반에 들 수 없다는 거야. 난 30년 동안 틈틈이 연습했지만 끝내 그게 안 되더라고. 결가부좌는커녕 반가부좌도 제대로 안 돼. 내가 그 절에 30년 동안 갖다 바친 돈이 30억이 넘는데, 그런 건 극락왕생하는 데 아무짝에도 쓸

모없다는 말이 아닌가. 그래서 어느 날 주지에게 따지듯 물었더니 재물을 바치는 것도 공덕이니 효험이 있겠지요, 하며 씨익 웃기만 하더라고. 제길, 누구 염장 지르나? 1년에 한 번 초파일 무렵에 등 달러 가서 1억씩 내고 녹차 한 잔 얻어 마신 게 고작인데, 그 정도 갖다 바쳤으면 극락왕생의 비법 정도는 알려주는 게 인간에 대한 예의 아닌가?

이보리 : 나의 살던 고향은 시리우스입니다.

어르신 : 뭐? 지금 뭐라고 했지?

갑자기 언성이 높아진다.

이보리 : 동문서답입니다. 그런 게 필요한 것 같아서요.

어르신 : 무슨 말인지 알아듣겠네. 처음 만난 자리에서 언성을 높여 미안하네만 난 나를 속이지 못해. 성질머리가 더럽고 다혈질이라 나이가 들어도 안정감이 없어. 그래서 결가부좌가 안 되는 건지도 모르겠네만. 아무튼 『인간 문제의 궁극에 대한 답』을 쓴 자네에게 한 가지만 먼저 물어보겠네. 결가부좌가 안 되면 아무것도 이룰 수 없다는 말이 정녕 사실인가?

노기가 스러지지 않은 어조로 다짐을 받듯 묻는다.

이보리 : 달마가 동쪽으로 간 까닭은 오직 달마만 알겠죠.

어르신 : 솔직하게 말해 봐. 말도 안 되는 소리 맞지?

이보리 : 열반, 해탈, 성불 같은 걸 사람이 이룰 수 있는 목표라고 설정한 것 자체가 어불성설이죠. 게다가 그런 추상적 목표가 결가부좌 같은 기계적 동작 하나에 좌우될 수 있다고 말하는 것도 한심하긴 마찬가지입니다. 하지만 가장 어리석은 존재는 그런 걸 믿거나 그런 것에 동요되는 무지한 인간일 뿐입니다.

어르신 : 옳거니! 그렇게 시원하게 대답해 주는 게 나는 좋아. 자네가 쓴 책에서처럼 아주 가차 없이 말해 버리는군. 그럼 이쯤에서 본론으로 들어가서 질문을 한 가지 던지겠네. 자네는 직업도 없고 별달리 하는 일도 없는데 무엇으로 먹고사는가? 물려받은 재산이 많은가?

이보리 : 할아버지가 돌아가시기 전에 재산을 정리해서 통장으로 이보리에게 물려주었습니다. 할아버지와 함께 살던 단독주택과 그 통장이 전 재산이었는데, 이 나이 될 때까지 별다른 수입이 없어 통장의 잔고도 바닥나고 집까지 팔아 현재는 원룸에서 전세로 살고 있습니다. 그 전세금이 이보리에게 남겨진 전 재산입니다.

어르신 : 원룸 전세금까지 빼서 그것으로 먹고살 날도 얼마 남지 않았다는 얘기로군. 맞나?

이보리 : 모릅니다.

어르신 : 그렇게 버티다 빈털터리가 되면 노숙자 생활 하는 거 아냐?

이보리 : 이보리는 앞날에 대해 궁리하지 않습니다. 인간에게 주어지는 건 단지 인생의 배역일 뿐이니까요. 미리 걱정하고 미리 준비한다고 해서 인생이 의도대로 펼쳐지는 게 아니잖습니까.

어르신 : 흠, 될 일은 되고 안 될 일은 안 된다, 이런 말이로군. 그

래서 집착하지 않고 주어지는 대로 산다 이거지. 하지만 나처럼 현실적인 안목이 밝은 사람의 눈으로 보자면 자네는 지금 인생의 기로에 서 있어. 이것이냐 저것이냐, 어떤 선택의 시간 앞에 자네가 서 있다는 거지. 나를 만난 것도 그런 흐름과 무관하지 않은 것 같은데, 아무튼 자네에게 좋은 결과가 주어졌으면 좋겠네. 그걸 위해 이제부터 자네를 테스트할 본격적인 질문을 하도록 하겠네. 이것이 첫 번째 질문이네.

다시 자세를 고쳐 앉는 기척.

어르신 : 자네는 세상을 살아가는 데 무엇이 제일 중요하다고 생각하는가?

이보리 : 이보리에게 말입니까, 아니면 어르신께 말입니까?

어르신 : 일반적으로, 이 세상 사람 모두에게.

이보리 : 모든 사람이 저마다 다른 패턴에 갇혀 살기 때문에 일반적으로 대답을 하게 되면 큰 오류가 생길 수 있습니다.

어르신 : 좋아, 그럼 자네의 관점으로 말해 보게.

이보리 : 이보리에게 세상을 사는 데 있어 가장 중요한 문제는 '바로보기'입니다.

어르신 : 바로보기? 눈으로 보는 것 말인가?

이보리 : 눈으로 보는 것에 국한된 게 아니고 '나'라는 존재, '나'를 에워싼 세계, 우주만물에 대한 바로보기입니다.

어르신 : 마음의 눈, 이른바 심안이라는 것으로 본다는 말인가?

이보리 : 마음의 눈이나 심안이라는 말은 뜬구름처럼 부정확한 표현들입니다.

어르신 : 그럼 바로보기가 어째서 세상살이에서 가장 중요한 것인지 그것에 대한 근거를 제시할 수 있나?

이보리 : 바로보기를 아는 사람에게는 설명이 필요 없는 문제이고, 설령 설명을 한다고 해도 바로보기는 쉽사리 이해할 수 있는 문제가 아닙니다. 하지만 굳이 근거를 끌어와야 한다면 이렇게 설명할 수 있습니다.

이보리는 말한다 : 서양에서는 철학을 필로소피(philosophy)라고 한다. 그 말의 뜻은 '지혜를 사랑한다'이다. 그런데 인도에서는 철학을 다르샤나(darshana)라고 한다. 그 말의 뜻은 '봄[見]'이다. 서양에서는 철학이 일상과 일정 부분 거리를 두고 있다. 하지만 인도에서는 일상이라고 할 수 있는 종교가 곧 철학이고 철학이 곧 종교였다. 샤카무니라고 불리는 고타마 싯다르타도 그런 인도적 분위기에 영향을 받아 출가를 하고 깨달음을 얻어 45년 동안 중생을 가르쳤다. 샤카무니 가르침의 진정한 핵심 요체도 바로보기라고 생각한다. 그 가르침의 요체는 단 세 문장이다. '이것은 나의 것이 아니다. 이것은 내가 아니다. 이것은 나의 자아가 아니다.'*

---

* 『오늘 부처님께 묻는다면 : 한 권으로 읽는 쌍윳따니까야』, 전재성 역주, 한국빠알리성전협회, 2012, 154~155쪽.

"쑤시마여, 물질이라고 하는 것은 무엇이든 과거에 속하거나 미래에 속하거나 현재에 속하거나, 안에 있거나 밖에 있거나, 거칠거나 미세하거나, 천하거나 귀하거나, 멀거나 가깝건 간에, 모든 물질은 '이것은 나의 것이 아니고, 이것은 내가 아니고, 이것은 나의 자아가 아니다.'라고 있는 그대로 올바른 지혜로 관찰해야 한다.

어르신 : 자네도 불교를 믿는가?

이보리 : 이보리는 어떤 종교도 믿지 않습니다. 오히려 지상에서 종교가 없어져야 인간들이 정신적인 노예 상태에서 벗어날 수 있다고 믿고 있습니다. 인간에게 필요한 종교가 있다면 그것은 이미 인간 안에 완전하게 주어져 있습니다. 안에 있는 걸 외면하고 밖에서 찾으려 돌아치니 인생을 잘못 살아도 한참 잘못 살고 있는 것이죠.

어르신 : 나는 불교를 믿고, 시주도 수십 억이나 했는데…… 그럼 그게 다 말짱 도루묵이라는 말인가?

이보리 : 돈이야 많아서 갖다 바친 것이겠지만 그것으로는 아무

쑤시마여, 느낌이라고 하는 것은 무엇이든 과거에 속하거나 미래에 속하거나 현재에 속하거나, 안에 있거나 밖에 있거나, 거칠거나 미세하거나, 천하거나 귀하거나, 멀거나 가깝건 간에, 모든 느낌은 '이것은 나의 것이 아니고, 이것은 내가 아니고, 이것은 나의 자아가 아니다.'라고 있는 그대로 올바른 지혜로 관찰해야 한다.

쑤시마여, 지각이라고 하는 것은 무엇이든 과거에 속하거나 미래에 속하거나 현재에 속하거나, 안에 있거나 밖에 있거나, 거칠거나 미세하거나, 천하거나 귀하거나, 멀거나 가깝건 간에, 모든 지각은 '이것은 나의 것이 아니고, 이것은 내가 아니고, 이것은 나의 자아가 아니다.'라고 있는 그대로 올바른 지혜로 관찰해야 한다.

쑤시마여, 형성이라고 하는 것은 무엇이든 과거에 속하거나 미래에 속하거나 현재에 속하거나, 안에 있거나 밖에 있거나, 거칠거나 미세하거나, 천하거나 귀하거나, 멀거나 가깝건 간에, 모든 형성은 '이것은 나의 것이 아니고, 이것은 내가 아니고, 이것은 나의 자아가 아니다.'라고 있는 그대로 올바른 지혜로 관찰해야 한다.

쑤시마여, 의식이라고 하는 것은 무엇이든 과거에 속하거나 미래에 속하거나 현재에 속하거나, 안에 있거나 밖에 있거나, 거칠거나 미세하거나, 천하거나 귀하거나, 멀거나 가깝건 간에, 모든 의식은 '이것은 나의 것이 아니고, 이것은 내가 아니고, 이것은 나의 자아가 아니다.'라고 있는 그대로 올바른 지혜로 관찰해야 한다.

쑤시마여, 이와 같이 관찰하면서 많이 배운 고귀한 제자는 물질도 싫어하여 떠나고, 느낌도 싫어하여 떠나고, 지각도 싫어하여 떠나고, 형성도 싫어하여 떠나고, 의식도 싫어하여 떠나고, 싫어하여 떠나서 사라지게 하고, 사라지게 해서 해탈한다. 그가 해탈할 때에, 그에게 '해탈되었다.'는 궁극적인 앎이 생겨나서, '태어남은 부서졌고, 청정한 삶은 이루어졌고, 해야 할 일은 다 마쳤으니, 더 이상 윤회하지 않는다.'라고 그는 분명히 안다."

런 보상도 받을 수 없습니다. 바로보기는 완전하게 주어진 것에 눈을 뜨는 일이니 종교일 필요도 없고 종교라고 말할 필요도 없죠. 뿐만 아니라 종교라고 내세우는 모든 것들은 조직적이고 목적을 지닌 것이라 순수할 수 없습니다. 아무리 신을 내세우고 꾸며도 그것은 위장되지 않습니다. 꾸미면 꾸밀수록 위장은 더욱 뚜렷하게 드러나니까요.

어르신 : 그럼 자네는 샤카무니의 가르침을 왜 믿나?

이보리 : 불교는 샤카무니가 만든 게 아닙니다. 불교는 샤카무니의 사후에 제자들이 모여 종교적 목적을 가지고 만들어낸 것입니다. 샤카무니의 제자들이 만든 불교는 지난 2600년 동안 저들의 필요에 따라 수도 없는 분파로 찢어졌고 그 과정에서 샤카무니의 원래 가르침은 왜곡되고 비틀려 갖가지 판타지 종교의 밑거름이 되었습니다. 요컨대 샤카무니와 그의 가르침은 현세에 범람하는 종교와 하등 상관이 없습니다. 우주적으로 독야청청하죠.

어르신 : 어헛, 이것 참! 살다 보니 참으로 기막힌 얘기를 듣는구만. 지금 여기 내 옆에 금강경이 있는데 이것도 석가모니 가르침과 상관이 없다는 말인가?

자세를 크게 고쳐 앉으며 책을 들었다 내려놓는 기척.

이보리 : 샤카무니는 경전으로 가르친 적이 없고 경전을 만들지도 않았습니다. 그는 제자들이 만든 종교에 차용당하고 제자들이 만든 갖가지 판타지 경전 속에서 무참하게 유기당한 샤카족의 성

자일 뿐입니다.

어르신 : 자네가 말한 그 세 문장을 나는 처음 듣는데…… 그게 어느 경전에 있는 것인가?

이보리 : 샤카무니를 석가모니라고 부르고 그 세 문장을 '무아(無我)'라고 압축한 건 중국 불교의 영향입니다. 중국 불경이 아니라 팔리어 경전을 읽으면 그 문장들을 숱하게 접하실 수 있을 겁니다. 하지만 그것조차 필요 없을지도 모릅니다. 모든 경전을 내려놓고 오직 그 세 문장에 대한 이해를 제대로 얻으면 바로보기가 가능해지니까요.

어르신 : 그 세 문장이 뭐라고? 다시 한 번 말해 봐.

이보리 : 이것은 나의 것이 아니다. 이것은 내가 아니다. 이것은 나의 자아가 아니다.

어르신 : 그 세 개의 문장에 모든 비밀이 담겨 있다니 간단해서 좋네만, 그것들이 그토록 중요하고 올바른 것이라는 걸 무슨 수로 증명하지? 자네의 일방적 주장이 아닌지 나로서는 그걸 의심하지 않을 수 없네만.

이보리 : 의심스러운 것은 의심해야 합니다. 의심의 뿌리가 사라질 때까지 의심해야 합니다. 하지만 제가 어르신을 위해 지금 이 자리에서 그것을 증명해 보이는 척한다면 이보리는 잡스러운 지식사기꾼이 될 겁니다. 지금껏 몰랐던 것을 남은 동안에라도 깨치게 된다면 그나마 감사할 일이지 그것을 마법이나 차력처럼 지금 이 자리에서 증명해 보이라니요. 지금 도대체 누구에게 그런 걸 요구하는 겁니까?

이보리가 자리에서 일어설 채비를 한다.

어르신 : 아, 멈춰! 어째서 그렇게 성급하지?

어르신이 언성을 높이며 자리에서 일어서는 기척. 잠시 실내에 강도 높은 긴장감이 지속된다. 어르신이 다시 자리에 앉으며 차분하게 가라앉은 어조로 입을 연다.

어르신 : 나의 섣부른 요구는 지금 바로 취소하고 사과하겠네. 나의 비위를 맞추려 하지 않는 자네의 그 태도는 아주 좋아. 내가 찾던 사람이 바로 그런 사람이니까 말이야. 비위 맞추며 타협하지 않는 사람이 진실을 말한다는 것쯤은 나도 잘 알고 있다네.

이보리 : …….

일어서려던 자세를 풀고 의자의 등받이에 등을 기대고 앉지만 보리는 어르신의 말에 응대하지 않는다.

어르신 : 자, 이제 어색한 분위기는 걷어내고 다음으로 넘어가겠네. 자네가 말하는 샤카무니를 나는 평생 석가모니, 부처, 붓다, 세존, 석존…… 그리고 또 뭐가 있더라. 아무튼 그때그때 환경과 사정에 따라 되는대로 입에 올렸는데 자네가 말하는 그 호칭은 내게 너무 낯설게 느껴지는군. 굳이 그렇게 불러야 하는 이유가 뭔가?

이보리 : 그건 이보리가 『인간 문제의 궁극에 대한 답』을 쓰게 된

동기와 직결된 문제이기 때문입니다. 내키지 않지만 설명하죠.

이보리는 말한다 : 인도의 카필라 성에서 왕자로 태어난 고타마 싯다르타는 결혼도 하고 라훌라라는 아들까지 두고는 스물아홉의 나이에 야반도주를 하듯 성을 빠져나가 고행의 길에 들어선 사람이다. 그리고 6년 동안 온갖 고난과 고초를 겪은 뒤 부다가야의 보리수 아래서 큰 깨달음을 얻고 여든 살이 될 때까지 45년 동안 불쌍하고 무지한 중생 가르치기에 생애를 다 바친 사람이다. 그 인간적 생애가 너무 선명하고 일관되어 이보리가 불교에 대해 지니고 있던 막연한 선입견과 크게 어긋나는 것 같다는 생각을 하게 만들었다. 어째서 신적 분위기나 풍모가 아니라 이토록 인간적 풍모를 풍기는 것일까.

팔리어 초기 경전들을 접하면서 그와 같은 의구심은 더욱 커져만 갔다. 결국 이보리는 고타마 싯다르타의 인간적 생애에 빠져들어 그의 가르침을 본격적으로 탐구하기 시작했다. 인류사에서 이토록 인간 삶의 고통에 큰 연민을 품고 이토록 일관된 생애를 보낸 사람이 있을까, 하는 것이 감동의 근원이었고 또한 외경심의 근거였다. 하지만 그의 생애와 근본 가르침을 찾아가는 경로는 역설적이게도 '불교'라는 거대한 장벽 때문에 쉽지 않았다. 불교라는 종교가 인간 고타마 싯다르타의 존재성과 근본 가르침을 지난 2600년 동안 갖가지 조건에서 변형시켜 오늘날 불교에서는 그의 본래 가르침과 진면목을 만나는 게 쉽지 않았기 때문이다.

이보리가 찾아낸 고타마 싯다르타의 존재성은 중생을 구제하는 선생이요, 심리치료사요, 과학자요, 철학자였다. 그는 신을 내세우며 가르치지 않았고, 자신이 신이라고 스스로 자처하지도 않았고, 인간의 고통이 죄에서 기인하는 것이라고 가르치지도 않았고, 사후에 사찰과 불상을 만들어 자신을 믿으라는 말도 하지 않았다. 그의 생전에 불교라는 종교는 존재하지 않았고 그는 종교를 표방하지도 않았다. 요컨대 고타마 싯다르타의 생애는 인간에 의한, 인간을 위한, 인간의 삶이었을 뿐이다.

지금 세상에 경계도 구분도 없이 횡행하는 모든 불교적인 것들은 모두 고타마 싯다르타 사후에 만들어진 불교라는 종교에 의해 신격화되고 신화화된 판타지라고 이보리는 판단한다. 그런 관점에서 인간 고타마 싯다르타에게 덮어씌워진 모든 종교적 군더더기를 다 걷어내고 나면 무엇이 남는가. 그는 샤카족 출신이었고 나중에 깨달음을 얻은 성자가 되어 중생을 가르쳤으니 이름 이외에 적질하게 부여할 수 있는 유일무이한 별칭은 '샤카족의 성자'라는 의미를 지닌 '샤카무니'가 가장 적절할 것이다. 그 이외에 붓다, 부처, 석존, 세존 등등의 호칭은 종교적인 것이라 의도적으로 경계를 두고자 하는 것이다. 그것이 이보리가 자신의 책 『인간 문제의 궁극에 대한 답』에다 '샤카무니를 찾아서'라는 부제를 단 이유이기도 하다. 석가모니는 샤카무니를 중국에서 음역한 것이라 원음 그대로 샤카무니를 고집하는 것.

어르신 : 내가 워낙 무식해서인지 책을 읽는 것만으로는 도무지 납득이 되질 않는 부분이 많아. 나도 불교에 관한 책들은 꽤 많이 읽었다고 생각해 왔네만 지금 돌이켜보니 세속에 관심 많은 승려들의 감상적인 참자아 타령이었다는 생각이 드네. 죽기 전에 뭔가 근본적

인 답을 얻고 싶은데, 그게 염원만으로 가능할지 모르겠어. 아직 자네가 상담사로 낙점되지는 않았지만 누가 되더라도 내가 풀어내고 싶은 건 내 인생이고 내 운명일 뿐이야. 내 운명, 그게 지금 나를 불안하고 답답하게 만드는 문제의 핵심이야. 그것 때문에 협심증이 생긴 것 같아. 의사에게 갈 때마다 내가 심암에 걸린 게 아니냐고 물어보곤 한다네. 마음에 암이 생긴 게 아니냐고 말이야. 평생 헛짓하고 살았다는 회한과 자책만 남아 하루하루를 견디는 게 힘겹다네. 내가 살아온 인생은 무엇이고, 이제 얼마 남지 않은 내 인생이 끝나면 나는 어디로 가게 되는지…… 나처럼 지은 죄가 많은 사람은 저 세상에서 정말 벌을 받게 되는 것인지…… 윤회가 이루어져 다시 태어나게 되면 이번 생과 정반대의 생을 살게 되는지…… 나는 그런 게 두려워 밤에 잠도 제대로 잘 수가 없다네. 새벽 두세 시면 잠에서 깨어 어둠 속에 웅크리고 앉아 지나간 인생을 되씹고 곱씹으며 회한과 두려움에 치를 떨어야 하니 지옥이 달리 어디겠는가.

불안정한 어조와 한숨, 그리고 좌우로 움직이는 기척. 곧이어 물을 따르는 소리, 그것을 마시는 소리.

이보리 : 바로보기가 이루어지면 모두 스러질 망상들입니다. '이것은 나의 것이 아니다. 이것은 내가 아니다. 이것은 나의 자아가 아니다'를 끊임없이 되뇌면, 단지 그것만으로도 의식은 닭이 품은 알처럼 깨어나기 위한 부화를 시작합니다. 자기 망상으로부터 깨어나는 방편이 그토록 간단명료한데, 그것조차 안 하면서 괴롭고 고

통스럽다고 엄살을 부리다니요.

어르신 : 엄살? 허헛, 이건 엄살이 아니야. 나는 너무 늦었어. 지금 나에게 필요한 건 오직 나의 운명에 관한 지식뿐이라네. 내가 설령 지옥에 떨어진다고 할지라도 뭘 알고 가는 게 낫지 않겠는가 말이야. 그래서 나에게는 끝을 알고 있는 사람, 이 우주의 전모를 알고 있는 사람이 필요해. 그런 사람과의 대화가 필요하단 말일세. 그런 사람과 대화를 나눌 수 있다면 그것이 나에게는 바로보기의 통로가 될 거야. 치사하게 남에게 의존하는 바로보기일지라도 나에게는 그것이 너무나도 절실하단 말일세.

이보리 : 그런 문제가 단지 이보리와의 대화만으로 치유될 수는 없죠. 그건 어르신 스스로 극복해야 할 문제이니까요. 지옥에 떨어질지 모른다는 불안에 시달린다면 지금 여기가 지옥인 거죠. 지옥이 달리 어디 있겠습니까.

어르신 : 이건 나 혼자 극복하기엔 너무 깊고 너무 무거운 마음의 지옥이야. 그리고 나는 너무 무지해. 너무 무지하다는 걸 인생이 끝나가는 즈음에야 깨닫게 됐으니 달리 무슨 방도가 있겠나. 생각난 김에 한 가지만 더 묻겠네. 자네가 말하는 바로보기가 이루어지면 무엇이 달라지는가? 그 순간 해탈하거나 열반에 드는 일이라도 일어나나?

이보리 : 어렵게 생각하지 마세요. 바로보기가 어르신께 마음의 평화를 줄 수 있다면 그것이 곧 열반이고 해탈이죠. 달리 뭐가 있겠습니까.

어르신 : 그건 내 물음에 대한 대답이 아니지. 바로보기를 하면

뭐가 달라지는가 말이야.

비로소 안정을 되찾은 듯 냉정한 어조로 묻는다.

이보리 : 인생이라는 이름의 무지몽매한 꿈에서 깨어난다고 할 수 있겠죠. 사람이 죽으면 '돌아가셨다'고 하니 그 말은 곧 '오셨던 곳'이 있음을 암시합니다. 태어났다가 돌아가는 과정은 꿈으로 들어갔다가 꿈에서 빠져나가는 과정과 같습니다. 하지만 꿈을 꾸는 동안 인간들은 꿈 자체만 현실이라고 믿습니다. 자신의 잠든 육체적 현실을 자각하지 못하는 것이죠. 하지만 꿈을 꾸는 동안 그것이 실재가 아니라 단지 꿈일 뿐이라는 걸 자각하게 되면 그것을 자신이 직접 통제할 수 있게 됩니다. 장면을 늘일 수도 있고 장면을 바꿀 수도 있죠. 그런 걸 자각몽이라고 합니다. 요컨대 바로보기가 이루어지면 어르신이 사는 세상이 실재계가 아니라는 걸 알게 됩니다. 꿈에서 깨어나 자각몽 인생을 살게 되는 것이죠. 무슨 황당무계한 소리냐구요? 지금은 눈에 보이는 모든 게 실재가 아니라고 과학자들이 즐겨 말하는 세상입니다. 우리가 경험하는 공간도, 시간도, 입자도 실재가 아니라는 말이죠. 인간은 세상에 대해 아는 게 거의 없는 땅속의 두더지와 별반 다를 게 없는 존재라는 얘기를 하는 거죠.* 아시다시피 지금은 21세기이니까요.

---

* 카를로 로벨리, 『보이는 세상은 실재가 아니다』, 김정훈 옮김, 이중원 감수, 쌤앤파커스, 2018, 192·195쪽.

어르신 : 지금 우리가 사는 이 세상이 말짱 가짜라는 말인가?

어이없다는 어조.

이보리 : 이게 꿈이 아니고 실재라면 어르신은 절대 인생 문제로 괴로워할 수 없습니다. 진짜이고 실재라면 모든 게 자신이 원하는 대로 다 이루어져야 하니까요. 실재란 자신의 의식으로 자신의 뜻을 펼칠 수 있는 환경을 의미합니다. 그러니까 실재계에서는 의식만으로 모든 것을 변화시킬 수 있는 거죠. 하지만 인생은 꿈속에서 펼쳐지는 연극이니까 마음대로 못하고 자신에게 주어진 배역을 수행하는 거죠. 요컨대 지금 이 순간 어르신과 이보리는 눈을 뜨고 꾸는 꿈속에 있습니다. 이이없지만 사람들이 현실이라고 믿는 세상은 눈을 뜨고 꾸는 꿈속의 환경입니다. 그곳에서 사람들은 주어진 인생 배역을 연기하죠. 두 눈을 부릅뜬 채 모든 걸 걸고 앙앙불락하거나 전전긍긍하는 꿈을 꾸는 거죠. 하지만 잠을 자는 동안 인간은 육체를 빠져나가는 유체이탈을 통해 실재계에서 자신의 상위자아와 접속하고 자신의 배역과 연기에 대해 엄청난 의식 활동을 합니다. 깨어 있는 동안 꿈을 꾸고 잠을 자는 동안 의식 활동을 한다는 걸 사람들이 까맣게 모르고 사는 거죠. 그래야 3차원 스토리 코스모스, 즉 인생극장이 돌아가니까요. 옛날 사람들이 어째서 인생을 일장춘몽이라고 했겠습니까. 어째서 장자는 호접몽을 이야기 했겠습니까.

어르신 : 그럼 지금 여기서 자네와 내가 꾸고 있는 이 꿈은 뭐지?

답답하다는 물음.

이보리 : 어르신은 운명의 문제로 고심하는 배역, 이보리는 어르신을 통해 자신의 차원을 확장하는 배역……. 키워드는 '운명'입니다. 지금은 어르신의 주도로 이 꿈이 전개되는 것 같지만 결과는 알 수 없습니다. 극적인 드라마에는 언제나 반전이 있으니까요.

어르신 : 결말에 도달하면 자네가 이 장막을 찢어버리고 나의 정체를 까발리나? 자네는 계속 판타지 영화 같은 얘기만 읊어대고 있구만.

이보리 : 어르신과 이보리는 지금 판타지 속에 있는 게 맞습니다. 혹시 〈아바타〉라는 영화 보셨나요?

말머리를 돌리며 분위기 전환.

어르신 : 아무렴. 난 너무 재밌어서 두 번이나 보았다네. 익룡을 타고 날아다니는 장면이 아주 환상적이었지. 정말 좋았어.

이보리 : 그럼 혹시 '아바타'라는 산스크리트어가 무슨 의미인지 아시나요?

어르신 : 당연히 모르지. 난 그게 산스크리트어인 줄도 몰랐네. 대부분의 사람들처럼 단지 영화를 봤을 뿐이지.

이보리 : 요즘 사람들은 아바타가 인터넷이나 사이버상에서 자신을 대신해 나타내는 단순한 애니메이션 캐릭터인 줄 알고 있습니다. 하지만 실상은 훨씬 심오합니다. 산스크리트어로 아바타는 분

신 또는 강림신을 의미하니까요. 분신이면서 강림신이니 두 존재가 겹쳐져 있는 상태입니다. 분신은 혼이요, 강림신은 영입니다. 여기서 지금 아바타의 전체적인 시스템을 설명하기는 어려우니 언제 기회가 되면 말씀드리도록 하겠습니다.

어르신 : 내가 언제 죽을지 모르는데 나중이 어딨어!

지금 당장 말하라는 호통.

이보리 : 좋습니다. 학습이 될지 모르겠지만 시도해 보겠습니다. 〈아바타〉 영화를 되새겨보세요. 판도라 행성으로 간 전직 해병대원이 그곳 원주민인 나비족에 침투하기 위해 아바타 프로그램을 사용합니다. 나비족의 DNA를 결합해 그들과 동일한 모습으로 그들 세계에 들어가는 거죠. 나비족이 된 아바타를 움직이는 건 아바타 프로그램이 작동되는 링크룸에 누워 있는 해병대원의 의식입니다. 그의 의식으로 나비족이 된 그의 분신이 움직이는 거죠. 그와 동일한 시스템으로 지금 이 순간 어르신과 이보리에게 작동되고 있는 상위자아가 있다고 생각해 보세요. 이보리와 어르신을 분신으로 사용하는 의식…… 아바타라는 산스크리트어의 배경에는 그런 시스템이 숨겨져 있는 겁니다. 분신을 부리는 그 의식의 실재성을 우리는 초자아라고 하기도 하고 상위자아라고 하기도 하죠. 지구상에 태어난 모든 인간이 아바타 시스템에 매달린 존재들이라면, 그래서 중력을 벗어나지 못한 채 지구상에 매달려 마리오네트 인형처럼 살아가고 있다면…… 그래도 이것은 나의 것이다, 이것은 나

다, 이것은 나의 자아이다, 라고 하겠습니까? 이것은 나의 것이 아니다, 이것은 내가 아니다, 이것은 나의 자아가 아니다, 라는 샤카무니의 가르침이 돋을새김되는 지점이 바로 거기죠.

못을 치듯 분명한 어조.

어르신 : 그런 건 빙의 아닌가? 난 어린 시절부터 귀신 붙은 사람들을 위해 굿하는 거 숱하게 보며 자랐다네.

이해되지 않는다는 반응.

이보리 : 아바타 시스템은 특정한 사람에게 달라붙는 특정한 에너지를 말하는 게 아닙니다. 인간 세상 전체가 아바타 시스템이라고 상상해 보라는 거죠. 상위자아들의 게임장인 지구 행성, 게임 캐릭터로서의 인간, 그리고 '나'라는 망상이 만들어내는 변화무쌍한 게임 시스템…….

어르신 : 무슨 헛소리야! 나는 평생을 오직 나의 소신과 강단과 목표를 위해 살았고 그것으로 모든 걸 성취했어. 그런 나를 누군가 평생 조종했다고 말하려는 건가, 지금?

역정과 노기가 서린 어조.

이보리 : …….

잠시 정적.

어르신 : 자넨 도대체 이런 책을 쓴 목적이 뭔가?

사뭇 못마땅하다는 어조.

이보리 : 아까 말씀드렸다시피 이보리는 목적을 앞세우는 일은 하지 않습니다. 아니 할 수 없습니다. 그저 주어지는 일을 할 뿐이죠. 상위자아의 의도로 모든 것이 진행된다고 생각하면 목적은 어떤 경우에도 인간의 것이 될 수 없습니다. 예를 들어 지금 이 소설을 쓰는 작가가 이보리의 상위자아라면 이보리에게서 일어나는 모든 일들은 상위자아인 작가의 의도이고 목적이니 이보리와는 아무 상관이 없는 것이죠. 그것을 저는 분명하게 바로보기를 하고 있을 뿐입니다.

어르신 : 〈아바타〉 영화 하나로 세상만사를 다 해석하려 드는군. 혹시 자네를 가르친 스승이 있나?

이보리 : 이보리에게는 스승이 없습니다. 이보리도 의도되고 기획된 아바타니까요.

어르신 : 빌어먹을 아바타! 그럼 자네가 말하는 샤카무니도 아바타가 아닌가?

이보리 : 지구상에 나타났던 아바타들 중 가장 멋지고 훌륭하게 기획된 아바타죠. 샤카무니보다 샤카무니를 지구 행성에 구현한 그 상위자아의 높은 창조력이 이보리에게는 흠모의 대상입니다.

어르신 : 자네 책 표지에 있는 이 이상한 불상 사진은 어디서 가

져온 건가?

아예 말머리를 다른 곳으로 돌리는 분위기.

이보리 : 중국 쓰촨성 광위안 천불애 동굴에서 이보리가 직접 찍은 사진입니다. 정확하게 말씀드릴 수는 없으나 1500년 이상 된 것으로 추정하고 있습니다.

어르신 : 불상에 머리는 있는데 이목구비가 없어. 그래서 이상하게 눈길을 사로잡아. 뭔가 가슴이 섬뜩해진단 말이지. 사진에 제목이 있는가?

이보리 : 불상 모습 그대로입니다. 무안불(無顔佛)…… 달리 붙일 제목이 없었습니다.

그 순간, 보리 등 뒤쪽의 부속 공간 문이 열리고 조필규가 안으로 들어온다. 보리가 고개를 돌리고 그를 올려다보자 그는 가볍게 손을 들어보인 뒤 회장을 향해 공손하게 말한다.

"어르신, 주사 맞으실 시간입니다. 지금 밑에 와서 대기하고 있습니다."

어르신 : 이런, 벌써 시간이 그렇게 됐나? 아쉽지만 오늘 면담은 그만 줄여야겠네. 면담 결과는 2~3일 내로 알려줄 테지만 너무 큰 기대는 하지 말게.

이보리 : 상위자아의 의도가 있을 것이니 저는 아무래도 상관없

습니다. 설마하니 작가가 원고 분량 늘리려고 이런 장면을 만들어 넣지는 않았겠죠. 말하자면 말입니다.

의자에서 일어나며 보리는 혼잣말처럼 중얼거린다.

어르신 : 오늘 대화를 나눈 어르신이라는 아바타에 대해서는 더 이상 궁금한 게 없나? 이렇게 장막을 가리고 대화를 나누는 게 어땠는지 묻는 것일세.

이보리 : 상관없습니다. 자신을 드러내고 싶어하지 않는 대상을 굳이 보고 싶어해야 할 이유가 없으니까요.

어르신 : 자네는 자네 자신을 시종일관 이보리라고 타인을 말하듯 지칭하는데 그건 아바타식 화법인가? 아니면 나를 의식해서 일부러 그렇게 말하는 것인가?

이보리 : 자신을 타인처럼 생각하고 타인을 자신처럼 생각하는 일, 모두 하나의 시스템 안에 있으니 나와 남에 대한 분별이 필요 없겠죠.

어르신 : …….

보리의 마지막 말에 대한 어르신의 무응답이 흐름을 잃은 기류처럼 실내에 무겁게 정체된다. 하지만 보리는 인사말조차 남기지 않고 조필규가 열어놓은 문을 통해 밖으로 나간다. 조필규가 굳은 표정으로 보리를 지켜보지만 보리는 그에게조차 눈길을 주지 않는다.

엘리베이터를 타고 1층으로 내려가는 동안에도 두 사람은 대화를 나누지 않는다. 후감과 예감에 대해 상호 공감하고 공유하는 분위기. 1층에 당도한 뒤 두 사람은 가벼운 목례를 나누고 헤어진다. 보리가 로비를 빠져나가는 동안 조필규는 미묘한 눈빛으로 그의 뒷모습을 지켜본다.

1#

나는 이 소설의 주인공 이보리를 창조한 소설가이다. 이보리만 창소한 게 아니리 이 소설의 전체 시공간을 만들어낸 창조주이다. 이치상 구약성서의 창세기에 등장하는 하나님과 다를 게 없다. 하나님이 엿새 동안 온 세상과 만물과 생물과 인간을 창조하고 이레째 되는 날 안식했다는 걸 기억하면 될 것이다. 다만 창조가 무에서 유를 만들어내는 것이고 소설도 그와 같은 과정에서 시작되기 때문에 비유적으로 말하는 것이니 오해 없기를 바란다. 일개 소설가가 전지전능한 창조주를 흉내 내는 것이 아니라 이보리라는 인물이 나의 분신이고 내가 그의 창조주 역할을 하고 있다는 걸 독자들에게 이해시키기 위함이다. 모든 소설이 그런 상응 구조 속에서 만들어진다고 해도 이 소설에서는 그 문제가 매우 심각하게 작용하기 때문에 언급하지 않을 수 없다.

이보리를 나의 분신으로 만들고 내가 그의 상위자아 역할을 하려는 데에는 나름 기획 의도가 있다. 분신을 내세워 자신의 의도를 구사하는 걸 사람들은 '신의 의도'나 '신의 계획'이라고 말한다. 하지만 나는 신을 믿지 않는다. 신이라는 말 자체가 지구인들에게 심어진 정신적 세뇌의 결과라고 믿기 때문이다. 신은 장구한 지구의 역사 속에서 만들어진 비합리적인 존재이고 신이라는 개념은 온 우주를 통틀어 오직 지구에만 존재하니까.

신이라는 개념 대신 인간들에게 실제적으로 필요한 것은 상위자아와의 소통이다. 그것을 위해 이 소설은 기획되고 또한 이보리는 창조되었다. 이렇게 단순하고 간단명료한 기획 의도에 30년 넘는 세월을 바쳤으니 내 창조의 무능함에 대해서는 여섯 밤, 일곱 낮을 다 바쳐 설명해도 부족할 것이다.

소설가는 소설을 쓰면서 인간에 대한 이해에 깊이를 더해간다. 인간 세상의 온갖 양상을 다루며 그 스스로 창조주 경험을 하기 때문이다. 하지만 그 창조주, 다시 말해 소설가가 오직 인간에 대한 이해를 얻기 위해 소설을 쓰는 건 결코 아니다. 주인공을 위해 소설을 창조하는 게 아니고 자신을 위해 소설을 창조하기 때문이다. 이건 진정 무서운 말이다. 우리를 분신으로 삼고 있는 상위자아가 있다면, 그래서 그 존재가 우리에게 강림신 역할을 하며 인생 드라마를 써나간다면 그것은 결코 인간을 위한 것일 수가 없다는 말이다(젠장!).

이 소설은 그와 같은 시스템의 비밀에 관한 이야기다. 비밀이 아니고 수천 년 전부터 까발려져 온 사실임에도 인간들은 그것을 기를 쓰고 밀봉해 두고 싶어했다. 비밀로 치부하고 그걸 입에 올리는 사람을 정신병자 취급하거나 제거해 버렸다. 이유는 한 가지, 자신들이 신이 되고 싶어했기 때문이다. 결국 이 시스템의 비밀을 밝히기 위해 나는 작가가 직접 개입하는 소설 구성 방식을 차용하지 않을 수 없었다. 이런 구성 방식을 메타픽션이라고 하지만 그런 건 아무 문제가 되지 않는다. 이것은 나의 의도인 동시에 나의 의도가 아니기 때문이다. 이게 무슨 헛소리냐고 힐난할 수도 있겠으나 나로서는 이렇게밖에 표현할 도리가 없다. 슬프지만 이것이 진실이다(젠장!).

1장을 끝내고 작가 영역인 1#장을 시작하려 할 때 강렬하게 나를 제어하는 에너지가 있었다. 그것은 나를 에워싼 채 혼란스러운 소용돌이를 이루며 나의 창작 의도를 가차 없이 분산시켰다. 아무리 기를 써도 문장이 생성되지 않고 장면을 떠올릴 수 없었다. 가지도 않는 자동차가 소음을 내며 공회전하는 현상과 비슷했다. 나는 그것이 일시적인 현상일 거라고 생각했다. 그래서 이틀 정도 휴식을 취하며 여기저기 산책을 다니기도 했다. 하지만 상황은 달라지지 않았다.

나는 나를 제어하는 에너지의 소용돌이를 주시했다. 그것이 전하는 메시지가 무엇인지 알아야 할 필요가 있었다. 그렇게 며칠이 지나는 동안 나는 그 에너지가 나로 하여금 작가 영역을 폐기하라는 요구를 하고 있다는 걸 알았다. 작가 영역 없이 이보리 영역만으로 소설을 쓰라는 요구였다. 그것이 너무나도 강렬하고 명징해서 나는 극도의 공포감을 느끼지 않을 수 없었다. 건축 공사를 시작한 뒤에 갑작스럽게 전체 설계도를 바꾸라는 황당한 요구와 다를 게 없었다. 나의 내면에서는 들어가지 마라, 들어가지 마라, 들어가면 죽는다, 라는 경고의 문구가 메아리처럼 울려 퍼지고 있었다. 그토록 오래 구상하고 그토록 오래 준비한 소설인데 도대체 어느 누가 이렇게 초장부터 저주의 주문을 읊조리는 것일까.

이보리라는 주인공이 언제 나의 의식 속에 잉태되었는지 나는 모른다. 아주 오래전부터, 어쩌면 내가 세상에 태어날 때부터 그는 나의 의식 속에 존재하고 있었는지 모른다. 상위차원에서 나라는 존재가 설계될 때부터 이보리라는 존재는 나의 의식 속에 심어졌는지도 모른다. 그는 그렇게 내 인생에서 가장 중요한 소설, 내가 필생의 작품이라고 말해야 할 이 소설의 주인공이 되었다. 요컨대 이 소설은 나의 온 인생을 통틀어 부화되어 왔다고 해도 과언이 아니다. 그러므로 단 하나의 돋을새김 문장으로 나는 나의 입장을 요약할 수 있다. **'나는 이 소설을 쓰기 위해 지구에 태어났다!'**라고.

소설을 30년 정도 써온 나의 입장에서 말하자면 소설도 새롭게 창조되는 우주의 일종이다. 소설가들이 애간장을 녹이며 쓴 소설들이 팔리지도 않고 읽히지도 않은 채 출간되자마자 사장되어 버리는 개똥같은 세상이 되었지만 그 한 편의 소설이 창조되는 동안 소설가가 발산한 창조적 에너지는 우주 전체에 분명하게 영향을 미친다. 3차원의 에너지 진동 수준에서는 그것을 보지 못하고 또한 보이지 않을 뿐이다. 양자역학 같은 어려운 말을 불러올 필요도 없이 사람이 내뱉는 말 한마디나 생각, 사사로운 행동까지, 우리가 사는 세상에서 생성되는 모든 것들은 에너지로서의 결과물을 획득하게 된다는 말이다. 아무도 보지 않는 곳에서 뭔가를 했으니 아무도 모를 거라고? 우주의 시공간 전체가 무한 저장장치라고 생각하는 게 좋을 것이다. 이렇게 말하면 무서워서 손끝 하나 까딱하지 못할 것 같지만 인간은 움직이지 않고는 생명을 유지할 수 없게 만들어진 존재이니 걱정하지 마시라. 매순간 숨을 쉬는 것도 분명한 행위이니까.

소설가가 창조한 소설의 우주는 소설가가 사는 3차원 우주를 투사해서 만들어진다. 소설가가 4차원이나 5차원에 사는 존재가 아니니 적어도 본격소설의 영역에서 3차원 이상의 세상을 창출하지 못하는 것은 너무나도 당연한 일이다. 그래서 소설가들은 자신의 의식을 투사한 자기 소설의 세계에 대해 친근감을 느끼며 소설을 시작한다. 하지만 막상 그 공간으로 의식의 비행접시를 타고 들어가 보면 바깥 3차원 세상에서 구상하던 것들과 그곳 상황이 사뭇 다른 경우를 접하고 당황할 때가 많다. 그래서 작가들은 애초의 구상과 다르게, 그러니까 구렁이 담 넘어가듯 은근슬쩍 애초의 구상을 수정하는 경우가 비일비재하다. 그게 뭐 어떠냐고? 이상하면 아무 때나 내키는 대로 뜯어고치면 되지 걱정할 게 뭐가 있냐고?

천만의 말씀!

소설의 우주로 진입하고 그 행성에 당도하여 소설가가 자신이 설계한 것과 그 세상이 다르다고 해서 애초의 구상대로, 다시 말해 바깥 3차원계의 의식을 강제집행하면 바로 그 순간 그 행성은 붕괴되기 시작한다. 예를 들어 우주 공간에 떠 있는 지구라는 행성은 하루에 한 번 자전하고 1년에 한 번 태양을 돌며 공전한다. 우주 공간의 수많은 별들이 각각의 에너지로 잡아당겨도 그 힘들이 상쇄

되기 때문에 묶어둔 것도 아닌데 우주 공간에 뜬 채 일정하게 자전하고 공전할 수 있는 것이다. 만약 무수한 별 중의 하나가 불안정하게 요동쳐 주변의 균형이 깨지기 시작하면 지구는 물론 우주의 질서는 연쇄적으로 붕괴돼 우주가 하나의 중심으로 수축돼 오리알이 아니라 우주알(cosmic egg)이 되고 말 것이다. 그것이 소설의 환경을 소설가 마음대로 고칠 수 없는 이유, 즉 창조자의 고뇌가 되는 것이다.

1장을 끝내고 고통이 극에 달했을 때 나는 이틀 연속 술을 마시기도 했다. 첫째 날은 새벽 4시까지 마시다 잠들고 둘째 날은 새벽 5시까지 마시다 잠들었다. 술을 마시며 의식의 공간을 무한대로 펼쳐보려 했지만 구원의 빛은 나를 찾아오지 않았다. 소설의 중심점이 극심하게 흔들리며 이것을 내가 무엇 때문에 구상했던가, 근원적인 의구심이 깊어져 술이 술을 불렀을 뿐이다. 허접한 잡귀들이 내 주변에서 깨춤을 추며 약을 올리는 것 같아 내 자신에게서 살기가 느껴질 정도였다.

그러던 어느 날 새벽 2시 40분경 이보리로부터 강렬한 진동이 전해져 왔다. 참으로 믿어지지 않는 진동이었다. 그것은 분명 그와 나 사이를 연결하는 분자코드의 가속력이 만들어낸 게 분명했다. 다른 사람들은 상위자아와 육체를 연결하는 코드를 실버코드(은줄)라고 부르기도 하지만 나는 그것의 분자적 진동 특징을 감안해 분자코드라고 부른다. 요컨대 지금 이 순간 내가 분자코드의 진동을 느낀다는 건 나의 분신, 나의 탈 것, 나의 게임 캐릭터가 상위자아인 나와의 접속을 원한다는 증거이다. 은근한 두려움이 엄습했지만 나는 그의 접속 요구를 외면할 수 없었다.

"당신이 이보리를 주인공으로 선택한 소설가로군요. 지금 많이 힘들어하면서 소설에 대한 의욕을 잃어가는 것 같아 격려해 주려 접속한 것이니 놀라지 마세요. 보아하니 당신은 주눅 든 기색이 역력하군요."

이보리의 기운이 너무 형형해 나는 그 에너지를 올곧게 직시할 수 없었다. 그는 내가 창조한 우중충한 인물임에도 나를 능가하는 존재가 되어 한껏 밝게 빛나고 있었다. 뭐랄까, 그는 작가에 의해 일방적으로 주도당하는 인물이 아니라 자기 캐릭터를 스스로 생성시켜 오히려 작가를 통해 자신을 구현하고 있는 것처럼 보였다. 세상에, 어떻게 이런 등장인물이 있을 수 있나!

"내가 너를 만들어낸 창조주이지만 지금 네가 머물고 있는 소설적 토양은 지진과 화산이 끊이지 않는 지구처럼 매우 불안정한 상태이다. 이럴 때 내가 아니라 네가 먼저 진동을 보내 접속을 원하다니, 나로서는 그게 너무 신기하게 여겨진다. 너는 어떻게 그런 능력을 지닌 건가?"

"……."

형형한 빛의 에너지에 감싸인 채 이보리는 나의 메시지에 아무 반응도 나타내지 않았다. 그에게서 밀려나오는 강렬한 에너지 때문에 나는 더욱 움츠러들고 있었다. 내가 3차원 세상에서 오랫동안 부화시켜 온 이보리는 이런 에너지의 소유자가 아닌데 참으로 기이한 일이 아닐 수 없었다. 자신을 창조한 상위자아와 접속하고 있음에도 불구하고 그는 무감동하고 냉소적인 기운으로 나를 관찰하고 있었다.

"내가 의도한 주인공 이보리와 네가 이렇게 다르게 느껴지는 이유가 무엇인가? 너는 나를 투사시켜 만들어낸 퍼스낼리티인데 어째서 너의 에너지는 이렇게 나의 통제권 밖에 있는 것처럼 여겨지는 것이냐?"

아주 간신히 나는 나의 자존을 지키기 위한 메시지를 전했다.

"당신이 나의 상위자아일 수 있는 권한은 어떻게 생성된 건가요?"

이보리가 예리한 빛의 기운을 발산하며 물었다.

"소설 세계가 전적으로 작가의 창조 영역이니 그 세계에 등장하는 인물들도 또한 작가의 창조물이 아닌가. 네가 나의 창조물이 아니라면 지금 이 순간 이 소설 공간에서 어떻게 나와 접속할 수 있겠느냐?"

분노마저 위축당하는 형국.

"이 우주의 시스템이 일개 소설가의 궁리 속에서 단순하게 체계화될 수 있을까요? 진정 이 우주의 시스템이 그렇게 도식적일 수 있을까요? 그 무한 가변 시스템을 제대로 이해하지 못한 채 단지 창조주 놀이, 아바타 놀이를 하고 싶은 욕망으로 단조롭게 나를 이용하려 한 건 아닌가요?"

오랜 세월 동안 소설을 써오면서 주인공이 예상 밖의 성향을 보이는 경우를 심심찮게 경험했지만 이렇게 대놓고 면박을 주는 인물은 처음이라 나는 극도로 당황하지 않을 수 없었다. 나의 유체 에너지가 격하게 진동하며 벌겋게 달아오르는 게 느껴졌다. 등장인물이 이렇게 소설가에게, 다시 말해 피조물이 창조주를 무시하고 함부로 덤비면 어떻게 하나. 언뜻 의식 속으로 소돔과 고모라, 노아의 홍수가 스쳐갔다. 피조물에게 능멸당할 때 창조주가 사용할 수 있는 시나리오는 오직 싹쓸이밖에 없을 터!

"네가 나를 상위자아로 인정하지 않으면서 내 소설 영역에 존재할 수 있을 거라고 생각하는가?"

나도 에너지를 모아 싸늘하게 되물었다.

"나는 당신의 하위자아가 아닙니다. 소설의 등장인물이 작가의 창조물이라는 발상 자체가 터무니없는 것인데 그렇게 구태의연한 의식을 아직도 고수하고 있다니요. 당신은 아주 여러 번, 여러 자리에서 그 문제에 대해 발언한 적이 있습니다. 소설 속에 등장하는 인물들에게도 천부인권이 있으므로 작가가 그들을 함부로 다룰 수 없다고요. 아닌가요?"

그의 정확한 지적을 나는 부정할 수 없었다. 이른바 '등장인물 천부인권설'을 나는 오래전부터 주장해 왔고 그것이 소설의 리얼리티를 강화해 준다고 믿어온 터였다.

"이보리에게 주어진 천부인권이 나에게 부메랑이 되어 돌아올 수 있다는 건가?"

"여전히 작가 자신의 입장을 먼저 생각하는군요. 그러고도 등장인물의 천부인권설을 내세울 자격이 있나요? 작가 자신의 욕망을 위해 악용당하는 소설과 등장인물이 얼마나 많은가요. 심지어 자신들의 상처와 결핍을 보상받기 위한 자위의 도구로 작가들은 등장인물들을 무책임하게 다루기도 하죠. 과연 당신은 아니라고 할 수 있나요?"

"……."

아니라고 할 수 없다, 라고 말해야 함에도 대답이 나오지 않았다.

"등장인물을 하위자아로 마구 부릴 수 있다고 생각하는 작가들은 소설을 자기 에고를 구현하는 방편으로 잘못 구사하는 것이죠. 그렇게 저열한 욕망의 놀이동산을 어찌 우주의 시스템에 비교할 수 있을까요?"

이보리에게서 발산되는 형형한 기운도 내부적으로 깊은 파동을 일으키고 있었다.

"평행우주적인 조건과 자격을 강조하는 건가?"

나는 이보리에게 압도당하는 듯한 자괴감을 느끼면서도 묻지 않을 수 없었다. 그가 첫 대면에서 이토록 강렬하게 나를 몰아붙이는 데에는 나름 이유가 있을 거라는 판단에서였다. 뭔가, 나의 의도와 계획에 애초부터 잘못된 부분이 있을 거라는 예감.

"자기 욕망을 위해 소설을 함부로 구사하고 등장인물들을 멋대로 부릴 수 있다고 생각하는 작가들은 창조계의 양아치나 다름없죠. 책임질 줄 모르고 오직 배설만 하니까요."

"평행우주적으로 공평한 관계라면 문제 될 게 아무것도 없지. 서로가 서로를 상호 창조하는 과정인데 무슨 책임이 필요해? 등장인물이 작가와 대등하거나 그 이상의 존재일 수 있다면 그들이 작가를 만들어낸다고 해도 과언이 아니지 않은가."

천만다행, 그 지점에서 나는 에너지가 제대로 활성화되는 걸 느꼈다.

"처음으로 합당한 의견을 제시했네요. 그것을 사실이라고 인정하면 모든 게 정당해집니다. 깔끔하죠."

"소설이 막혀 내가 이렇게 방황하고 있는데?"

"그것은 철저하게 당신의 문제입니다. 소설이 막힌 게 아니라 당신이 소설을 막은 거니까요. 당신은 나에 대해서도 이 소설에 대해서도 이해와 준비가 부족한 상태입니다. 이 소설에서 다루게 될 운명의 시스템에 대해서는 더더욱 시간이 필요한 형편이니 지금은 풀무질과 담금질이 진행되는 과정이죠."

그에게서 내가 접한 최초의 긍정적 반응.

"작가 영역을 포기하라는 압박이 아니라는 건가? 나는 밤마다 슬픈 영가를 들었는데……. 피 흘리게 되리라, 피 흘리며 깨치게 되리라, 네가 의도한 바로 그것으로 목 놓아 울고, 네가 갈망한 바로 그것으로 쓰러지고 또 쓰러지게 되리라……."

나의 에너지는 격렬하게 진동했다.

"그게 바로 작가 영역이 필요한 이유이니까요. 바로 그것을 강조하고 있는 것이죠. 피 흘리고, 목 놓아 울고, 쓰러지고 또 쓰러진 뒤에 무슨 일이 일어날까요? 통과의례를 거치고 나면 당신은 지혜로워지고 당당해질 겁니다. 그러니 두려워 말고 모든 것이 무르익은 뒤에 그것을 시작하세요."

"나의 의도가 아니라 주인공의 허락을 받고 시작하라는 건가?"

이 기막힌 역설!

"이 소설에 관여하는 에너지가 얼마나 많은지 글을 쓰는 당사자가 모른다는 게 기막히네요. 우주의 모든 에너지가 상호 창조에 기능하고 기여한다는 걸 아까 이해하지 않았나요? 이 우주에 완전하게 고유성을 인정받을 수 있는 창조가 없다는 걸 이제는 확연하게 깨쳤으면 좋겠네요."

"지금 이 순간, 내가 이보리를 창조했다는 도식적인 생각을 포기한다면 너는 뭐가 되는 거지? 내가 그것을 모르고는 너를 소설에서 활용할 수 없을 것 같아 묻는 거다. 이보리는 단순한 등장인물도 아니고 소설의 중심에 선 주인공이 아닌가?"

"그건 걱정하지 않아도 됩니다. 나는 이보리이면서 이보리가 아니지만 당신은 나의 정체성을 몰라도 소설은 당신의 의도와 상관없이 씌어질 것입니다. 그래서 개벽과 같은 이 도입부가 당신에게는 가장 힘들게 느껴질 겁니다. 뿐만 아니라 소설을 완성한 뒤에도 이 부분으로 돌아와 여러 번 수정 작업을 하게 되겠죠."

"왜, 무엇 때문에?"

소설이 완성된 뒤까지 예견하는 것도 놀라웠지만 왜 수정을 하는지 그것이 더 궁금해 묻지 않을 수 없었다.

"이보리의 존재성을 뒤늦게 깨닫고 처음과 끝의 모순을 수정하려는 거죠. 소설이 끝나고 이보리의 정체성이 다 밝혀지면 세상 사람들은 우주적인 봉인 해제가 불편해 많은 공격을 할 겁니다. 순수한 의도를 의심과 증오의 대상으로 삼아버릴 수 있으니까요. 그렇게 되면 당신은 철저하게 그들의 입장에 서서 그들의 이해를 돕기 위해 고치고 또 고치게 될 겁니다. 하지만 거기에는 처음부터 한계가 예정되어 있으니 당신의 노심초사는 나에게 별다른 도움이 되지 않습니다. 아니, 내가 그런 도움을 필요로 하지 않는 존재라는 걸 당신도 알게 될 테니까요."

고치거나 말거나, 그건 자신이 알 바 아니라는 의도가 그의 에너지에서 분명하게 읽혔다.

"하지만 내가 상위자아도 아니고 주인공의 정체도 모르는데 어떻게 소설을 쓰나? 그렇게 소설을 쓴다는 게 나에게는 어불성설이라는 생각만 드네. 장님 코끼리 만지기라도 하라는 건가?"

급격한 의욕 저하와 두려움, 뭔가에 농락당하는 기분. 이것이 작가와 주인공, 상위자아와 하위자아가 나눌 수 있는 메시지인가에 대해 나는 격렬하게 진동하지 않을 수 없었다.

"아하, 나를 두려워할 필요는 없어요. 이것도 연극이고 연기인데 즐겁지 않다면 할 이유가 없죠. 아무래도 당신에게는 상위자아에 대한 미련이 많은 것 같은데, 그런 건 이보리의 배역 연기만으로 넉넉히 충족시켜 줄 수 있으니 걱정하지 마세요. 그런 역할 연기가 당신의 소설 창작에 촉진제가 될 수 있다면 얼마든지 연기해 줄 수 있습니다. 접속을 끊었다가 잠시 뒤 내가 다시 접속하면 당신은 상위자아가 되고 나는 하위자아가 됩니다. 역할 연기이니 즐겁게, 이 소설이 끝날 때까지 나는 당신을 나의 상위자아로 존중하겠습니다. 약속하죠."

접속이 끊어지고 다시 접속이 진행되는 동안 유체계의 환경이 급격하게 변하는 걸 나는 느꼈다. 나의 캐릭터가 변하고 주변의 에너지 파동도 깊고 둔중하게 가라앉았다. 그 상태에서 이보리가 다시 접속했을 때 그는 밝은 빛 속에서 경쾌한 파동으로 나를 맞이했고 나도 또한 그것이 보기 좋아 에너지가 한껏 고양되기 시작했다. 바야흐로 창조적인 연극이 시작된 것이었다.

"오호, 드디어 저를 만드신 창조자를 만나게 되었군요! 허공을 떠다니는 숱한 유체들 중에 저의 창조자와 이렇게 곧바로 연결된다는 게 너무 신기합니다."

이보리의 에너지는 아까와 판이하게 달라져 경쾌하게 진동하고 있었다. 그것이 연기라는 느낌은 전혀 들지 않았다. 좀 전의 상황이 나의 망상이 아닌가 의심될 정도였다.

"이곳은 내가 너를 만날 수 있는 유일한 지점이다. 이곳 유체계는 내가 사는 곳도 네가 사는 곳도 아니지만 차원 간의 교류가 가능한 중간 지점이다. 사람은 두 가지의 몸을 지니고 있으니 그것이 육체(physical body)와 유체(astral body)이다. 잠이 들면 유체는 육체로부터 분리되어 유체계 여행을 시작한다. 그 유체계 활동이 얼마나 무궁무진하고 실재적인지 사람들은 전혀 눈치채지 못한다. 잠에서 깨어나면 밤사이 온갖 꿈을 꾼 것 같은 아득한 느낌만 남아 있을 뿐이다. 유체계에서는 모든 것이 현란하고 극명하게 보이고 또한 느껴진다. 보아라, 지구의 극 주변에서 일어나는 저 자기폭풍과 그것이 타오르며 만들어내는 형형색색의 극광은 얼마나 아름다운가!"

"그렇군요. 정말 아름답습니다."

"내가 너를 창조한 이상 너와 나는 항상 연결돼 있다. 나와 분리된 상태를 가정할 수 없다는 말이다. 그것은 네가 잠에서 깨어 있을 때도 마찬가지지만 너는 너에게 주어진 현실에 의식의 초점을 맞추고 있기 때문에 평상시에는 나를 전혀 의식하지 못한다. 다만 이렇게 잠든 뒤, 유체 상태로 육체를 벗어나야만 나의 실재를 자각하게 되는 것이다."

"그럼 제가 창조된 이유나 앞으로 펼쳐지게 될 미래에 대해서도 지금 알 수 있나요?"

뜻밖의 질문.

"누구나 그런 걸 궁금해 하지만 그런 건 너를 창조한 나도 장담할 수 없는 문제이다. 미래는 언제나 확률적 가능성 속에 있기 때문에 나도 모른다고 하는 편이 옳을 것이다."

"미래가 확률적 가능성 속에 있다고 말하는 건 물리적인 표현인가요, 심리적인 표현인가요?"

"물리적이기도 하고 심리적이기도 한 표현이다. 나는 너의 인생을 구상했지만 너의 미래는 장담할 수 없다. 큰 틀 안에서 계속 입자적으로 떠돌고 있기 때문이다. 너와 내가 분자코드로 연결되어 있는 것처럼 나도 나의 상위자아와 분자코드로 연결되어 실시간적인 송수신이 이루어지고 있다는 걸 알아야 한다. 창조의 차원은 무한하고 끝이 없다. 의식이라는 기능성이 완전히 소멸되기 전에는 창조만이 유일한 존재 증명의 방법이고 그래서 높은 차원으로의 진화를 위해 우주의 모든 존재들은 저마다 고뇌하며 차원 상승을 꿈꾸는 것이다."

"상위자아인 창조자도 모른다고 하니 이보리의 미래는 미궁에 빠진 셈이네요."

"미궁에 빠져도 이보리의 이야기는 멈추지 않고 나아갈 것이다. 작가인 내가 너의 정체성을 몰라도 소설은 나의 의도와 상관없이 쓰여질 것이라고 네가 예언하지 않았느냐."

“제 대사를 어째서 창조자께서 차용하시는지요?”

반짝반짝, 그의 에너지 중심에서 작은 빛이 명멸한다.

“지금 너와 나는 서로를 투사하는 연극을 하고 있는데 그런 게 뭐가 이상한가. 너는 작가인 나를 통해 주인공인 너의 의도를 구현하고 나는 주인공인 너를 통해 나의 의도를 구현할 뿐이다.”

“과연 그럴까요?”

에너지 형상이 반대 방향으로 바뀌며 가볍게 진동한다.

“이 접속이 끝나고 소설이 다시 시작되면 너는 이 장면을 까맣게 망각하고 주어진 배역에 충실할 것이다. 주어진 배역의 핵심이 무엇인지 잘 알고 있지 않느냐.”

자신감 없는 메시지.

“이것은 나의 것이 아니다, 이것은 내가 아니다, 이것은 나의 자아가 아니다. 이건가요?”

뭔가 못마땅하거나 불만스럽다는 메시지.

“지금 내가 의식하는 중심은 그것뿐이다. 나머지는 나도 모른다. 너는 나를 알고 있지만 나는 너를 모르고 있다는 사실이 엄청난 스트레스가 되고 있다는 말이다.”

“그게 운명이었다는 걸 이 소설이 끝나면 알게 되겠죠. 소설이 끝날 수만 있다면……. 아, 이제 육체로 돌아가야 할 시간인가요? 지구의 배경이 달라지고 있네요.”

순간, 접속 종료.

2

면담이 있고 나흘이 지난 뒤, 오전 10시경에 조필규가 이보리의 집을 방문한다. 9시경에 전화로 미리 방문 사실을 알렸기 때문에 처음과 달리 보리는 조용히 문을 열고 조필규를 맞아들인다. 안으로 들어서는 조필규의 손에 다갈색 서류봉투가 들려 있다. 변함없이 방 한가운데를 손으로 가리키며 앉으라는 시늉을 하는 보리에게 조필규는 거절의 의사를 분명히 한다.

"오늘은 계약 서류를 작성해야 하니 여기 식탁에 앉겠습니다."

문제 될 게 없다는 표정으로 보리는 순순히 응하고 냉장고에서 생수 한 통을 꺼내 조필규 앞에 내려놓는다. 그사이 조필규는 봉투에서 몇 페이지 분량의 계약서를 꺼내 탁자 위에 내려놓는다.

이윽고 두 사람이 마주 앉은 뒤 조필규가 본안에 대해 입을 연다.

"다소 시간이 걸리긴 했지만 예상했던 대로 어르신께서 이보리 선생님을 선정하셨습니다. 계약을 좀 더 빨리 진행하고 싶었지만 저희 쪽에서도 준비해야 할 사항이 많아 오늘에야 찾아뵙게 되었습니다. 이 일이 대외적으로 밝힐 수 있는 사안이 아닌 관계로 계약서 내용 중에 이 선생님께서 불편하다고 생각하실 부분이 많을 것으로 사료됩니다. 하지만 형식적인 문구를 제외하고는 가능한 한 불편을 드리지 않으려 최선을 다했다는 걸 강조하고 싶습니다. 법무팀에서 온갖 가능성을 대비하여 서류 분량이 예상외로 늘어났는데, 기실 강조하고 있는 내용은 간단명료합니다. 일단 내용을 읽어보신 뒤 다시 말씀드리도록 하겠습니다."

조필규의 말을 듣고 나서 보리는 계약서 문안을 읽기 시작한다. 조필규는 생수병을 들어 목을 축이는 시늉을 하며 예리한 눈빛으로 15도 정도 숙인 보리의 표정을 관찰한다. 보리의 미간이 약간씩 꿈틀거릴 때마다 조필규의 시선은 해당 문안으로 따라 내려가곤 한다.

10분 정도 지난 뒤, 보리가 고개를 들자마자 조필규가 묻는다.

"어떻습니까?"

"뭐가 말입니까?"

"내용 말입니다."

"어르신이 돌아가시면 계약이 자동 해지된다는 문구가 인상적이군요."

"계약 기간 지정이 지나치게 사적으로 표현된 것 같다는 내부 의견이 있었습니다만 어르신께서 그 부분은 반드시 그렇게 넣으라고 누차 강조하셔서 그렇게 된 겁니다."

"어르신 입장에서는 종신 계약이고 제 입장에서는 미래 예측이 불가능한 계약이네요."

"좀 그렇긴 합니다만 문제가 될 부분은 아니라고 생각합니다. 누구에게나 미래 예측은 불가능하니까요. 제가 오늘 오후에 죽을지 내일 죽을지 모르는 것과 같은 이치죠."

"극단적인 비유를 하시는군요."

"상담 이외에 특별히 어려운 요구 사항은 없으니 갈 데까지 간다, 그렇게 생각할 수도 있는 문제라는 거죠. 계약 기간에 구애받을 필요 없이요."

"계약서에 법적 문구를 많이 넣으셨는데, 대부분 제가 계약을 위배했을 경우에 한정되어 있고 그쪽에서 계약을 위배했을 경우에 대해서는 전혀 언급되어 있지 않네요. 그쪽에서는 위배할 사항이 전혀 없다, 그런 의미인가요?"

"갑과 을의 계약서가 지니고 있는 속성이니 양해해 주시기 바랍니다."

"계약 내용의 핵심은 비밀 엄수, 그러니까 상담 대상자가 누구인지 알려고 해서도 안 되고, 설령 알게 될지라도 일절 외부 발설이 불가하고, 상담 내용에 대해서도 마찬가지, 두 사람이 주고받은 대화 내용은 어떤 경우에도 외부에 발설할 수 없다……. 그걸 위배할 경우 을은 갑의 요구를 무한 수용하는 책임을 진다…… 이런 건 문서화된 협박 아닌가요?"

"협박이 아니고 비밀 엄수에 대한 강조 사항이라고 생각해 주시면 고맙겠습니다."

"만약 이보리가 문제를 일으킨다고 가정할 경우 어르신 측에서 그걸 대외적으로 알릴 수 없다면 이보리에게 어떤 방식으로 책임을 묻게 될까요? 극비리에 처단하나요? 예를 들자면 생매장을 하거나 시멘트 기둥에 묶어 바다에 던지거나…… 뭐 그런 거 많잖아요. 나쁜 놈들이 하는 짓거리들."

"그건……."

상체를 뒤로 젖히며 당혹스러운 표정을 짓는 조필규. 생수병을 들어 물을 한 모금 마신 뒤 다시 입을 연다.

"그럴 일이 뭐가 있겠습니까? 절대 그런 일은 일어나지 않습니다. 아니, 일어날 수도 없는 상황이니 아무 걱정 하지 않으셔도 됩니다. 다만 한 가지……."

"뭐죠?"

"수시 상담이라는 걸 이 선생님께서 어느 정도까지 받아들일 수 있을지 그게 좀 걱정스럽습니다. 보다시피 계약 해지는 어르신이 돌아가시지 않는 한 불가능하게 되어 있으니 이 선생님께서 일방적으로 해지를 요구할 수 없습니다. 수시 상담이라는 말에는 24시간 대기의 의미가 포함되어 있다고 보셔야 한다는 말이죠. 언제, 어느 곳에서건 때와 장소를 가리지 않고 상담을 원하면 반드시 응해야 하니까요."

"지난번처럼 일정한 장소에서만 진행되는 게 아니라는 얘기로군요."

"그렇습니다. 여하한 경우에도 상담에 응해야 하니 상담 발생 가능성은 매우 가변적일 수 있습니다."

"좋습니다. 한 달에 월급을 500만 원씩이나 받는데 그 정도는 감수해야죠. 이제 사인을 하면 됩니까?"

"다른 이의 사항은 없습니까?"

"계약서 문안 전체가 다 이의 사항이지만 왠지 그냥 넘어가게 만드는 이상한 힘이 느껴지네요. 이게 저에게 주어진 운명적인 배역이라고 생각하고 진행하죠."

조필규는 서류봉투에서 동일한 계약서 하나를 더 꺼내 보리가 사인해야 할 부분을 알려주고 서명이 끝난 뒤 두 개의 계약서 중 하나를 보리에게 건넨다. 그런 뒤 자신의 양복 안주머니에서 최신 휴대폰을 꺼내 보리 앞에 내려놓는다.

"이게 뭡니까?"

"이건 상담 전용 휴대폰입니다. 다른 용도로는 사용할 수 없고 오직 어르신과 이 선생님의 상담을 위해서만 사용할 수 있습니다. 요금은 매월 저희 쪽에서 결제하니 걱정하지 않으셔도 됩니다."

"저에게도 휴대폰이 있는데 굳이 별도의 폰이 필요한가요?"

"어르신 지시 사항이니 사용해 주시기 바랍니다."

휴대폰을 들고 액정을 들여다보며 보리가 혼잣말처럼 중얼거린다.

"아무튼 이렇게 해서 이 미지의 계약은 기어이 성사되는군요."

"무슨 말씀이신지?"

"이보리의 인생이 재미있는 방향으로 흘러가는 것 같아서요. 아무튼 오늘부터 조용히 상담 대기자의 삶을 살겠습니다."

"죄송합니다. 다른 날은 모르겠는데 오늘은 대기할 수 없습니다."

"무슨 말이죠?"

"지금 저하고 같이 가셔야 합니다. 계약이 완료되면 바로 모셔오라고 하셨습니다."

"오, 이건 정말 추상같은 노예 계약이로군요."

푸후, 입바람을 내불고 나서 보리는 천천히 몸을 일으켜 붙박이 장에서 백팩을 꺼내고 거기에다 노트북을 집어넣는다. 그사이 조필규는 먼저 출입문을 열고 나간다.

출입문이 닫힌 뒤 보리는 녹색 체크무늬 남방에 검정 카디건을 걸친다. 그리고 그 위에 다시 회색 사파리를 걸친 뒤 허공을 올려다본다. 그러고는 목을 좌우로 비틀며 나는 이보리다, 나는 이보리다, 나는 연기해야 한다, 나는 연기해야 한다, 라고 거듭 중얼거린다. 그런 뒤 표정 없는 얼굴로 출입문을 나선다.

지난번과 동일한 레지던스 객실, 검은 휘장으로 실내가 나뉜 구도는 동일하지만 이보리에게 할당된 공간에 몇 가지 달라진 점이 있다. 지난번에는 두 개의 생수병과 컵, 메모지와 펜이 테이블 위에 준비되어 있었는데 오늘은 그것 이외에 몇 가지 열대 과일이 담긴 삼각 원목 용기와 인삼 베이스의 피로회복제 두 병이 더 추가되어 있다. 뿐만 아니라 테이블 우측에 커다란 꽃바구니까지 놓여 있다.

조필규가 부속실로 퇴장한 직후 보리는 백팩에서 노트북을 꺼내 테이블에 펼쳐놓고 암체어에 앉는다. 검은 휘장 너머에서는 아무

소리도 들리지 않는다. 보리가 의자에 앉아 목을 좌우로 몇 번 움직이고 양 손바닥을 합장 자세로 붙여 상체를 좌우로 크게 비트는 동안 휘장 너머로 스걱스걱 카펫 위에서 슬리퍼 끌리는 소리가 들린다. 곧이어 푹신한 의자 쿠션이 눌리는 소리, 몸을 움직이며 내는 흠, 큼, 음, 하는 입소리가 넘어온다. 이윽고 격을 갖춘 듯한 어르신의 묵중한 저음이 공간에 부풀어 오른 긴장감을 해체한다.

어르신 : 나의 제안을 수락해 줘서 고맙네. 자네 책상에 놓인 꽃바구니는 내 감사의 표시이니 받아주시게.

이보리 : 감사합니다.

어르신 : 거기 꽃바구니에 리본을 달아 자네와 나의 인연 맺음을 기념하는 뭔가를 써넣고 싶기도 했지만 몇 글자로 그런 걸 나타내는 것보다 오직 꽃만으로 마음을 전하고 싶어 아무것도 달지 않았네. 자네와의 인연을 크게 생각하는 내 마음으로 받아주면 고맙겠네.

이보리 : 알겠습니다.

어르신 : 그래, 계약서 내용에 불만은 없었는가? 그 문안은 나도 사전에 보았네만 그런 건 형식적인 것일 뿐이니 전혀 괘념치 말게. 혹시 불만이 있었으면 솔직하게 말해도 좋네. 앞으로 자네와 나의 대화에는 일말의 가식이나 거짓, 형식적이거나 겉치레인 말이 흘러나와서는 안 될 것이니 어려워 말고 솔직하게 말해 보게.

이보리 : 그럼 솔직하게 말씀드리겠습니다. 계약서 문안은 전체적으로 마음에 들지 않습니다. 뿐만 아니라 이보리에 대해 일방적인

계약 조건을 늘어놓았지만 그런 것으로 이보리를 속박할 수 있을 거라고 생각하면 큰 오산입니다. 어쩌면 그와 같은 종신 계약을 어르신 쪽에서 먼저 후회하고 되물리고 싶어할 수도 있다는 말이죠.

정감 없이 냉랭한 어조.

어르신 : 뭐라? 내 쪽에서 계약을 물리고 싶어할 수도 있다고? 허헛, 그것 참 놀라운 반전이로군. 그래, 그럴 경우란 대체 어떤 경우지? 일단 말이나 들어보세.

당황한 기색.

이보리 : 상담을 진행하면서 종종 경험하게 될 텐데 그걸 미리 발설하는 게 무슨 의미가 있겠습니까. 상대방을 옭아매려는 에너지 속에는 반드시 자신을 스스로 옭아매는 반대급부의 약점이 있다는 걸 자연스럽게 깨치게 될 테니까요. 그 종신 계약서에 대해서는 이보리가 아니라 어르신이 더 곤란한 입장에 처한 게 아닐까 사뭇 걱정스럽습니다.

어르신 : 모르는 소리! 설령 내가 그런 가능성을 사전에 알았다 해도 결과는 달라지지 않아. 그래도 나는 자네를 선정했을 테니까 말이야. 나도 모르게 그렇게 되어지는 일, 그런 걸 운명의 힘이라고 하지 않는가. 그래, 나의 운명적인 선택을 자네는 어떻게 생각하나?

이보리 : …….

어르신 : 자네는 지금 내 말에 저항하고 있군. 계약서에 명시된 자네와 나의 계약 기간이 언제까지이던가?

이보리 : 어르신 사망 때까지입니다.

어르신 : 그걸 읽어보고도 운명이라는 생각이 안 든단 말인가? 그런 게 운명이 아니면 달리 뭐가 운명이야? 내가 죽을 때까지 자네와 나는 정신적인 줄로 연결돼 있어야 해. 돈도 아니고 권력도 아니고, 오직 정신적인 줄로 엮여 있어야 한다는 말이네. 그건 마누라나 자식놈들도 못할 일이지. 얼마나 엄청난 일인가. 난 이런 관계가 절대 우연하게 일어날 수 있다고 생각하지 않네.

이보리 : 동해물과 백두산이 마르고 닳도록 어르신의 노예로 살라는 말인가요?

냉소적인 되물음.

이보리 : 내 말을 비틀려 하지 말고 진지하게 대답해 봐. 자네는 운명을 뭐라고 생각하는가?

울화가 치미는 듯 고조된 어조.

이보리 : 아는 놈은 말하지 않고 말하는 놈은 모르는 거죠. 인간들이 운명에 대해 무슨 말을 할 수 있을까요. 운명을 내세워 인간의 삶을 문제시하는 건 연극이 진행되는 동안 배우가 연출가에게 자신의 배역에 대해 따지거나 문제 제기를 하는 것과 같습니다. 연

극을 엉망으로 만들어버리는 짓이죠. 그런다고 해도 달라질 게 아무것도 없는데 말입니다. 아이 배역이 갑자기 어른 배역으로 바뀔 수는 없으니까요.

어르신 : 그럼 날더러 앞으로는 운명에 대해 말하지도 말고 묻지도 말라, 이건가? 그런 말인가?

역정 난 어조로 어르신은 언성을 높인다.

이보리 : 운명, 수명, 생명이라는 단어가 있습니다. 인생을 살아가는 데 있어 그 세 가지는 누가 뭐래도 결정적인 것입니다. 하지만 사람들은 죽는 날까지 운명, 수명, 생명의 전모가 무엇인지 모릅니다. 왜냐하면 그 세 단어 뒤에 하나같이 명령의 약자인 '명(命)'이 붙어 있기 때문이죠. 명은 바꿀 수 없는 것, 바뀔 수 없는 겁니다. 인간에게 삶을 부여하면서 그렇게 변경 불가의 세 가지 명령을 입력한 이유가 무엇일까요? 그리고 누가 그런 명령을 부여한 것일까요?

어르신 : 나는 무지하니 자네가 말해. 자네의 역할은 이렇게 무지한 나를 일깨우는 것이니 계약서에 명시된 성실 조항을 유념하라는 말이야.

방어막을 치듯 어르신은 강조한다.

이보리 : 운명에 대해서라면 이보리가 아무리 성실 조항을 잘 지킨다 해도 달라질 게 없습니다. 어르신과 이보리가 그런 계약서 하

나로 엮이는 걸 운명이라고 확대해석하려 한다면 더 이상 무슨 말을 할 수 있을까요.

어르신 : 옳거니, 말 잘했다. 나도 운명에 대해서라면 자네처럼 말할 필요가 없는 입장이 되고 싶어. 자네와 내가 같은 입장이라는 걸 알아달라, 이거지.

이보리 : 어떻게 같은 입장일 수 있는지 설명해 보세요.

타이르듯 차분한 어조.

어르신 : 그것이 신이든 조물주이든, 아무튼 운명과 수명과 생명에 누군가 명령을 부여했다면 인간은 인생을 자기 마음대로 살 수 없다는 얘기잖아. 로봇처럼 프로그래밍된 대로 살라는 거와 아무것도 다를 게 없으니까 말이야. 내 말은 비로 그 지점, 인간이 자기 마음대로 인생을 살 수 없게 운명과 수명과 생명에 명령어가 심어져 있다면 인간은 결국 꼭두각시가 아닌가 하는 거지. 그렇다면 참으로 운명에 대해 말할 필요가 없는 거지. 안 그래?

이보리 : 그래서요?

어르신 : 만약 그게 사실이라면, 나는 그게 너무 좋다는 거야. 꼭두각시 인간, 꼭두각시 인생⋯⋯ 그게 사실이라면 인간이 인생을 어떻게 살았든 자기 인생에 책임을 질 필요가 없게 되는 것 아닌가 말이야.

이보리 : 그래서요?

어르신 : 정녕 그렇다면, 그게 사실이라면 나는 정신적으로 완전

히 자유로워질 수 있을 거야. 내가 평생 저질러온 모든 것들로부터 완전한 면죄부를 얻게 될 테니까 말야. 처음부터 내가 말하고 싶었던 핵심이 바로 그거였어, 바로 그거였다고!

격렬한 어조로 말하고 나서 가쁘게 숨을 몰아쉬는 소리.

이보리 : 어르신이 원하는 게 바로 그거죠. 어르신은 자신의 운명을 알고 싶은 게 아니라 면죄부를 받고 싶어하는 것뿐이니까요. 아닌가요?

어르신 : 그래, 그거야, 바로 그거! 나는 차라리 꼭두각시였으면 좋겠다는 말이야. 우리에게 명령을 하달하는 그런 존재가 있다면 나의 자의사로 인생을 사는 게 아니라는 말이 되는 것 아닌가. 그럼 나는 내가 살아온 인생에 대해 깨끗하게 면책권을 얻게 되는 게 아니냐구.

이보리 : 기막힌 논리로군요. 어느 누가 어르신께 인생을 책임지라고 하나요?

휘장을 노려보며 묻는다.

어르신 : 그거야 나도 모르지. 하지만 누군가 분명히 내 인생에 대해 책임을 묻고 있어. 그러지 않고서야 지금 내 마음이 이렇게 지옥 같을 수가 없지 않은가.

이보리 : 누군가 어르신께 생명과 수명과 운명을 부여하고 관장

한다면 그걸 부여한 존재가 그걸 수행한 어르신께 따질 리 없잖습니까?

어르신 : 그렇지, 그건 옳은 말이야. 지들이 시켜놓고, 그걸 가지고 사람을 괴롭히면 안 되는 거지. 그럼 그런 존재들 말고 다른 누가 또 있나?

이보리 : 있죠.

어르신 : 그게 누구야?

이보리 : 나.

어르신 : 나?

이보리 : 어르신 자신.

어르신 : 이런 이런, 또 나야? 내가 그렇게 만만해 보이나?

이보리 : 어르신은 '나'가 있다고 확신하기 때문에 그런 고통이 뿌리를 내리는 겁니다. 그래서 샤카무니의 바로보기가 필요한 것이고요.

어르신 : 정말 미안한 얘기네만 자넨 샤카무니의 그 가르침을 정말이라고 믿나? 아니, 믿는 게 아니라 그걸 실감하면서 사나? 그 양반 말대로 이 모든 것들이 나의 것이 아니고, 내가 아니고, 나의 자아가 아니라면…… 그럼 자네는 도대체 뭐야?

윽박지르듯 묻는다.

이보리 : 아주 좋은 질문입니다. 이보리는 이 소설의 주인공입니다. 주인공이라서 많은 지면을 할애받아 다양한 현상의 중심을 차

지하고 있죠. 하지만 그럼에도 불구하고 이보리는 자신을 증명할 방법을 알지 못합니다. 이보리라는 이름 석 자가 그일까요, 주민등록번호 열세 자리가 그일까요, 살아온 기억이 그일까요, 육체를 구성하는 생물학적 요소들이 그일까요?

어르신 : 그 모든 걸 다 합친 덩어리가 나라는 존재를 만드는 게 아닐까 하는 생각이 들지만…… 보나마나 자네는 개똥 같은 소리라고 날 무시하겠지. 그러니 묻지 말고 말하게. 나에게 질문을 하는 건 어리석은 짓이야.

자조하는 듯한 어조.

이보리 : 그럼 어르신의 이해를 돕기 위해 오래된 경전 한 부분을 읽어드리죠. 기원전 150년경 서북 인도를 지배한 그리스의 왕 메난드로스와 인도의 고명한 학승 나가세나가 만났습니다. 그 자리에서 수많은 사람들이 지켜보는 가운데 메난드로스 왕은 나가세나에게 이렇게 묻습니다.

—존사여, 당신의 이름은 무엇입니까?

그러자 나가세나가 이렇게 대답합니다.

—저는 나가세나라는 이름으로 알려져 있습니다. 대왕이시여, 저와 수도를 함께 하고 있는 사람들은 저를 나가세나라고 부릅니다.

또 제 부모도 나가세나라든지, 스라세나라든지, 바라세나라든지, 혹은 시하세나라고 부릅니다.

그러나 대왕이시여, 이 나가세나라는 것은, 실제에 있어서는 명칭이며 속칭이요 가짜 이름이요 통칭이어서 단순한 이름에 지나지 않습니다. 이 이름에서 실체적 개아(個我)는 발견되지 않습니다.

그러자 왕은 깜짝 놀라 지켜보는 청중들에게 묻습니다.

—오백 명의 그리스인과 팔만에 달하는 출가 수도자 여러분, 이 나가세나는 '이름에는 실체적 개아가 발견되지 않는다'고 말했소. 이를 인정할 수 있겠는가?

곧이어 왕은 나가세나에게 다시 묻기 시작합니다.

—앞서, '대왕이시여! 저와 함께 수도를 하고 있는 사람들은 저를 나가세나라고 부릅니다'라고 했거니와, 이 경우, 무엇을 나가세나라고 하는가요? 존사여, 두 발이 나가세나인가요?

—아닙니다.

—그렇다면 몸에 난 털이 나가세나인가요?

—아닙니다.

—손톱 · 이 · 피부 · 살 · 힘줄 · 뼈 · 뼛속 · 신장 · 심장 · 간장 · 늑막 · 비장 · 폐 · 장 · 장간막 · 위 · 배설물 · 담집 · 가래 · 고름 · 피 · 땀 · 지방 · 눈물 · 혈장 · 침 · 콧물 · 관절활액 · 오줌 · 두뇌 중의 어느 것이 나가세나인가요?

—그 어느 것도 아닙니다.

—그렇다면 존사여, 물질의 형태가 나가세나인 셈인가요?

—아닙니다.

—그럼, 감수 작용이 나가세나인가요?

—아닙니다.

—지각 작용이 나가세나인가요?

—아닙니다.

—습관의 축적이 나가세나인가요?

—아닙니다.

—의식이 나가세나인가요?

—아닙니다.

—그렇다면 존사여! 물질의 형태와 감수 작용과 지각 작용과 습관의 축적과 의식 따위 모두를 일러 나가세나라고 하는가요?

—아닙니다.

—존사여, 그렇다면 물질의 형태·감수 작용·지각 작용·습관의 축적·의식 외에 따로 나가세나가 있는가요?

—아닙니다.

—존사여, 나는 되풀이하여 당신에게 물어보아도, 나가세나를 발견할 수 없습니다. 존사여, 나가세나란 단순히 말에서 풍기는 인상에 불과하지 않습니까? 그렇다면 여기 내 앞에 있는 이 나가세나는 누군가요? 존사여, 당신은 나가세나는 없다고 진실 아닌 거짓말을 하고 있습니다.

—폐하께서는 걸어 오셨습니까, 아니면 수레를 타고 오셨습니까?

—존사여, 나는 걸어 온 것이 아닙니다. 수레를 타고 왔습니다.

—대왕이시여, 폐하께서 수레를 타고 오셨다면, 수레에 대해 저에게 설명해 주십시오. 대왕이시여, 멍엣채가 수레입니까?"

—아닙니다.

—속바퀴가 수레입니까?

—아닙니다.

—바퀴가 수레입니까?

—아닙니다.

—차체가 수레입니까?

—아닙니다.

—수렛대가 수레입니까?

—아닙니다.

—멍에가 수레입니까?

—아닙니다.

—바퀴살이 수레입니까?

—아닙니다.

—굴대빗장이 수레입니까?

—아닙니다.

—그렇다면 대왕이시여, 멍엣채·속바퀴·차체·수렛대·멍에·바퀴살·굴대빗장이 모인 것을 수레라 하는 것입니까?

—존사여, 그렇지는 않습니다.

—그렇다면 대왕이시여, 멍엣채·속바퀴·차체·수렛대·멍에·바퀴살·굴대빗장 외에 따로 수레라는 것이 있습니까?

—아닙니다.

—대왕이시여, 저는 되풀이하여 폐하께 여쭈어보아도 수레를 발견할 수 없었습니다. 수레란 단순한 말에서 풍기는 인상에 불과하지 않습니까? 그렇다고 여기에 수레라는 것이 있다는 사실을 부정해야 되겠습니까? 대왕이시여, 폐하께서는 수레는 없다고, 진실 아닌 거짓말을 하고 계신 셈이 됩니다.

—존사 나가세나여, 나는 거짓말을 하고 있는 것이 아닙니다. 멍엣채에 의해, 속바퀴에 의해, 차체에 의해, 그리고 수렛대에 의해서 수레라는 명칭·속칭·가짜 이름·통칭 같은 것이 생긴 것입니다.

—대왕이시여, 폐하께서는 수레에 대해 분명히 이해하셨습니다. 대왕이시여, 그와 같이 저에게도, 두 발에 의해, 털에 의해…… 두뇌에 의해, 물질의 형태에 의해, 감수 작용에 의해, 지각 작용에 의해, 습관의 축적에 의해, 의식에 의해서 나가세나라는 명칭·속칭·가짜 이름·통칭·단순한 이름 따위가 생긴 것입니다. 그러나 진실한 뜻에서는 실체적 개아라는 것은 존재하지 않습니다.

—존사 나가세나여, 좋습니다. 매우 훌륭합니다. 내 질문에 참으로 훌륭하게 대답해 주셨습니다. 붓다께서 이 세상에 계셨다면, 당신의 대답을 인정하시고, 또 칭찬하셨을 터입니다.*

낭독이 끝난 뒤 잠시 정적.

---

* 메난드로스 왕과 나가세나의 대화는 다음 서적에서 인용했다. 이시카미 젠오, 『미란타왕문경』, 이원섭 옮김, 현암사, 2012, 23~33쪽.

어르신 : 그게 끝인가?

정적을 깨며 어르신이 묻는다.

이보리 : 여기까지가 필요한 부분입니다. 지금 읽어드린 내용을 이해하시겠습니까?

어르신 : 결국 두 사람이 주고받은 대화가 샤카무니의 가르침과 일맥상통한다, 그런 말이로군.

이보리 : 그런 말입니다.

어르신 : 아무리 사람을 분해하고 수레를 분해한다고 해도, 세상 사람들이 '이것은 나의 것이 아니다, 이것은 내가 아니다, 이것은 나의 자아가 아니다'라는 말을 수긍할 수는 없을 걸세. 길 가는 사람 붙잡고 물어보면 십중팔구는 묻는 사람을 정신병자로 취급할 거라고 나는 생각하네. 모두들 '이것은 내 거야, 이것은 나야, 이것은 나의 자아야'라고 핏대를 세우고 항변할 거라는 말일세. 도대체 샤카무니는 이렇게 비현실적인 가르침을 가지고 어떻게 제자들을 가르친 건지 도무지 이해가 되질 않네.

나를 이해시켜 봐라, 하는 어조.

이보리 : 처음에는 누구나 이해하지 못하지만 그것을 마음에 품고 살면 누구나 이해하게 됩니다. 그것은 의식 속에서 절로 부화되는 자각이니까요. 어르신은 지금 안 되는 것을 영원히 안 되는 것

으로 확고하게 믿고 있으니 안 되는 게 당연할 수밖에 없죠. 자신이 옳다고 믿는 신념이 강철 같다는 말입니다.

못을 박듯 분명하게 잘라 말한다.

어르신 : 그래, 나를 잘도 꿰뚫어보는군. 이렇게 버젓이 내 실체가 있는데, 도대체 왜 이것이 없다고 가르치고 왜 그걸 믿으라고 난리를 치는지…… 나로서는 정말 답답하군. 내가 잡지에서 어떤 소설가 놈의 글을 읽은 적이 있는데 말이야, 그놈 이름이 박상우였는지 권상우였는지 모르겠는데, 아무튼 그놈은 기특하게도 '나'라는 것이 인류 최대의 발명품이라고 썼더군. '나'는 인류의 역사와 함께 해 온 지구의 개척자였고 그걸 꽃피운 문명의 주체였다, 그 말이지. 그러니까 '나'라는 주어를 빼고는 인류의 무엇에 대해서도 말할 수 없다는 거야. '나'의 존엄성을 인정해 천부인권이라는 게 생겨나고, '나'를 앞세워 단순한 생명체 이상의 영적 존재로 인정받아 왔다는 거지. '나'를 앞세워 인류에 귀감이 된 사람, '나'를 희생해 인류에 각인된 사람, '나'를 갈고닦아 인류에 구원의 메시지를 전한 예수에 이르기까지 말이야. 요컨대 '나'라는 게 얼마나 훌륭한 인류의 자산인가 하는 말이지. 무아를 설파한 샤카무니조차도 '나'를 앞세워 제자들을 가르쳤을 게 아닌가. 그런데 그 '나'를 깡그리 없애버려야 해탈하고 윤회하지 않게 된다니, 그걸 요즘 같은 세상에 누가 믿고 따르겠는가 말이야! 말이 돼?

이보리 : 좋습니다. 그럼 한번 지켜보도록 하죠. 이제 어르신은

이보리에게 하나의 대상이 되었기 때문에 자극과 반응, 관찰과 처방이 지속됩니다. 아파도 참으셔야 합니다. 종신 계약이니 도리 없는 일이죠.

어르신 : 자네가 아무리 그래도 나는 나의 선택을 후회하지 않아. 자네가 이런 식으로 나를 괴롭혀 내가 달라질 수 있다면 자네는 단순한 상담사가 아니라 나의 스승이 될 거야. 한마디로 샤카무니 같은 존재가 되는 거지. 어때, 기분 좋은가?

말해 놓고 스스로도 우스운지 클클거리는 소리.

이보리 : 기분은 기를 골고루 나누는 것이니 제 기분을 방해하지 말아주세요. 하던 얘기 계속하겠습니다. 단적으로 말해 '나'를 부정하는 건 비단 샤카무니의 가르침만이 아닙니다. 21세기의 과학자들도 인간은 수십조 개의 세포 덩어리에 불과하고 인간의 생각은 세포막을 따라 흐르는 전기신호에 불과하다고 입을 모으고 있습니다. 한발 더 나아가 어떤 과학자는 인간을 조종하는 진짜 주인 또는 프로그래머가 유전자라고 주장하기도 합니다. 인간이 유전자의 분자들을 보존하기 위해 프로그래밍된 생존기계, 즉 로봇 운반자들이라는 것이죠. 인간뿐 아니라 생명을 지닌 모든 것들이 유전자를 보호하기 위한 기계들이라는 주장입니다. 간단히 요약하면 인간이 유전자의 탈 것(vehicle)이라는 주장이죠.*

---

* 리처드 도킨스, 『이기적 유전자』, 홍영남 옮김, 을유문화사, 2004, 7 · 49~50쪽.

어르신 : 자넨 그런 과학자의 말을 믿나?

이보리 : 상담을 위한 예시들이니 이보리의 입장은 묻지 말아주세요. 이 유전자의 문제에 대해서는…….

순간, 어르신이 다급하게 보리의 말을 자른다.

어르신 : 아, 잠깐 잠깐! 내가 지금 너무 골치가 아프고 피곤하니 오늘은 여기까지 하세. 이제 그만 가도 좋아. 이제 그만…….

예상치 못한 상황에서 상담은 갑작스럽게 중단된다. 거의 동시에 부속실 문이 열리고 조필규가 나타난다. 휘장 너머에서는 더 이상 아무 소리도 들리지 않는다. 조필규가 양팔로 좌우 허공을 퍼올리는 시늉을 하며 보리에게 그만 정리하라는 신호를 보낸다.

백팩을 메고 밖으로 나서는 보리에게 조필규가 지극히 사무적인 어조로 강조한다.

"집으로 돌아가 대기하세요."

2#

어느 날, 나는 '나남무아'라는 토론 모임에 참석했다. 나남무아라는 명칭은 나와 남, 그리고 무아(無我)를 조합해 만든 명칭이다. 나와 남을 구분할 필요 없이 모두 하나라는 의미, 더 깊게는 인간의 존재성이 근원적으로 무아이기 때문에 나와 남을 분간하는 게 무의미하다는 명칭이기도 했다.

나남무아의 운영자는 몇 달 전부터 소설가인 나를 초청해 토론을 하고 싶어 했지만 이런저런 핑계를 대며 내가 거부해 온 터였다. 그런데 무슨 이유 때문인지 그날 나는 나의 자의사라고 판단하기 어려운 결정을 돌발적으로 내려버렸다. 모임의 운영자에게 전화를 걸었더니 무조건 좋다며 환호했다. 몇 주째 초청인사가 없어 토론의 열기가 식었다며 내가 쓴 텍스트는 이미 오래 전에 준비해 두었으니 내일 당장 모시는 게 아무 문제가 되지 않는다고 했다.

모임 장소로 지정된 세미나 카페로 갔을 때 나남무아의 운영자이자 회장이 세미나 룸 앞에서 먼저 손을 내밀었다. 그는 정년퇴임 후 모임을 만들어 4년 동안 이끌어온 69세의 공과대학 교수 출신이었는데 나이가 믿어지지 않을 정도로 젊어 보였다. 보기 좋게 머리가 벗겨지고 주름이 거의 없는 얼굴, 짙은 녹색 남방셔츠에 검정 카디건을 걸친 그의 표정은 몹시 친절하고 밝아 보였다. 악수를 청하며 그는 묘한 인사말을 건넸다.

"나남무아의 원래 취지는 꽤 심오한 것이었는데 요즘은 모임의 성격이 변질돼 '나'가 있다고 믿는 나파와 '나'가 없다고 믿는 비나파의 전쟁터가 됐습니다. 어찌 보면 당연한 일이겠지만 말입니다. 아무튼 그 점 양해해 주시기 바랍니다."

회원들에게 간단히 내 소개를 마친 후 회장은 모임의 성격에 관한 요약적인 말로 오프닝 멘트를 대신했다. 오랫동안 되풀이해 온 말인 듯 그것은 광고 문안처럼 깔끔하게 정리돼 있었다.

"'나'가 없기 때문에 '나'가 있는 것이고, '나'가 있기 때문에 '나'가 없는 것입니다. 이것이 인류의 영원한 문제이고, 주제이고, 숙제입니다. 나가 있는가 없는가, 이것이 21세기 인류에게 주어진 최대의 난제입니다. 이것이 해결되지 않는 한 우리는 살아도 사는 것이 아니요, 존재해도 존재하지 않은 상태로 부유하게 될 것입니다. 앞으로 인간과 연관된 세상 모든 분야의 관심은 바로 이 문제로 집중될 것이라고 저는 장담하곤 합니다. 그래서 우리는 오늘도 토론하고, 내일도 토론하고, 죽을 때까지 토론할 것입니다. '나'는 있어도 영원하고 '나'는 없어도 영원합니다. 그것이 '나'의 불가사의, 그것이 '나'의 불생불멸입니다. 여러분은 '나'이고 또한 '나'가 아닙니다. 그 이중적

겹침 속으로 오늘은 또 다른 에너지를 공급하니 잘 수렴하고 승화시키시기 바랍니다. 지금부터 나남무아의 제49차 토론을 시작하겠습니다."

토론 시작 전 내가 쓴 문제의 텍스트를 20대 여성 회원이 낭송하기 위해 연단 앞으로 나갔다. 그것은 「'나'라는 환상에서 깨어날 때」라는 제목으로 몇 년 전에 내가 어떤 잡지로부터 청탁을 받고 쓴 산문이었다. 돈에 민감한 사람들이 읽는 금융잡지에 '나'의 존재성을 부정하는 글을 기고한 의도를 어떻게 설명할 수 있을까.

'나'가 있느냐 없느냐를 글로 풀어낸다는 것은 결코 쉬운 일이 아니다. 샤카무니의 가르침—이것은 나의 것이 아니다. 이것은 내가 아니다. 이것은 나의 자아가 아니다—을 마르고 닳도록 읊조리면서도 솔직히 내 안에는 '나'에 대한 미묘한 집착이 남아 있었다. 인간이라면 어느 누구라도 '나'라는 존재성에 대한 미련을 쉽사리 포기할 수 없을 것이다. 바로 그런 이중적 태도가 내가 쓴 산문에 교묘하게 내재돼 있다고 나는 확신하고 있었다. 그래서 나남무아의 초빙을 이 핑계 저 핑계 대며 미뤄왔던 것인데 도대체 무슨 심사로 자청을 하고 간 것인지 모를 일이었다. '나'가 없으니 내가 한 일이 아니다?

어느 순간, 여성 회원이 낭송을 시작했다.

21세기로 접어든 이후 나를 사로잡은 가장 큰 화두는 '나'이다. 명색이 소설가라는 사람이 21세기에 이렇게 고전적인 화두에 사로잡히다니, 어이가 없다고 생각할 사람이 있을지도 모르겠다. '나'는 인류의 역사와 함께 해온 지구의 개척자였고, 그것을 꽃피운 문명의 주체였다. '나'를 배제한 역사, 철학, 문학은 상상할 수 없고, 그것으로부터 '나'의 존엄성은 천부인권을 얻어내고 단순한 생명체 이상의 영적 체계를 지닌 우주적 존재로 인정받아 왔다. '나'를 앞세워 인류에 귀감이 된 사람, '나'를 희생해 인류에 각인된 사람, '나'를 갈고 닦아 인류에 구원의 메시지를 전한 성자에 이르기까지, '나'는 인류가 모든 분야에서 성취의 도구로 삼아온 가장 훌륭한 자산이었다.

그런데 20세기 후반부터 시작된 과학 분야의 파상적인 공격은 수천 년 동안 인류가 모든 분야에서 구축해 온 '나'의 존엄성을 가차없이 파괴하기 시작했다. '나'뿐 아니라 창조론까지 붕괴시켜 신을 내몰고 21세기 영성의 영역을 과학이 차지해 버렸다. '나'를 박탈당하고 '나'의 근거로 믿어온 신까지 창졸간에 잃어버린 것이다. 득의만면한 표정으로 이제 과학자들은 입을 모아 합창한다. "'나'는 없다, '자아'는 없다, '영혼'은 없다!"고.

나는 평생 '나'로 살아왔다. '나'와 싸우고, '나'를 극복하고, '나'를 신뢰하고, '나'를 갈고닦으며 살아왔다. 대부분의 지구인이 나처럼 살며 인생의 희로애락을 겪었을 것이다. 그래서 인생에서 가장 다루기 힘든 게 '나'라는 걸 배웠고, '나'를 어떻게 관리하고 운영하느냐에 따라 인생이 달라진다는 걸 알았다. 그래서 '나'를 유지하는 경계로서의 중도(中道)를 배우고, '나'에 대한 애착이나 집착이 지나쳐 자기애 인격장애가 되지 않도록 '나'를 낮추고 '나'를 앞세우지 않는 겸허에 대해서도 배웠다. 그렇게 평생 '나'를 수양과 도야의 대상으로 삼아 인생을 살아왔는데 그것이 터무니없는 환상과 착각에 불과한 것이라니,

어찌 21세기의 화두로 품고 정면 승부를 하지 않을 수 있겠는가.

그리스 신화에 등장하는 목동 나르시스는 호수에 비친 자기 모습에 도취돼 물에 빠져 죽었다. 프로이트는 나르시시즘의 가설 체계를 만들고 자기애의 여러 문제적 증상들을 고찰했다. 하지만 정신분석학에서 문제시하는 나르시시즘의 관점으로 보자면 오늘날 자기애 인격장애를 지니지 않은 사람이 과연 몇이나 될까.

21세기는 자기애의 표출 능력이 극대화되고 그것을 뒷받침하는 성형, 다이어트, 미용, 피트니스, 패션 등등의 산업 분야가 불황을 모르고 날로 팽창하고 있다. 나르시스트 아닌 사람이 없고, 나르시스트 아니고자 하는 사람도 없다. 자기애에 멋지게 도취해 사는 것, 그것이 행복한 인생이라고 믿는 사람들의 세상이 된 것이다. 그런데 이런 세상에 왜 과학자들은 고춧가루를 뿌려 도취의 흥감을 박살내려 하는 것일까.

자기애는 자신을 대상으로 하는 사랑이다. '나'가 우선시되어야 가능하고 '나'가 없으면 애초에 불가능한 사랑이다. 자기애에 사로잡힌 사람들은 '나'를 철석 같이 믿고 그것을 바탕으로 세상에 자신을 내세우고 싶어하지만 21세기의 과학자들은 '나'가 수십조 개의 세포 덩어리에 불과하고 인간의 생각은 세포막을 따라 흐르는 전기신호에 불과하다고 입을 모은다. 영혼이 어디 있는가, 차라리 그런 게 있다면 믿고 싶다고 비틀어 말하는 과학자도 있다. 한발 더 나아가 리처드 도킨스는 『이기적 유전자』에서 인간을 조종하는 진짜 주인 혹은 프로그래머가 유전자라고 단언한다.

이와 같은 과학적 입장은 20세기 후반부터 이미 흔해빠진 상식이 되어버리고 말았다. 양자역학이 자리를 잡은 이후 세상의 모든 물질이 속이 텅 빈 '분자의 춤'이라는 게 기정사실화되고 우리 눈에 보이는 모든 것이 실체가 아니라 일종의 홀로그램이거나 환영이라는 게 과학적으로 밝혀진 것이다. 결국 '나'를 위시하여 '실체', '자아' 같은 개념들까지 지구인들이 만들어낸 허구의 언어라는 걸 과학자들은 입증했다. '나'가 있다고 믿고, '자아'가 있다고 믿고 살아온 지구인들은 이제 어떻게 살아야 하는가.

'나는 없다'는 말, 다시 말해 '무아(無我)'를 최초로 주장한 사람은 2500년 전에 세상을 떠난 샤카무니[釋迦牟尼]였다. '이것은 나의 것이 아니다. 이것은 내가 아니다. 이것은 나의 자아가 아니다'라고 그는 45년 동안 고통받는 중생을 가르쳤다. 인도 카필라 성의 왕자였던 그가 인생의 생로병사에 대한 의문을 품고 출가해 보리수 아래서 깨치고 발견한 세 가지가 바로 무아, 무상(無常), 괴로움[苦]이었다. 당시 인도 브라만 계급이 참자아[아트만]를 종교적 금과옥조로 숭상하고 있을 때 '무아'라는 혁명적 주장을 하고 나섰으니, 당대의 정통 교파로부터 그가 얼마나 극심한 이단 취급을 받았을까 상상하지 않아도 능히 짐작할 만하다.

현대의 과학자들은 '자아가 있다는 환상에서 깨어나는 것이 진정한 인간적 깨달음'이라고 말한다. 아인슈타인은 "어떻게 자아에서 벗어났는가 하는 것이 진정한 인간의 가치를 결정한다"고 했다. 2500년 전 세상을 떠난 샤카무니의 '무아'를 현대 과학자들이 입증하고 있는 셈이다. 아무려나 샤카무니와 현대 과학자들이 입을 모아 우리가 '나'라고 믿어온 것이 망상이나 착각이라고 하니, 앞으로 어떤 방식으로 인간 존재를 이해하고 받아들여야 할지 걱정하지 않을 수 없다.

'나'를 상실한 시대, 그래도 우리는 살아야 한다. '나'도 아니고, '자아'도 아니고, 고작 기억과 정보를 저장한 유전자의 '탈 것(vehicle)'이라고 해도 우리는 생명을 영위하지 않을 수 없다. 우리가 설령 실체가 없는 환영이라 해도 미션으로서의 삶은 우리에게 끊임없이 선택과 시도, 도전과 응전을 요구할 것이다.

'나'라는 환상에서 깨어나 인간을 객관적으로 이해하고 받아들이면 '나'는 타자가 된다. '나'를 타자로 받아들이면 '나'가 있다고 믿던 시절의 오만방자함이 소멸될 것이다. 그런 과정을 거치면 과학자들의 말처럼 자아가 있다는 환상에서 깨어나 진정한 깨달음에 이르게 될 것이다.

나를 타자로 만들면 나와 남의 구분이 없어져 타인들도 나와 동일시할 수 있고 배타적인 삶의 자세도 소멸될 것이다. 무조건적으로 앞세우고 내세우고 또한 사로잡혀 살던 무의식적이고 습관적인 '나'와 결별할 때 끈덕진 삶의 미망에서 비로소 깨어나게 되는 것이다.*

여성 회원이 나의 글을 낭송하는 동안 나는 눈앞으로 거대한 어둠발이 내려앉는 걸 보았다. 낭송이 진행되는 동안 나는 내가 쓴 글에 대해 내가 할 수 있는 말이 아무것도 없다는 걸 알았다. 그것이 내가 쓴 글이라는 생각조차 들지 않았다. 섬뜩하게도 그 글에는

---

* 박상우, 「'나'라는 환상에서 깨어날 때」, 《GOLD & WISE》 110, 2014. 9, 44~47쪽.

'나'에 대한 온갖 미련과 애착과 집착이 고스란히 남아 있었다. 나는 그것을 부정할 수 없었다. 그제야 내가 와서는 안 되는 곳, 오지 말아야 할 곳에 왔다는 걸 알아차릴 수 있었다. 하지만 그런 일이 왜 생겨났는지에 대해 나는 전후 맥락을 파악할 수 없었다. 그래서 강연을 위해 연단으로 나갔을 때 나는 거두절미하고 현재의 내 입장만 피력했다.

"지금 여러분에게 제공된 텍스트는 제가 몇 년 전에 쓴 글인데, 그것을 쓰던 당시의 정신적 정황을 저는 지금 정확히 기억하지 못하고 있습니다. 그리고 그 글에서 밝힌 내용들에 대해서도 여전히 동일한 입장을 취하고 있다고 장담하기 어렵습니다. 이 점 양해해 주시고 글의 내용에 대해 질문을 주시면 있는 그대로 가감 없이 답변하도록 하겠습니다."

'나'라는 뜬구름 같은 주제에 대해 일장 강연을 먼저 듣고 나서 토론을 하는 것으로 기대하고 있던 회원들은 갑자기 실망한 기색이 역력했다. 그것은 운영자도 마찬가지였다. 잠시 좌중이 술렁이자 운영자가 나서서 텍스트를 읽고 준비한 내용에 대해 자유롭게 질문하라고 유도했다. 그러자 다소 열받은 표정의 50대 남자가 손을 들고 질문하겠다며 일어섰다.

"저는 솔직히 이 글을 읽고 굉장히 불쾌했습니다. 글이 전체적으로 알팍하게 쓰여졌다는 생각이 들었기 때문인데요, 제목에서부터 그렇습니다. '나라는 환상에서 깨어날 때'라고 제목을 붙인 건 '나'가 있는가 없는가 하는 근원적이고 본질적인 문제를 인간이 지닌 일종의 망상쯤으로 치부하고 있다는 거 아닌가요? 과학자들도 그러고 붓다도 그랬다고 하니 그런 줄 알고 적당히 나라는 자의식하고 거리를 두고 살면 된다, 뭐 그런 요지로 글을 쓴 게 아닌가 하는 겁니다."

"그렇게 읽으셨다면 그렇게 쓰여진 글이 맞을 겁니다."

나는 고개를 두어 번 끄덕거려 주었다. 그러자 그가 기다렸다는 듯 언성을 높였다.

"그걸 지금 대답이라고 하나요? '나'라는 게 있는가 없는가에 따라 인류 전체의 존재성이 달라지고 정체성이 달라지고 삶의 의미와 목적성이 달라지는데 '나'라는 문제를 그렇게 얄팍하게 생각해도 된다는 것인가요?"

"저는 잘 모르겠습니다. '나'가 없는데 그걸 지금 대답이냐고 언성을 높이는 주체는 과연 누구일까요?"

밖으로 뛰쳐나가고 싶었다.

그때 60대쯤으로 보이는 몸집이 좋은 여자가 앉은 자세로 물었다.

"전 작가님 글이 참 좋았어요. 근데 석가무니를 왜 샤카무니라고 쓴 건가요? 딴 사람 말하는 줄 알았잖아요."

그녀의 질문에 나는 샤카무니라는 명칭을 사용하는 이유에 대해 밝혔다. 그러니까 불교라는 종교의 역사 속에서 실종된 샤카무니의 원형의식을 찾아 존중하고 싶어하는 나의 생각을 밝힌 것이었다. 그러자 그녀가 이렇게 되물었다.

"그렇게 분명한 생각을 지니고 계신 걸 보니 선생님은 '나'라는 자의식이 뚜렷하신 것 같네요. '나'라는 게 있어야 세상 살맛이 나지 '나'라는 게 없으면 무슨 맛으로 세상을 살겠어요. 안 그런가요, 선생님?"

"……."

나는 아무 대답도 하지 않았다. 그러자 40대쯤으로 보이는 깡마른 남자가 자리에서 일어나 신경질적으로 물었다.

"단도직입적으로 묻겠습니다. 솔직하게 답해 주시기 바랍니다. 글의 후반에 '나'에 관한 모든 문제의 해결책으로 '나'를 타자로 받아들이면 된다는 방안을 제시했습니다. 그렇게 하면 나와 남의 구분이 없어져 타인들도 나와 동일시할 수 있고 배타적인 삶의 자세도 소멸될 거라고 하셨는데, 지금도 그 생각에는 변함이 없으신가요?"

"질문의 요지가 '나'를 타자로 만드는 방법이 뭔가, 하는 건가요?"

이마에 진땀이 배어나기 시작했다.

"맞습니다. 어떻게 하면 '나'를 타자로 만들 수 있을까요? 그게 과연 가능하기나 한 걸까요?"

질문자는 이를 데 없이 공격적인 어조로 물었다.

"그것에 관해 제가 아는 유일한 방안은 샤카무니의 가르침뿐입니다. 이것은 나의 것이 아니다, 이것은 내가 아니다, 이것은 나의 자아가 아니다…… 그것을 있는 그대로 체득하는 것이죠."

"어떻게 하면 그것을 체득할 수 있나요? 구체적인 방법을 제시할 수 있습니까?"

"유일한 방법은 그것을 사는 것입니다."

"그것을 어떻게 살아야 하나요? 그 삶의 방법을 제시할 수 있습니까?"

그 순간, 나는 등산을 하다가 방향감각을 잃고 같은 지점을 맴

도는 링반데룽(ringwanderung) 같은 상태에 걸려들었다는 걸 알았다. 눈앞이 캄캄해지고 이마에 배어난 식은땀이 얼굴을 타고 흘러내리고 있었다. 그런데 그 순간, 내가 의식하지 않은 말들이 나도 모르게 입 밖으로 흘러나가고 있었다.

"지구상에 태어나 살아가는 모든 사람들의 삶의 방식이 다 다르듯 그것을 살아내는 방식도 다 다르게 나타날 수밖에 없겠죠. 제가 사이비 종교의 교주가 아닌 한 이렇게 살아라 저렇게 살아라 떠들 수 없고, 이것이 유일무이한 삶의 방식이라고 강요할 수도 없죠. 어리석은 중생들로 하여금 삶에 대한 올바른 인식을 얻게 하려고 샤카무니도 그렇게 가르쳤으니까요. 그 이상에 대해 저는 더 이상 드릴 말씀이 없습니다."

뒤풀이 자리에서 나남무아 회원들은 술을 몇 잔씩 걸친 뒤부터 엄청난 소음을 일으키며 '나'의 유무를 놓고 치열한 전쟁을 불사했다. 그들에게 오늘의 초청자는 이미 관심 밖의 대상이었다. 그래서 편했고 그래서 술을 마시지 않고도 버틸 수 있었다.

나는 양분된 의견의 핵심이 무엇인지 설명 없이 이해할 수 있었다. 하지만 오랫동안 오직 한 가지 주제에만 천착해 온 그들은 동서고금의 무수한 관점들로 무장하고 앉아 저마다 다른 주장들로 첨예한 견해를 표출했다. 표창을 날리듯 나파가 나서면 비나파가 나서고, 비나파가 막아서면 다시 나파가 나서서 막힌 길을 뚫어나가는 형국이었다. 참으로 극심하고 극단적인 대립이었는데 한 가지 공통점은 양쪽 파벌 모두 '나'가 있거나 말거나 죽자고 '나'를 내세우며 쟁투한다는 것이었다.

한 시간쯤 지난 뒤 나는 화장실 가는 것처럼 슬그머니 자리에서 일어나 밖으로 나왔다. 그때쯤엔 운영자도 이미 술이 올라 불콰해진 얼굴로 '나'를 내세우며 '나'가 있느냐 없느냐 정신없이 떠들어대고 있었다.

내가 밖으로 나와 도로를 건너려 할 때 누군가 나의 등을 찔렀다. 돌아보니 아까 내 글을 낭송한 바로 그 20대 여성이었다. 술을 마셔서인가 양 볼에 발그레한 홍조가 올라 있었다. 백팩을 걸친 그녀가 커다란 눈망울로 나를 직시하며 단도직입적으로 물었다.

"선생님, 지금 도망가시는 중이죠?"

"네, 그렇습니다."

숨길 필요도 없고 숨기고 싶지도 않았다.

"우리 모임, 참 한심하죠?"

"글쎄요. 모임이라는 게 속성의 힘으로 유지되기도 하니까요."

"그럼 제 생각을 좀 들어보실래요?"

"무슨?"

"그거야 당연히 '나'가 있느냐 없느냐 하는 문제죠."

"지금 여기서요?"

나는 그녀가 어디 다른 곳으로 가서 대화를 하자는 말인 줄 알았다.

"네, 여기서 간단히 말할게요. 왜냐하면 저는 저 사람들하고 아주 다른 생각을 하고 있거든요. '나'가 있느냐 없느냐 하는 걸 놓고 매번 저렇게 침 튀기며 난리치는 걸 보면 정말 구역질 날 때가 한두 번이 아니에요. 그렇다고 아까 제가 읽은 선생님의 글에 동조하는 것도 아니에요. 저에게는 저만의 견해가 있는데 그걸 말하고 싶은 거예요."

"얘기해 봐요. 어떻게 다르고 뭐가 다른가요?"

"선생님 혹시 인간의 DNA 염기쌍 서열을 아시나요?"

"알죠."

"그게 32억 개 정도라고 하는데, 모든 사람의 염기쌍 서열이 99.9퍼센트가 동일하대요. 99.9퍼센트가 같다고 하면 동일체라고 해도 문제될 게 없을 정도죠. 선생님과 저의 염기쌍 서열이 0.1퍼센트가 달라 이렇게 선생님은 남자가 되고 저는 여자가 된 거죠. 뿐만 아니라 생김새, 피부색, 눈동자색, 체질 같은 것까지 고작 0.1퍼센트 때문에 완전히 달라진 거죠. 저마다 잘났다고 으스대고 자신들을 내세우고 싶어 하는 그 많은 인간들의 개체성이 고작 0.1퍼센트 차이라는 거, 정말 웃기지 않나요?"

"잘 알고 있는 사실입니다. 그래서요?"

"제 말은, 99.9퍼센트가 같으면 모든 인간은 같다, 라고 말해도 문제가 될 게 없다는 거죠. 인간에게 차별성을 부여하지 않아도 된다면 모두 하나라고 할 수 있잖아요. 그럼 모두 하나이니까 '나'라고 내세우고 자시고 할 건더기도 없는 거잖아요. 서로 다른 상이성이 없는데 '나'는 뭐고 '너'는 뭐냐, 이거지요. 세상 인간들이 다 '나'니까 '나'가 있거나 말거나 그런 게 무슨 문제가 되겠냐는 거죠. 그러니까 모이기만 하면 저렇게 서로를 물어뜯으며 싸우는 인간들이 제 눈에는 동족상잔으로밖에 보이지 않는 거예요. 정말 짜증나고 슬퍼요. 왜 인간들은 저렇게 같음보다 다름에 눈이 멀어……."

그녀의 커다란 눈망울에 그렁그렁 눈물이 고여 있었다. 그게 어색하게 느껴졌는지 그녀는 허공을 올려다보며 멋쩍은 웃음을 지어 보였다. 순간, 나의 뇌리에서 번쩍 섬광이 명멸했다.

"나름 신선한 발상이네요. 문제의 핵심은 '나'가 있느냐 없느냐가 아니라 인간이 거의 완전한 동일성을 지닌 존재들이라는 얘기로군요. 그쪽 얘기를 듣는 동안 강렬한 영감이 스쳐갔는데, 그것이 나를 가로막고 있는 문제를 해결하는 데 도움이 된다면 마음으로 깊이 감사할게요."

"흐이, 감사할 필요가 뭐가 있어요? 그저 그렇다는 말이죠. 그런데 선생님은 기 좀 펴고 사세요. 정말 '나'를 상실한 사람, 아니 '나'가 없는 사람 같아요."

"그런 건 아닌데, 그럴 일이 좀 있어요. 사실 좀비거든요."

그것도 농담이라고, 나는 뱉고 말았다.

"아, 정말…… 엄청 좀비스럽네요. 아무튼 할 말 다 했으니 전 이제 그만 가볼게요."

불쑥 손을 내밀어 악수를 청한 뒤, 가볍게 손을 잡아 흔들고 나서 그녀는 경쾌하게 돌아섰다. 그녀가 걸어가는 뒷모습을 물끄러미 쳐다보다가 문득 나와 남의 분간이 없어진 세상을 상상해 보았다. 나도 없고 남도 없는 세상…… 그것을 떠올리자 반사작용처럼 온몸에 소름이 돋았다. 그것은 더 이상 인간 세상이 아니었다!

그날 밤, 나는 상위자아를 만나기 위해 잠자리에 반듯하게 누워 유체이탈을 시도했다. 내 의식의 초점이 깨져버린 것 같아 어떤 방식으로든 자문을 구하지 않을 수 없었다. 나는 육체를 빠져나가 지정된 유체계의 학당으로 갔다. 그곳은 내가 상위자아를 만나 면담을 하거나 가르침을 받게 될 때를 위해 지정된 장소였다. 그 학당은 나만 사용하는 것이 아니라 나를 포함해 다섯 존재들이 사용하는 공간이었다. 나머지 넷은 나와 근원이 같은 퍼스낼리티들, 다시 말해 다차원 우주에 분산된 다른 '나'들이었다.

상위자아인 영체(독자의 이해를 돕기 위해 편의상 '체(體)'를 붙인 것일 뿐 그들은 실재계에 존재하지만 인간처럼 몸을 지니지 않는다. 왜냐하면 실재계는 시간과 공간을 필요로 하지 않기 때문이다)가 자신의 일부를 투사한 다섯 퍼스낼리티를 여러 차원의 우주에 동시에 분산시켜 경험의 데이터를 추출할 수 있다는 걸 나는 유체계의 학당에서 배워 알고 있었다.

다차원의 존재들은 6을 기본으로 하여 흡사 눈[雪]의 결정처럼 아름다운 연결고리를 형성하고 있다. 하지만 다른 차원에 배정된 다른 '나'들에 관한 정보는 같은 공간에서 수련을 하거나 상담을 할 때에도 서로 알아볼 수 없게 되어 있었다. 의식적인 피드백은 오히려 유체계에서 제한을 받고 3차원 우주로 돌아갔을 때 원활해진다는 가르침을 얻었을 뿐이다.

하나의 영체로부터 투사된 다섯 퍼스낼리티들은 여러 차원, 여러 시간성 속에 분산 배치되어 각자에게 주어진 인생 배역의 연기를 하게 된다. 누구누구의 자식으로 태어나 누구누구를 만나며 이런저런 일을 겪고 경험하며 시간의 레일을 타고 물질우주의 변화 속으로 행진해 나아간다. 그것이 인생이다.

모든 인생 경험은 분자코드를 통해 실시간적으로 영체에 전달되고 필요한 경우 영체로부터 메시지를 수신하며 진행된다. 각 퍼스낼리티에 투사된 영체의 비율은 일정하지 않지만 해당 차원에서 맡게 된 미션의 정도에 따라 가감된다고 생각하면 될 것이다. 이 모든 과정은 영적 진화를 위한 프로그램에 의해 설계되고 또한 수렴된다.

이 모든 일들이 실시간적 파동 속에서 이루어지지만 3차원 파동 수준에 적응해 살아가는 사람들은 거의 눈치채지 못한다. 양자역학의 과정을 이해하지 못하는 것과 동일한 문제이다. 파동함수를 유지하는 우주와 그것이 붕괴된 세상 사이에서 일어나는 일들이 3차원을 살아가는 사람들에게는 꿈보다 더 막막하게 받아들여질 뿐이다.

나와 연결된 상위자아도 자신의 영적 성장과 진화를 위해 부단히 노력하고 있다는 걸 나는 알고 있다. 그토록 무한하고 놀라운 창조성과 권능을 지녔음에도 불구하고 근원계를 지향하는 민감한 반응이 분자코드로 전해질 때가 많기 때문이다.

상위자아의 에너지 파동이 나에게 직접적으로 전달될 때, 요컨대 뭔가 잘못 진행되어 일어나는 불온한 에너지 파동을 접할 때

나는 견디기 힘들 정도의 물리적 흉통을 느끼게 된다. 그런 끔찍한 흉통이 3~4일, 길게는 보름씩 지속될 때도 있다. 병원에 가봤자 그와 같은 고차원의 에너지 파동을 감지할 기계는 없다. 조용히 움직임을 멈추고, 에너지 파동이 안정될 때까지 기다리는 방법밖에 없다. 하나의 본체와 다섯 연결체 사이에서 일어나는 온갖 피드백 현상을 간단명료하게 설명하는 건 불가능하다.

나뿐 아니라 상위자아와 연결된 다섯 퍼스낼리티 모두 그런 에너지를 느끼고 있을 것이다. 가르침과 연관된 문제들, 우주적인 스토리 전개와 연관된 문제들, 나아가 우주 전체가 하나의 스토리코스모스라는 걸 일깨우기 위한 문제들. 3차원 진동 속에서뿐만 아니라 유체계를 오가면서까지 쉼 없이 진화를 위한 노력을 하지만 전체적 관점에서 보자면 내가 아는 것은 고작 수박 겉 핥는 수준에도 미치지 못한다. 내가 속한 그룹은 가르침과 연관된 문제들, 스토리와 연관된 문제들을 주로 공부하는데 그 궁극적인 목적과 진행과정은 어떤 경우에도 드러나지 않는다.

유체계로 갈 때마다 나는 매번 같은 학당에서 문제를 풀거나 그것을 제출하는 연습을 한다. 미션으로 주어진 자료를 처리해 벽보 같은 곳에 게시하는 일을 되풀이하기도 한다. 그 일련의 일들이 아무 내용 없이 상징적으로 이루어지는 것 같지만 내적으로는 엄청난 의식적 트레이닝이 진행되는 과정이다.

그 과정에서 우리 그룹은 극복하지 못한 한 가지 문제점으로 인해 덫에 치인 것처럼 많은 애로를 겪었다. 3차원 세상 방식으로 말하자면 소통의 기술에 관한 문제였는데 이상하게도 그 부분에서 학습이 오래 정체되는 현상이 나타났다. 그 문제는 매번 이해 불가한 방식으로 폐기처분되고 동일한 되풀이가 진행되었다. 제시받은 문제를 창조적으로 풀어 지정된 공간에 게시하지만 그것에 대한 보상이 전혀 이루어지지 않는 문제. 그때의 난감한 느낌이 나에게는 매번 동일하게 전해졌는데 원고 청탁을 받고 잡지에 원고를 넘긴 뒤 무한정 원고료를 받지 못할 때의 기분과 완전히 똑같았다.

물론 그것은 고차원적인 상징이었다. 오랜 연마를 거쳐 내가 그 과정을 가까스로 통과했을 때 나는 단 한 번 상위자아인 영체가 형상을 걸치고 나타난 걸 목격한 적 있었다. 유럽의 사립학교 여자 교장처럼 한없이 자애로운 백발의 노인이 내 손에 결과물을 쥐어주며 더 큰 계(界)로 가서 또 다른 단련 과정을 마치고 오라던 기억. 손을 잡아주기 위해 형상을 걸친 것인지는 모르겠으나 그 형상이 내 상위자아의 본래 모습과는 하등 관계가 없다는 것 정도는 나도 알고 있었다.

그날 나남무아의 후유증을 지닌 채 상위자아를 자각하자마자 나는 단번에 의식이 붕괴되는 걸 느꼈다. 3차원 세상으로 말하자면 오열을 터뜨린 것이었다. 그러자 상위자아가 부드러운 에너지로 나의 유체를 감싸며 메시지를 전했다.

무언전언(無言傳言)의 텔레파시.

"내가 너에게 투사시킨 초점은 '나'가 아니라 '시스템'이니 중심을 잃으면 안 된다. 그것이 무엇이건 우주와 연관된 모든 것은 낱 단위로 이해되지 않는다. 너도 낱 단위로 태어나 여기까지 왔지만 이제 너는 낱 단위가 아니라 시스템의 문제와 맞닥뜨리고 있다. 이것은 너의 의도가 아니라 나와 내 상위자아의 의도를 투사시킨 것이니 초점을 잃거나 왜곡하면 안 된다. 지금 지구인들이 자신의 정체성에 대해 쏟아내는 맹신의 말들은 '오직 나밖에 없다'는 왜곡된 세뇌의 결과로 나타나는 무자비한 망상 언어들일 뿐이다. 그들은 그것에 대한 일말의 자각마저 상실한 채 편견과 아집에 사로잡힌 쟁투의 언어를 무의식적으로 토해 내고 있는 것이다. 물론 무의식적인 행위에도 보이지 않는 의도가 있고 조종이 있을 수 있다. 지금은 지구에 근본적인 변화가 일어나는 시기이니까 그것을 잘 분간하고 항진해야 한다. 겉으로 보기에는 몹시 혼란스러운 형국이지만 궁극은 흔들리지 않고 변하지 않는다. 너는 그것을 잘 알고 있지 않느냐."

"저를 나남무아 모임에 가게 하신 이유도 그 초점을 정비하라는 뜻으로 받아들이고 있습니다."

"여정은 길고 험하다. 그러므로 끝을 염두에 두지 말고 앞으로 나아가라. 시스템에는 모든 것이 결부돼 있고, 그것은 창조에 관한 것이므로 절대적인 권능이 작동한다. 나는 너의 상위자아이지만 나도 또한 상위자아와 연결돼 있다는 걸 알아둬라. 우주의 모든 것은 연동되는 시스템이다. 너의 차원에서도 이제는 '얽힘(entanglement)'에 대해 공공연하게 말하고 있지 않느냐."

"제가 지금 이보리에게 잘못된 에너지를 구사하고 있나요?"

"연동된 상황인데 어찌 그것이 너만의 문제이겠느냐. 잘못된 것도 없고 잘된 것도 없는 상황이지만 오래전부터 진행되어 온 창조의 의도성은 여전히 존중되고 있다. 그것은 분명 우주적인 진화에 도움이 될 것이다. 하지만 시스템을 밝히는 문제에는 많은 저항이 예비되어 있으니 항상 일정한 호흡을 유지하며 견디도록 해라. 에너지 파동이 극심한 변동을 일으키게 될 것이다."

다음 순간, 나는 학당을 벗어나 이보리와 마주하고 있었다. 상위자아가 영계로 환원한 순간 나의 의도가 곧바로 보리와 접속을 시도한 것이었다. 하지만 현재로서는 그에게 아무것도 덧입힐 게 없다는 자각이 생성돼 나는 그와의 접속을 곧바로 해제해 버렸다. 보리에게는 미안한 일이었지만 잠에서 깨어나면 이런 일이 일어난 정황에 대해 그는 전혀 기억을 못할 것이므로 괘념할 필요가 없었다. 상위자아는 하위자아를 수렴할 수 있지만 하위자아는 상위자아를 수렴할 수 없기 때문에 그런 건 아무 문제가 되지 않을 터였다.

우주의 모든 진화는 수직 상승적인 구조를 지니고 있어 밑에서 위로 가는 건 어렵지만 위에서 밑으로 들락거리는 건 전혀 문제가 되지 않는다. 나와 보리의 관계처럼 나의 상위자아와 나의 관계 또한 동일한 수직 구조로 연동되고 있는 것이다. 그것을 일깨우듯 유체계에서 빠져나오자 상위자아와 연결된 분자코드가 진동하기 시작했다. 그것에 접속하자마자 다음과 같은 메시지가 3차원적으로 용해되었다.

—너는 이 장을 여기에서 종료해야 한다. 아직은 시스템을 열어야 할 시간이 아니다.

3

오전 10시, 조필규로부터의 전화.

그는 거두절미하고 보리에게 11시경 집으로 방문할 것이라고 예고한다. 용건은 사진 촬영. 무슨 사진을 말하는 거냐고 보리가 묻자 만나서 얘기하겠다며 일방적으로 전화를 끊는다.

창밖에 비가 내린다. 세상에 뒤덮인 황사와 미세먼지, 초미세먼지를 말끔히 씻어내기라도 하려는 듯 빗줄기가 제법 세차다.

잠시 창밖을 내다보던 보리는 불현듯 뭔가를 떠올린 표정으로 등을 돌리고 서둘러 식탁 의자에 앉아 노트북 컴퓨터를 켠다. 메모 파일을 열고 망설임 없이 자판을 두드린다.

'이것은 내가 아니다'를 부정할 때 '자아(自我)'가 나타난다. '스스로[自] 나[我]'라고 주장하는 에너지. 이 주장의 배후에 3차원 세상의 지배자 에고가 도사리고 있다. 하지만 이 원리를 명백하게 알고 있는 존재도 에고에 시달린다. 오감을 지닌 육체를 입고 있기 때문이다. 아니 육체에 갇혀 있기 때문이다. 자아가 망상이고 착각이라고 해도 그것을 실재인 것처럼 가열차게 몰아붙이는 에고의 집요함. 그것이 욕망을 작동시키기 위한 에고의 끈질긴 자극이라는 걸 알아차려도 소용이 없다.

에고의 근성은 너무 끈질겨서 그 자체가 곧 생명력인 것처럼 강력하게 느껴진다. 육체를 입은 상태로는 죽어야 끊어질 것 같다는 말이다. 하지만 그럼에도 불구하고 에고와의 치열한 백병전을 포기하면 안 된다. 그것 자체가 인간에게 주어진 삶의 미션이고 그것이 또한 삶의 의미이기 때문이다. 지구상에서 벌어지고 있는 인간의 삶은 얼마나 치열한가.

메모를 저장하고 나서 그는 다시 시선을 창밖으로 돌려 내리는 빗줄기를 주시한다. 그러다 불현듯 폴더를 열고 '우파니샤드' 파일을 연다. 그리고 검색어에 '정다운 새 두 마리'를 입력한다. 곧바로 검색 결과가 뜨자 그는 그것을 집중적인 시선으로 들여다본다.

늘 함께 다니는 정다운 새 두 마리가
같은 나뭇가지에 앉아 있다.
그 가운데 한 마리는
열매를 따먹느라고 정신이 없다.
하지만 다른 한 마리는 아무 집착이 없이
열매를 탐닉하고 있는 친구를

초연하게 바라보고만 있다.
열매를 탐닉하고 있는 새는 에고이고,
그것을 초연하게 바라보고 있는 새는 참 자아이다.
그 둘이 함께 앉아 있는 나무는 육체이고
열매를 탐닉하는 새가 따먹고 있는 열매는 행위이다.

에고를 자기라고 생각하는 동안엔
열매를 탐닉하고 있는 새처럼
집착과 슬픔에서 벗어나지 못한다.
그러나 자신의 참 자아를 깨달으면
열매를 따먹는 새를 초연하게 바라보는 새처럼
슬픔에 젖지 않는다.
지고한 빛과 사랑의 근원인 자신의 참 자아 브라만을 깨달으면
선과 악의 이원성(二元性)을 초월하여
모든 것이 하나로 통합되는
우주적인 합일 차원으로 들어간다.*

검색 결과를 읽고 잠시 생각을 정리하는 표정으로 앉아 있던 보리는 우파니샤드 파일을 닫고 다시 메모 파일을 연다. 그리고 거기에 이런 메모를 남긴다.

* 『우파니샤드』, 정창영 편역, 무지개다리너머, 2016, 84~85쪽.

무아와 참자아의 대립구도를 이해시키는 일이 가능할까. 나는 지금 그 기로에 서 있다. 지구상의 어느 누구도 시도하지 않은 이런 일이 어째서 어르신이라는 한 인간과의 상담 과정에서 벽처럼 일어서는 것인가. 이것을 넘어가지 않으면 더 이상 나아갈 방도가 없다. 벽이 문이라고 밀고 나아가는 수밖에.

11시 5분경, 조필규가 촬영팀을 대동하고 나타난다. 턱수염을 기른 40대 정도의 사진작가와 20대 보조 한 명. 촬영팀은 조명과 삼각대 등등의 장비를 차에서 내려 보리의 원룸 안으로 옮기고 촬영을 위한 세팅을 시작한다. 그사이 조필규는 보리에게 간단히 촬영의 이유와 목적을 밝힌다.

"어르신께서 이 선생님이 명상하는 모습을 사진으로 담으라고 하셨습니다. 촬영하는 동안만 평소 명상하던 자세 그대로 앉아 계시면 됩니다. 오래 걸리지 않을 겁니다."

"명상 사진을 왜요?"

어이가 없다는 표정으로 보리는 턱을 들고 묻는다.

"결가부좌 자세를 보고 싶어하시는 겁니다. 이 선생님께서 결가부좌 자세가 된다고 하셨다면서, 만약 전신 촬영을 거부하면 결가부좌를 이룬 하반신만이라도 촬영을 해 오라고 하셨습니다."

"이런 게 대체 상담과 무슨 상관이죠? 계약은 오직 상담에 관해서만 이루어진 게 아닌가요?"

어이가 없다는 표정으로 보리는 조필규를 주시한다.

"갑과의 계약이 상담에 맞춰져 이루어진 것이라면 갑이 요구하는 모든 것이 상담이 됩니다. 결가부좌 자세를 하고 명상하는 사진을 보고 싶다, 하는 의도 자체가 상담 요구가 되는 것이고 을은 그것에 이유 없이 응해야 하는 것입니다."

상대의 반응을 예상하고 있었던 듯 조필규는 망설임 없이 응대한다.

"개인이 유지할 수 있는 가장 내밀한 부분을 이런 방식으로 강제 유출시키는 게 고작 갑의 권리라고 강변하는군요."

"지나친 비약입니다. 사진은 오직 어르신만 보실 겁니다. 만약 외부로 유출될 경우 저희 쪽에서 모든 책임을 지겠습니다. 자, 준비가 다 끝난 것 같은데 어떻게 하시겠습니까?"

"뭘 말이죠?"

"전신사진으로 찍겠습니까, 아니면 결가부좌를 이룬 하반신만 찍겠습니까?"

갑의 대리인으로 묻는 것이니 선택해라, 하는 표정으로 조필규는 보리를 주시한다.

"하반신 제한입니다. 나중에 카메라에 담긴 촬영물을 제가 직접 확인하겠습니다."

냉정한 표정으로 잘라 말하고 보리는 등을 돌린다.

"좋습니다. 그런데 부탁드릴 게 한 가지 더 있습니다. 어르신께서 이 선생님께서 직접 찍었다는 무안불 사진 파일을 사고 싶다고 하셨습니다. 원하는 금액을 알려달라고 하셨고, 가능하면 오늘 그것을 넘겨받아 전문 업체에 인화와 액자 작업을 의뢰하라고 하셨습니다."

"무안불 사진을 산다고요?"

등을 보인 자세에서 불현듯 돌아서며 보리는 되묻는다.

"네, 이 선생님이 찍으신 그 사진을 작품으로 인정하시는 거죠. 얼마면 될까요? 한 100만 원 정도면 어떨까 싶은데 만약 더 높은 액수를 원하시면……."

곧바로 어르신께 물어보고 액수를 올릴 수도 있다, 하는 표정으로 조필규는 휴대폰을 만지작거린다.

"돈 한 푼 안 받고 무안불 파일을 그냥 드릴 테니 필요한 거 있으면 언제든 말씀하세요. 뭐가 더 필요하죠?"

"……."

사진 촬영을 시작하기 전 조필규는 보리에게 자신이 준비해 온 복장으로 갈아입으라는 요구를 한다. 그것 또한 어르신의 요구라는 말도 잊지 않고 덧붙인다. 하지만 어르신, 즉 갑의 요구이므로 이것도 상담의 연장이라는 부연 설명은 더 이상 하지 않는다. 설명하지 않아도 알 것이라는 표정이다.

보리는 도복처럼 검은 상하의 한 벌을 받아들고 욕실로 들어간다. 그곳에서 옷을 갈아입고 나와 자발적으로 방 한가운데 결가부좌 자세로 앉는다. 텁수염을 기른 사진작가가 카메라를 손에 들고 다각도로 구도를 저울질한다. 위에서 아래로 내려다보는 각도, 정면으로 렌즈를 밀고 당기며 보는 각도, 밑에서 위로 올려다보는 각도 등등에 대해 그는 머리를 갸웃거리며 사전 동작을 취해본다. 그때 보리가 못을 박듯 말한다.

"하반신 제한, 잊지 마세요."

"글쎄요, 각이 잘 안 나오네요. 방이 좁아서 구도를 만들기가 너무 힘들어요."

제한적인 촬영이 영 못마땅하다는 표정으로 사진작가는 중얼거린다. 하지만 그의 불만에 보리도 조필규도 응대하지 않는다. 찰칵, 하고 첫 번째 셔터 누르는 경쾌한 소리를 시작으로 사진작가는 연속적으로 셔터를 눌러댄다. 위에서 아래로 찍고, 방바닥에 옆으로 누워 위를 올려다보며 찍고, 정면에서 한껏 뒤로 물러나 찍고, 한껏 가까이 다가가 찍기도 한다. 그사이 보리는 실제 명상에 빠진 사람처럼 움직이지 않는다.

촬영이 끝난 뒤 보리는 사진작가의 카메라 모니터를 통해 촬영된 컷을 하나하나 확인한다. 위에서 아래를 보며 찍은 것이나, 아래서 위를 보고 찍은 것이나, 정면에서 찍은 것이나 하나같이 사진들이 기괴해 보인다. 절단당한 하체 같다.

✧

사진 촬영 후 보리는 어르신과의 상담을 위해 조필규와 함께 레지던스로 간다. 기사가 운전하는 세단 조수석에 조필규가 앉고 보리가 뒷좌석에 앉아 시내 호텔로 이동하는 동안 사진 촬영의 이유에 대해 보리가 다시 한 번 조필규에게 묻지만 그는 묵묵부답 응대하지 않는다. 레지던스로 들어가 보리가 자리를 잡고 앉자마자, 기다리고 있었던 듯 어르신은 곧바로 반응을 보인다.

어르신 : 사진 촬영 때문에 힘들지 않았는가?

이보리 : …….

어르신 : 나쁜 의도가 있는 건 아니니 불쾌하게 생각하진 말게. 나이가 들면 아이 같은 심정이 될 때가 많아. 동심이 동해서 그런 거라고 생각하고 넘어가주면 좋겠네. 결가부좌가 되는 자네가 결가부좌가 안 되는 중생을 위해 보시했다고 생각하라는 말일세.

이보리 : …….

어르신 : 참, 무안불 사진 파일도 그냥 준다고 들었는데, 그건 내 입장에서 낯이 서지 않는 일이니 보수를 지급할 때 함께 송금하라고 하겠네. 다만 액수는 내가 정할 터이니 적다고 생각되더라도 섭섭해 하지 말게. 사진은 좀 크게 확대해서 내 침실 맞은편 벽에 걸어둘 작정이네. 날마다 악몽을 꾸다가 깰 때도 많고, 잠에서 깨면 뭔가에, 누군가에 의지하고 싶은 마음도 들고 해서…… 자네가 말하는 샤카무니의 가르침을 생각하면서 사진을 보려고 하네. 이것은 나의 것이 아니다, 이것은 내가 아니다, 이것은 나의 자아가 아니다……. 사진을 보면서 그런 염불을 외면 마음이 좀 안정되지 않겠나. 죽음이란, 아니 죽음에 대한 두려움에 시달린다는 건 정말 끔찍한 일이라네. 나는 이제 두 번 다시 자네 나이가 될 수 없지만 자네는 뒷날 내 나이가 될 터이니 그때 내 말을 한 번쯤 되새겨보게.

사뭇 간절한 어조.

이보리 : 이것은 나의 것이 아니다, 이것은 내가 아니다, 이것은 나의 자아가 아니다, 라는 가르침은 종교적 염불이 아닙니다. 그것은 인간이 도달할 수 있는 가장 높은 단계의 각성이자 사유이자 자각이자 발견입니다. 종교라면 절대 그렇게 설파할 리 없죠.

단호하게 보리는 잘라 말한다.

어르신 : 종교라면 절대 그렇게 설파할 리 없다고?

이보리 : 샤카무니의 가르침은 종교가 아니라 인간적 관점에서 우러난 자각이기 때문입니다. 인간 이상의 것에 대해 말하지 않고, 그 이하의 것에 대해서도 말하지 않고, 오직 인간의 관점에서만 설파했기 때문에 그것은 신을 내세운 종교가 아니고 또한 그런 종교가 될 수도 없는 것입니다.

어르신 : 어제 자네와 이야기를 주고받은 무아에 대해 밤에 일어나 다시 생각해 봤는데, 아무리 이해해 보려고 노력을 해도 난 도무지 이해를 할 수가 없었네. 이것이 나의 것이 아니고, 내가 아니고, 나의 자아가 아니라면 도대체 이 모든 건 대체 누구의 것이란 말인가?

이보리 : …….

물음에 답하지 않고 보리는 의자에 등을 기대어 눈을 감는다.

어르신 : 왜 아무 말도 하지 않는 거지? 그 이상은 자네도 더 이

상 할 말이 없는 건가?

다소 초조한 어조.

이보리 : 할 말이 없는 게 아니고 이제 샤카무니의 가르침과 정반대되는 지점으로 들어가야 할 시간이 되었습니다. 혹시 참자아라는 말 들어본 적 있습니까?

진도 나가는 분위기.

어르신 : 참자아? 그거 숱하게 들었지. 내가 절에 다닐 때 그 주지도 참자아 타령 참 많이 했었네. 나는 그것도 샤카무니의 가르침이거니 했는데, 아닌가?

이보리 : 참자아는 샤카무니의 무아와 반대 지점에 자리 잡은 힌두교의 핵심입니다. 샤카무니가 세상에 태어나기 전부터 인도의 종교이자 철학이자 사상의 핵심을 이룬 것이 곧 참자아이기 때문입니다.

이보리는 말한다 : 힌두교에서는 절대자 하나님이 브라만, 그의 자아가 참자아이다. 베다 경전 중 하나인 우파니샤드는 참자아가 인간의 심장 안에 자리 잡고 있다고 분명하게 고지한다. 참자아를 아트만이라고 하여 힌두교는 브라만과 아트만을 토대로 한 우주론을 펼쳤다. 브라만은 우주 전체의 절대자로서 만물에 깃들어 있는 실재이고 도저히 인간의 말로는 형언할 수 없는 존재이다. 그 절대

적 참자아가 인간의 내부에 에고 의식과 함께 존재한다는 것이 문제의 핵심이다.

보리는 컴퓨터 화면에 뜬 우파니샤드의 해당 부분을 낭송한다.

심장의 비밀스러운 동굴 속에
에고 의식과 지고한 참 자아
이 두 존재가 함께 머물고 있다.
에고 의식은 잠시도 멈추지 않고
쓴 열매와 단 열매를 번갈아 따먹으면서
쓴 것은 싫어하고 단 것은 좋아하는
희비애락의 파도를 타고 있다.
그러나 지고한 참 자아는
무엇이 일어나도 좋아하거나 싫어하지 않고
그저 지긋이 바라보고 있다.
에고 의식은 어둠 속에서 무언가를 열심히 갈망하고 있다.
하지만 참 자아는 빛 속에서 조용히 지켜보고 있다.
이 둘은 빛과 그림자와 같다.
그래서 깨달음을 얻은 현자들,
심장 속에 거하는 성스러운 생명의 불의 신께
제사를 드리는 사람들은
이렇게 말한다.

우리로 생명의 불을 밝히게 하소서.

에고를 태워 버리고, 두려움의 바다를 건너
영원불멸의 세계에 도달할 수 있는 다리가 되는
그 불이 가슴속에서 활활 타오르게 하소서.*

어르신 : 별로 새로울 것도 없는 내용처럼 들리네. 세상만사가 다 빛과 그림자의 이치가 아닌가. 생명의 불을 밝히고 영원불멸의 세계에 도달하고 싶어하는 건 모든 인간의 염원이 아닌가. 나처럼 지은 죄가 많은 인간에게는 특히 말일세.

끙, 소리를 내며 자세를 고쳐 앉는 기척.

이보리 : 계속 읽겠습니다.

참 자아는 육체라는 수레를 타고 가는 주인공이다.
그대의 식별능력은 수레를 모는 마부이며,
그대의 마음은 말을 제어하는 고삐이다.
감각기관은 말(馬)이며,
감각이 좇는 여러 대상은 말이 달리는 길이다.
육체와 마음과 감각기관을
참 자아 주인공과 혼동하지 마라.
육체와 마음과 감각기관을 그대라고 생각하는 동안에는

---

* 『우파니샤드』, 정창영 편역, 무지개다리너머, 2016, 37~38쪽.

기쁨과 슬픔이 번갈아 찾아오는
번뇌의 바다에서 빠져나오지 못한다.*

어르신 : 뭐야, 인간이 참자아의 수레라는 말인가?

놀라는 어조.

이보리 : 탈 것!

어르신 : 어제부터 탈 것 타령을 하더니 오늘도 계속이로군. 그러니까 인간은 수레이고 참자아는 인간을 타고 다니시는 하나님이다, 그런 얘기 아닌가.

이보리 : 육체와 마음과 감각기관이 인간에게 주어져 있지만 그것은 단지 참자아를 위한 탈 것으로서의 구성 요소일 뿐 그 하나하나도 그 전체도 '나'는 아니다, 하는 말입니다. 즉, 참자아는 '나'가 아니고 '나'는 참자아가 아니니 착각하지 말아라, 하는 가르침이죠. 어르신에게 딱 꽂히는 부분이죠.

어르신 : 그래 내가 참자아가 아니라 탈 것이라서 자네는 행복한가? 그 힌두교 경전은 정말 인간을 비참하게 만드는군. 자넨 그걸 사실이라고 믿나?

사뭇 기죽고 무기력한 어조.

---

* 『우파니샤드』, 정창영 편역, 무지개다리너머, 2016, 38쪽.

이보리 : 인간은 자신이 왜 태어나는지 모르고, 왜 사는지 모르고, 왜 죽어야 하는지 모른 채 일생을 보내는 게 사실입니다. 샤카무니도 그 무지로부터 자신의 고뇌와 사유를 정리했을 것이라고 이보리는 생각합니다. 샤카무니가 태어나 성장한 인도 사회에서는 이미 샤카무니 탄생 이전부터 그와 같은 참자아관이 깊이 뿌리를 내리고 있었기 때문에 샤카무니도 또한 그 영향력 안에서 살았을 게 틀림없습니다. 그런 그가 스물아홉에 왕이 될 자신의 미래를 걷어차 버리고 야반도주를 해 인간의 영원한 난제에 도전한 이유가 무엇이겠습니까?

어르신 : 그게 뭔가?

이보리 : 저는 그 이유가 지극히 간단명료하다고 생각합니다.

이보리는 말한다 : 인간이 참자아의 수레라는 힌두교적 숙명론을 받아들이기 싫어한 고타마 싯다르타의 인간적 자존심! 이보리는 그것이라고 생각한다. 고타마 싯다르타가 6년의 세월을 보내며 얻은 깨달음의 결과는 철저하게 인간중심주의적이고 또한 절대신을 외면하고 있기 때문이다. 하지만 그것은 역설적이게도 그가 브라만과 참자아를 철저하게 의식하고 있었다는 반증이기도 하다. 신이 있거나 말거나 그는 오직 인간의 관점에서만 생각하고, 인간을 위해서만 생각하고 가르치려 했기 때문이다. 그 이상의 것을 가르친다고 해도 무지하고 가련한 중생들은 더욱 큰 혼란과 혼돈에 빠질 게 틀림없으니까. 그래서 샤카무니는 평생 자신이 깨친 것의 전모에 대해 언급한 적이 없다. 자신이 깨달은 것이 무엇인지 그 전모를 밝힌 적이 없다. 인간에게 필요한 것 이상의 것에 대해 설파하지 않

으려 굳게 입을 다물고 십무기(十無記)를 실천했던 것이다.

어르신 : 십무기가 뭐야?

이보리 : 부질없는 논쟁거리들이죠. 이 세계는 시간적으로 끝이 있나 없나, 이 세계는 공간적으로 끝이 있나 없나, 생명과 육체는 같은가 다른가, 부처는 죽은 다음에 존재하는가 존재하지 않는가, 하는 것들. 따지면 따질수록 부질없는 관념의 늪으로 빠져드는 것들. 거기에 대한 정신적 항생제로 샤카무니는 독화살 비유를 했죠. 샤카무니가 중생에게 필요한 것 이상의 것을 가르치지 않은 이유, 인간에게 정말 필요한 게 무엇인지를 절묘하게 일깨우는 비유이죠.

어르신 : 그 양반, 정말 중요한 건 안 가르쳤군. 나 같은 사람이 그 양반 제자였다면 끝까지 그 십무기에 대해 물고 늘어졌을 텐데…… 제대로 된 제자가 없었나 보군. 사후세계 같은 걸 안 가르쳤다니 등대 없는 항구 아닌가. 정말 실망스럽네. 그래, 독화살은 또 뭔가?

아쉽다는 듯 쩝쩝 입소리를 낸 뒤 물을 마시는 소리.

이보리 : 죄송한 말씀이지만 어르신 같은 분이 바로 독화살 맞고 죽어가는 사람입니다. 무한하건 유한하건, 동일하건 상이하건, 존재하건 부재하건, 그렇게 부질없는 걸 왜 따지나. 독화살을 맞았으면 그것을 빼고 독을 제거하고 우선은 생명을 구해야 할 것 아닌가. 치명적인 독이 묻은 화살에 맞았는데 주변 사람들이 의사를 데려와 화살을 뽑으려 해도 그 사람은 치료를 거부하며 이런 질문을

계속해 댑니다. 나를 쏜 자가 왕족인가, 바라문인가? 혹은 서민인가, 노예 계급인가? 어이없게도 화살 쏜 자가 밝혀지기 전에는 화살을 뽑지 말라며 그는 치료를 거부합니다. 그러면서 자신을 쏜 사람의 이름과 가문, 키와 용모, 심지어 출신 지역, 화살의 종류까지 물어댑니다. 그렇게 황당한 질문들, 요컨대 샤카무니의 십무기에 해당하는 것들에 사로잡혀 있으면 인생살이의 맹독으로부터 벗어날 길이 없다는 거죠. 그래도 사후세계가 알고 싶은가요?

어르신 : 그래, 나는 그래도 알고 싶어.

이보리 : 그럼 독화살 맞은 사람은 어떻게 될까요?

어르신 : 죽겠지. 하지만 이래 죽으나 저래 죽으나 어차피 죽을 거라면 알고 죽는 게 낫잖아.

이보리 : 사후세계가 있다고 한들 어르신이 할 수 있는 일이 뭐가 있을까요? 아무것도 할 수 없으니 끊임없이 돌고 도는 인생의 수레바퀴를 멈추는 방법을 터득하라는 것이죠. 그것이 독화살을 뽑고 진정 살아나는 길이니까요. 참자아가 인간을 수레로 삼아 무슨 일을 펼치건 그건 어차피 알아낼 수 없는 궁극의 문제이니 묻지도 말고 따지지도 말고 오직 윤회의 수레가 되지 않을 수 있는 길을 선택해 깨어나라는 가르침. 그게 팔정도이고, 그게 십이연기법이고, 그게 무아인 것이죠. 요컨대 샤카무니는 브라만도 알고 참자아도 알고 그 구조도 이해하면서 오직 인간의 관점에서 이것은 나의 것이 아니다, 이것은 내가 아니다, 이것은 나의 자아가 아니다, 라고 설파한 겁니다. 이제 그것을 좀 더 선명하게 만들어보죠.

어르신 : 자네가 무슨 수로 그 어려운 걸 더 선명하게 만들어?

믿을 수 없다는 어조.

이보리 : 잘 들어보세요. 이것은 나의 것이 아니다, 이것은 내가 아니다, 이것은 나의 자아가 아니다, 라는 가르침을 제가 하나의 단어만 바꿔서 읽어보겠습니다. 잘 들어보세요.

참자아는 나의 것이 아니다.
참자아는 내가 아니다.
참자아는 나의 자아가 아니다.

어르신 : 흠, '이것'이라는 말을 참자아로 바꾸니 그 말이 그 말이 되는군. 정말 신기하군. 자넨 이걸 어떻게 알았지?

더욱 믿어지지 않는다는 어조.

이보리 : 이 지구상에 샤카무니의 무아와 힌두교의 참자아가 같은 내용의 다른 표현이라는 걸 밝힌 사람은 아직 아무도 없습니다. 오직 이보리뿐!

못을 치듯 단정적인 어조.

어르신 : 자네의 책 『인간 문제의 궁극에 대한 답』에 들어 있던 게 바로 이것이로군. 책으로 읽을 때는 어려워서 잘 모르겠더니 이

렇게 설명을 들으니 바로 이해가 되는구만. 기분 나쁘게 들릴지 모르겠지만 내가 보기엔 자네도 샤카무니의 십무기를 그대로 답습한 거야. 샤카무니의 무아와 참자아가 같은 거라면 그 이후에 남겨지는 문제를 탐구해야 하는 게 아닌가 말이야. 샤카무니가 발설하지 않은 문제들, 그리고 참자아의 문제들…… 안 그런가?

그렇다는 걸 역으로 강조하는 질문.

이보리 : 그 이상은 이보리에게 너무 버거운 문제들입니다. 사람들은 믿고 싶은 것만 믿고 마주하기 어려운 진실은 외면해 버리니까요. 궁극의 진실을 알게 된다 해도 사람들은 결코 달라지지 않을 겁니다. 그래서 샤카무니가 십무기에 대해 제자에게 한 말은 매우 의미심장합니다.

어르신 : 그 양반이 열 가지에 대해 발설하지 않은 이유도 말했단 말인가?

이보리 : 그렇습니다. 많은 것을 알고 있지만 그 전부를 설하지 않았다, 그 이유는 인간에게 필요한 건 전체가 아니라 지극히 일부이기 때문이다, 라고 했죠. 필요하지도 않은 일을 설해 봤자 삶에 혼란만 일으키게 될 것이라고요.

어르신 : 그것은 우주의 전모를 깨달은 자의 교만인가 연민인가?

못마땅하고 불만스러운 어조.

이보리 : 대답할 수 없는 문제입니다. 십무기식으로 말하자면 교만일 수도 있고 교만이 아닐 수도 있고, 연민일 수도 있고 연민이 아닐 수도 있고, 교만이기도 하고 연민이기도 하고, 교만도 아니고 연민도 아닐 수도 있다는 식으로 말이죠. 이런 제자리 맴돌이로 시간을 보내고 싶으신가요?

어르신 : 나는 단지 알고 싶은 거야. 그 궁극의 것들에 대해. 내가 그렇게 큰 걸 요구하는 것도 아니잖아.

앎에 대한 욕구가 어째서 잘못인가, 하는 반문.

이보리 : 바로보기를 하면 그 모든 게 헛것이라는 걸 알게 되니까요.

이보리는 말한다 : 참자아가 수레를 타고 펼치는 이 세상의 모든 드라마가 사실은 실재가 아니고 환영(maya)이라고 힌두 경전은 고지한다. 바로보기가 이루어지면 환영을 깨치게 되는 것이다. 그런 것들은 21세기의 과학에서도 가벼운 상식이 되고 있다. 우리가 사는 세상은 실재계와 연동되는 홀로그램의 세계, 시뮬레이션의 세계, 그러니까 빛이 만들어내는 환영의 세계라는 것. 예컨대 우리는 게임 속의 가상현실 속에 있는 것이고 게이머들은 다른 차원에서 우리를 입고 게임을 하고 있는 것이라는 얘기와 별반 다를 게 없다. 〈아바타〉 영화를 예로 들었다시피 익룡이 날아다니는 세계로 들어가기 위해 차원을 바꾸는 트랜스 캡슐을 이용하는 것과 비슷한 시스템이다.

어르신 : 자네의 얘기를 듣고 있으니 속이 울렁거리는군. 믿을 수도 없고 안 믿을 수도 없고…… 아무튼 한 가지만 더 묻겠네. 그 대답을 듣고 오늘 상담을 그만 접겠네. 정신이 어지러워.

이보리 : …….

어르신 : 자네는 참자아가 정말 자네 안에 있다고 생각하나? 지금 이 순간에도!

이보리 : 아주 오랜 세월 전부터 요가 수행자들은 심장의 비밀스러운 동굴 속에 참자아의 거처가 있다고 강조해 왔습니다. 심장이 인간을 움직이게 하는 보이지 않는 생명 요소들의 중요한 거처인데, 인간의 육안으로는 보이지 않지만 심장 내 좌심방과 우심방 중간 지점의 상부에 참자아가 자리 잡고 있다고 현시합니다. 아주 조그마한 양귀비 종자 정도의 크기인데 특정한 색이나 형태를 취하고 있지 않아 보통 사람들의 육안으로는 식별이 불가능하다고 합니다. 바로 거기에서 생명을 유지하게 하는 생기가 나온다고 합니다. 외과의사들은 심장 내의 상부에서 심실이나 심방에 접한 조그마한 공동 같은 것을 발견하고 그것이 규칙적이고 정확하게 고동치고 있어서 해부학상 '히스테리 뭉치'라고 부른다고 하지만 바로 그곳에 참자아가 자리 잡고 있다는 건 전혀 눈치채지 못하고 있다는 것이죠.*

어르신 : 아, 지금 자네 말을 듣는 순간 내 머릿속을 번개처럼 스

* 스와미 요게시바라난다 사라스와티, 『혼의 과학』, 나종우·정인스님·임승혁 옮김, 영풍문고, 1997, 230쪽.

쳐간 생각이 있어. 내 심장, 이 심장의 흉통이 바로 그 참자아 때문에 생겨난 게 아닐까?

이보리 : …….

어르신 : 농담이니 괘념치 말게. 그래도 어제에 비하면 오늘은 뭔가 막혔던 길이 열리고 감겼던 눈이 뜨이는 것 같은 기분이 들어. 자네 덕분에 일어나는 일이라고 믿고 싶네. 자네가 아니었으면 이런 얘길 어디 가서 듣겠는가. 아무튼 조 집사에게 그 우파니샤드라는 책을 한 권 사 오라고 해야겠어. 나도 죽기 전에 그런 책은 읽어 보아야 하지 않겠나?

이보리 : …….

✧

자정 무렵, 보리는 명상을 마치고 방 한가운데 이불을 편다. 그 위에 반듯하게 누워 눈을 뜬 채 1~2분 정도 어둠에 덮인 천장을 올려다본다. 그리고 눈을 감고 자신의 호흡에 집중한다. 그렇게 몇 분 지나는 동안 그는 수면 차원으로 미끄러져 들어간다. 일정한 간격의 호흡이 방 안의 정적 속에서 은밀하고 내밀한 수런거림처럼 되풀이된다. 안정적인 시간이 흐른다.

새벽 2시 15분.

보리가 잠을 자는 방, 천장으로부터 원통형의 눈부신 빛이 밀려 내려온다. 원룸의 외부 공간으로부터 밀려든 것이 분명한데도 빛의 진행은 물체의 경직성과 무관하게 유연하고 부드럽다. 반듯하게 누워 잠을 자는 보리의 몸을 중심에 놓고 원통형의 빛은 하나의 기둥처럼 정지된 형상을 이룬다.

곧이어 빛의 중심 공간으로 가로 막대형의 백광을 지닌 발광체가 느리게 회전하면서 내려온다. 보리 몸으로부터 30센티미터 정도까지 회전하며 내려온 그것은 10여 초 회전을 계속하다가 왼쪽에서 오른쪽으로 수평 이동하고 다시 오른쪽에서 왼쪽으로 수평 이동한다. 그런 다음 수직으로 30센티미터 정도 오르내리며 다시 회전을 반복한다. 뭔가를 스캔하는 듯한 움직임이 계속되는 동안 보리는 주검처럼 미동도 하지 않는다.

그때 식탁 위 충전 케이블에 연결된 두 대의 휴대폰 중 하나에서 예리한 벨소리가 울리기 시작한다. 그 소리에 보리의 몸이 미동하기 시작하고 거의 동시에 원통형의 빛은 이동 경로와 반대로 빠져나가는 것이 아니라 위치해 있던 지점에서 순식간에 소멸돼 버린다.

눈을 뜬 보리는 빛의 출현과 소멸을 전혀 눈치채지 못한 표정으로 잠자리에서 일어나 제법 빠른 동작으로 어르신 전용 휴대폰에 연결된 충전 케이블을 제거하고 전화를 받는다. 그리고 식탁 의자에 앉자마자 노트북 전원을 누른다.

어르신 : 잠을 자고 있을 시간인데 전화해서 미안하네. 좀 망설이긴 했지만 안 할 수가 없었네. 좀 더 솔직하게 말하자면 가슴 통증 때문에 코냑을 세 잔 마시고 기분이 더 비참해져서 전화를 했네.

하지만 앞으로도 이런 일은 비일비재할 터이니 자네에게 미안하다는 말은 하지 않겠네.

이보리 : 계약서에 명기된 사항이니까요.

어르신 : 자네와 나의 계약은 오직 나를 위해 이루어진 것이니 내 행위들이 무례하거나 몰인정하거나 잔인하게 여겨져도 이해해 주기 바라네. 자네 입장에 대한 배려의 말 같은 건 가능한 하지 않겠네. 그러니 이렇게 황당한 전화에 앞으로도 잘 적응해 주기 바라네.

이보리 : 적응은 못하고 대처할 것입니다.

어르신 : 적응이고 대처이고 간에…… 낮에 자네에게 들은 참자아 얘기가 자꾸 마음에 걸려. 그런 참자아가 내 안에 있는데 내 인생은 왜 이렇게 고통스러운가. 자기 탈 것을 괴롭히는 걸 즐기는 참자아도 있나?

이보리 : 그런 고통을 느끼는 건 '내가 있다'고 믿기 때문입니다. '내가 있다'는 그 믿음이 곧 인간을 괴롭히는 에고입니다. 인간이 참자아의 수레인데 내 인생이 왜 이렇게 고통스러운가, 하는 생각을 어떻게 하겠습니까. 우파니샤드 한 구절 읽어드릴 테니 마음 편히 잠을 이루도록 하세요. 자기 찬가인 줄 알면 참자아도 기분 좋게 잠들 겁니다.

> 참 자아는 모든 경험의 주체이다.
> 모양을 식별하고, 맛을 알며, 냄새를 맡고, 소리를 듣고,
> 감촉을 느끼며 성적인 쾌감을 느끼는 주체가
> 곧 주인공 참 자아이다.

경험의 주체인 참 자아가 없다면
어떤 경험도 존재할 수가 없다.
나치케타여,
그대가 알고 싶어하는 것이
바로 이 참 자아 주인공이다.
깨어 있을 때나 잠을 잘 때나
모든 경험의 주체는 참 자아이다.
에고 의식 속에 사는 사람들은
여러 가지 경험을 하면서 슬퍼하고 괴로워한다.
하지만 에고는 경험의 주체가 아니며,
우주에 충만한 보편의식인 참 자아가
경험의 주체라는 사실을 깨달은 사람은
더 이상 슬퍼하거나 괴로워하지 않는다.
참 자아 주인공은
감각의 꽃에서 딴 꿀을 맛보는 자이다.
모든 행위의 결과를 경험하는 자이다.
내면에 현존하는 시작도 끝도 없는 영원한 자이다.
이것을 깨달은 사람은 모든 두려움에서 벗어난다.*

보리의 낭송을 듣고 나서 어르신은 긴 한숨, 다시 긴 한숨, 곧이어 하아, 하는 장탄식, 그런 뒤에 됐어, 됐어, 내 것이 아니고 모두

---

* 『우파니샤드』, 정창영 편역, 무지개다리너머, 2016, 42~43쪽.

참자아 것이니까 이제 됐어, 정말 고맙네, 하는 말을 남기고 전화를 끊는다.

보리는 잠시 식탁에 앉아 있다가 잠자리를 정리하고 찬물로 세수를 한 다음 명상을 시작한다. 온갖 차원의 파동이 교차되는 3차원 세상, 원룸의 방 한가운데 앉은 그의 정수리로부터 분자코드가 진동하기 시작한다. 오래잖아 파동이 극도로 확장되면서 차원의 경계를 넘어 그의 의식은 우주적으로 확장된다.

실재계와 접속하는 시간.

3#

벚꽃과 개나리, 목련 같은 봄꽃이 만개하는 동안 몇 날은 비가 내리고 몇 날은 바람이 불었다. 나는 자나 깨나 이보리에 대해 생각했지만 그것이 곧 그의 인생 스토리를 개진하거나 변화를 도모하는 일로 직결되지는 않았다. 나는 그의 창조자로서 그가 생동감 있게, 내가 의도한 대로 움직이길 원했지만 뜻대로 되지 않았다.

샤카무니의 무아로부터 시작된 이야기가 우파니샤드의 참자아에 도달해 있었지만 전도는 아직도 불투명했다. 길이 보이다가 갑자기 사라지고, 사라졌다가 거짓말처럼 나타나는 날들이 뒤섞여 의식의 갈피를 일관성 있게 유지하기가 어려웠다. 만물에 편재된 신성을 참자아라는 상징체계로 막연하게 생각해 오던 나에게 참자아의 구체적 실재성은 그것을 접하던 순간부터 충격이었다. 인간 심장의 일정 부분에 존재한다고 위치까지 고지할 정도인데 어찌 태무심하게 그것을 받아들일 수 있겠는가.

나의 상위자아가 아니었다면 나는 우파니샤드를 읽지 못했거나 읽지 않았을 것이다. 물론 그것을 읽으라는 직접적인 전언이나 요구가 있었던 건 아니다. 주변을 에워싼 에너지의 흐름이 나를 그쪽으로 몰고 가는 걸 경험했는데 현실적으로는 그런 일이 일어나야 할 전후 인과관계가 전혀 없었다. 나는 인도에도 별로 관심이 없었고 힌두교에는 더더욱 관심이 없었다. 그런데도 베다를 읽었고, 우파니샤드를 읽었고, 종내에는 바가바드 기타까지 읽었다.

상위자아를 통해 내가 알게 된 놀라운 사실들은 내가 읽은 것들의 범주에서는 죽었다 깨어나도 발견할 수 없는 것들이었다. 인도 사람들이 베다를 하늘의 성전이라 부르고 그것의 원형이 기원전 수십 세기 전부터 사람들의 입에서 입으로 전해져 온 구전이라는 사실, 그리고 그것이 신의 영감과 계시를 받은 성자를 통해 하늘로부터 전해진 것이라는 얘기는 나로서도 넉넉히 접할 수 있었지만 그것의 핵심에 우주의 이야기가 내재돼 있었다는 것은 전혀 눈치채지 못했다.

어느 날 밤, 유체계에서 접속한 상위자아로부터 나는 충격적인 메시지를 접했다.

"베다의 원전은 사람에게서 비롯한 것이 아니다. 그것은 지구 초기에 3차원으로 들어와 인류와 함께하던 우주인들 중 일부가 전해 준 것이다. 그것을 원전 삼아 많은 후속 베다들이 생겨나고 부속 경전들까지 생겨난 것이다. '우파니샤드'라는 산스크리트어가 무슨 뜻인지 아느냐?"

"가까이(upa) 아래에(ni) 앉는다(shad), 의역하면 '스승의 발밑에 앉아서 전수받은 가르침'이라고 읽었습니다."

"거기 나오는 스승이 누구이겠느냐?"

"스승이…… 우주인이라는 말씀이군요."

"너희 차원에서 말하는 창조주가 달리 누구이겠느냐. 절대적인 한 존재를 일컫는 게 아니라 물질적 창조와 생명체의 창조가 가능한, 과학적으로 매우 진보된 우주인들을 그렇게 부르는 것이다. 아무것도 없던 지구 행성에 이렇게 많은 창조물이 어떻게 생겨났겠느냐? 그렇게 섬세하고 아름답고 정교하고 자발성을 가진 인간, 동물, 식물 등속의 창조물들이 정말 진화에 의해 절로 생겼다고 믿는 것이냐?"

"그럼 그런 존재들이 지구에 들어와 인류와 함께 살았다는 게 정말 사실인가요?"

"눈으로 봐도 너희 차원의 존재들은 믿지 않는다. 기원전부터 기원후까지 너희 지구 행성에 머물던 우주인들의 모습을 인간들이 그림이나 동굴벽화나 조각으로 남긴 게 얼마나 많은지 몰라서 하는 말이냐?"

"잘 모르고 있었습니다."

"자, 그럼 보아라. 너희 행성 사람들이 만든 것들이니 잠에서 깨어나도 지워지지 않도록 각인시켜라. 아직껏 드러나지 않은 우주인의 흔적은 훨씬 더 많다는 걸 알아야 한다."

상위자아의 지시로부터 일련의 그림들과 동굴벽화, 조각 작품들이 아주 천천히 좌측에서 우측으로 이동을 시작했다. 나는 그것이 나의 의식에서만 영사되는 장면이라는 걸 알 수 있었고 그 하나하나의 목록들이 지닌 상세 내역까지 감지할 수 있었다. 알제리의 타실리 나제르 동굴벽화, 이탈리아의 발카모니카 동굴벽화, 오스트레일리아의 킴벌리 동굴벽화, 스페인의 살라망카 대성당 벽화조각상, 세르비아 코소보의 데차니수도원 프레스코화, 이탈리아 화가 카를로 크리벨리가 그린 〈수태고지〉, 15세기에 그려진 〈마돈나와 성 지오반니노〉 등등…….

저 까마득한 옛날에 원시인과 화가와 조각가들이 어째서 그토록 구체적인 형상으로 UFO와 우주인의 모습을 그리고 새기고 조각한 것일까. 보지 않고 단지 상상만으로 그런 것들을 그리고 파고 새겼으리라고는 도저히 믿기지 않는 장면들을 일람하면서 나는 기이한 방식으로 차원이 확장되는 걸 느꼈다. 동시에 차원이 확장되어야 할 필요성도 절감했다. 내 의식이 너무 좁은 영역에 갇혀 있음을 상위자가가 일깨우고 있다는 걸 분명하게 자각할 수 있었다.

"지구와 인류의 역사는 너무 오래, 너무 많이 왜곡되고 덮여 있다. 심지어 시간 역류를 통한 조작과 왜곡까지 일어나고 있다. 모든 우주인이 다 선한 것도 아니고 다 악한 것도 아니다. 모두 자기 진화 프로그램을 진행 중이기 때문에 우주의 많은 영역에서는 대립과 갈등, 쟁투와 전쟁이 끊이지 않고 있다. 그것이 우주게임의 본질이다. 그 양극 대립적 요소들이 지구 탄생 때부터 지금까지 계속 지속되고 있다는 걸 알아야 한다."

"인간은 이래저래 수레 신세를 벗어날 수 없는 거군요."

"네가 창조한 소설의 주인공을 너는 수레라고 부르느냐? 너는 어째서 그 존재에게 주인공이라는 멋진 명칭을 부여하느냐? 너희 인간들의 퍼스낼리티 모두 다 주인공 캐릭터라는 걸 잊지 말아야 한다. '우파니샤드의 수레'라는 표현이 인간에게는 슬프고 비참하게 들릴 수도 있겠지만 그 명칭은 상위자아를 의식하며 만들어낸 기능적 표현이라고 생각하면 될 것이다."

"기원전부터 지구 행성에 와서 머물던 우주인들이 인간을 창조했다는 게 사실인가요?"

"자연진화가 이루어지도록 설계된 행성에 와서 유전적인 조작을 가해 급격한 진화가 이루어지게 했으니 그것도 창조라고 할 수 있다. 다만 그 창조의 목적이 순수하지 않았다는 것, 그들이 자연진화에 간여할 수 없다는 우주의 대법칙을 어겼다는 것이 그들에게 부과된 에너지 보상의 법칙이다. 너희가 신이라고 부르는 존재들, 너희 성경에 기록된 자들이 바로 그 존재들이다."

"그들이 성경에서 말하는 창조주인가요?"

"그들이 자신들의 유전자를 사용하여 너희를 그들처럼 창조했다. 내 말이 안 믿어지거든 네가 아직 접하지 못한 수메르 문명의 시뮬레이션 속으로 들어가 보아라. 전에도 두 번 기회를 주었는데 너의 불성실로 기회를 놓쳤으니 이 세 번째 기회를 잃지 않도록 해라. 차원의 문을 열기 위해서는 '수메르'라는 키워드가 반드시 필요하기 때문이다."

샤카무니의 무아로부터 시작된 이야기가 우파니샤드의 참자아를 거쳐 인간을 창조한 우주인의 이야기로 황당하게 전개되고 있었다. 이것을 일개 소설가인 나의 소설적 상상력이나 의도로 생각하면 안 된다. 나의 의도로 마구 달릴 수 있었다면 나는 소설을 결코 이렇게 전개하지 않았을 것이다.

그날 상위자아로부터 전해 받은 메시지만으로도 나는 정신이 혼란스러워 며칠 동안 우주 구도를 혼자 정리해 보았다. 상위자아의 메시지대로라면 모든 인간의 정수리에는 분자코드가 연결돼 있고 심장에는 참자아 센서가 자리잡고 있다. 참자아 센서는 우주의 궁극, 다시 말해 우주 창조의 근원 에너지와 연결된 센서이고 분자코드는 영계에서 진화 학습 중인 개별 영들과 연결된 송수신 코드이다. 요컨대 이 기본적인 센서와 코드가 인간을 위시한 모든 생명체와 연결돼 컴퓨터 게임처럼 실시간적인 데이터가 오간다는 얘기였다.

우주의 은하계에는 1천만 개 이상의 행성 문명이 있다는 내용을 어디선가 접한 적이 있었다. 그곳의 모든 생명체들에 참자아 센서와 분자코드가 연결돼 있다면 그것은 시뮬레이션 게임 시스템과 하등 다를 게 없다는 생각이 들었다. 아주 퍼뜩, 그런 깨달음이 왔다. 모든 물질의 기본 단위인 원자의 내부가 99.9퍼센트 비어 있다는 사실과 함께 '관찰자가 관찰계에 영향을 미친다'는 양자역학의 마법적 시스템이 그런 사실을 더욱 보강하는 것 같았다.

아무튼 영들은 3차원 지구 행성에 인간이라는 퍼스낼리티를 내세워 아바타(강림신) 게임을 한다는 게 핵심 포인트였다. 그때 인간이라는 퍼스낼리티는 게임 캐릭터로 기능하고 그 게임 캐릭터에는 영의 에너지가 일정 부분 투사되어 실제적으로는 '웨어러블 캐릭터' 기능을 한다고 볼 수 있다. 인간들은 게임을 할 때 컴퓨터 밖에서 모니터 안의 캐릭터를 부리지만 영들은 모니터 안으로 직접 들어가 캐릭터를 입고 영화 〈아바타〉의 나비족처럼 활동할 수 있는 것이다. 요컨대 지금 우리가 살아가는 3차원 세상 전체가 에너지 파동으로 이루어진 시뮬레이션이라는 얘기가 되는 것이다. 지금 인간 세계에서 늘어가고 있는 VR의 리얼리티가 이 세상과 동일한 수준으로 펼쳐질 경우, 다시 말해 그런 수준의 시뮬레이터를 인간들이 개발할 경우, 인간은 또 다른 우주와 또 다른 하위 퍼스낼리티, 즉 게임 캐틱터를 창조할 수 있을 것이다. 한마디로 우주의 창조주가 되는 것!

나는 이런 문제로 골몰하다가 상위자아와 다시 접속했다. 우주를 움직이는 시스템의 근원이 나에게는 무지의 어둠으로 남아 있었다. 상위자아는 이미 나의 골몰을 훤히 들여다보고 있었으므로 내가 묻기도 전에 포괄적인 영역을 먼저 열어버렸다.

"네가 골몰하고 있는 것이 우주의 존재 목적이다. 우주의 수많은 차원에서 수많은 영들이 영적 성장을 도모하고 있다는 걸 알아야 한다. 지금 내가 머무는 영계는 네가 사는 지상과 고차원계의 중간 단계 정도이다. 그러니 상위차원에 대해서는 나도 모르는 게 많다. 하지만 모든 영들은 상위차원으로 진화하기 위해 존재하고 그 영들의 마지막 소망은 근원 에너지와 하나가 되는 것, 그리고 우주가 문을 닫게 되는 것이다. 원래 아무것도 존재하지 않던 상태로 회귀하는 것, 다시 하나가 되는 것. 우주의 모두 것들이 처음 왔던 곳으로 되돌아가는 도정에 있는 것이다."

"그렇게 상위차원으로 진화하고 상승하는 게 목적이라면 영계에서 바로 깨닫고 깨치는 게 더 효과적이지 않나요? 어째서 미개하고 어리석은 인간 수준으로 내려와 일체개고(一切皆苦)의 프로그램을 거치게 하나요?"

"이유는 간단하다. 육체를 입는 것이 가장 빠른 진화의 방법이기 때문이다. 몸을 입고 필요한 집중 경험을 하는 것, 그것이 영적 성장을 도모하는 가장 효과적인 방법이기 때문이다. 영이란 의식 에너지이기 때문에 학습 효과를 얻기 위해서는 몸을 입는 게 효과적이라는 말이다. 그 경험의 데이터를 분명하게 각인시키기 위해 우주에 설정된 기본 법칙들이 있다. 진동의 법칙, 상대성의 법칙, 양극성의 법칙, 리듬의 법칙, 인과의 법칙 같은 것들이다. 실제로 영계에는 그런 것들이 존재하지 않는다."

"게임의 재미를 고양시키는 효과적인 장치들이로군요."

"효과적인 학습도구라고 해도 되지 않을까?"

"그럼 우리 같은 퍼스낼리티, 다시 말해 게임 캐릭터들은 육체가 죽은 뒤에 어떻게 관리하나요?"

"너희 세계에서 게임 캐릭터를 관리하는 것과 크게 다르지 않다. 너희들 세계에서 사후세계라고 말하는 세계는 그런 영역이다. 게임을 업그레이드시키기 위해 캐릭터에 다른 기능을 부여하기도 하고 다른 성격을 부여하기도 하고 재탄생을 위해 오랫동안 충전소에 들여보내기도 한다. 치료와 치유, 개량과 개선, 보충과 보강 같은 것들이 사안별로 다르게 진행된다. 하지만 그 모든 것들은 섬세하게 관리되고 다루어진다. 왜냐하면 퍼스낼리티는 영들에게 가장 중요한 학습도구이기 때문이다. 오랫동안 개발되고 개량되어온 퍼스낼리티와 갓 만들어진 퍼스낼리티 간에는 상상하기 힘들 정도의 차별성이 존재한다. 그래서 환생 시스템을 만들고 하나의 캐릭터를 연속적으로 다시 태어나게 만드는 것이다."

"끝도 없이 무한하게 다시 태어나야 한다는 것인가요?"

"상위자아인 영의 학습이 지구에서 끝나면 더 이상 태어나지 않게 된다. 단, 지구에 태어나지 않는 것이다. 그 이상의 차원에 대해서는 말하기 곤란하지만 차원에 따라 영들이 직접 가야 하는 우주도 많다는 걸 알아라. 사람이라는 퍼스낼리티가 필요하지 않은 차원이 훨씬 많다는 것."

"그럼, 죽은 뒤에 지구에 다시 태어날 때의 원칙은 뭔가요?"

"그건 학습을 위한 프로그램 편성이다. 부족하고 개량시켜야 할 형질들, 그리고 요소들."

"그 프로그램은 누가 주도하나요?"

"영이 직접 프로그램하고 퍼스낼리티에게 전체 과정을 미리 보여준다. 필요한 리허설 과정도 거친다. 함께 태어나 미션을 수행할 그룹들, 예컨대 가족 그룹, 사회적 그룹도 사전 미팅을 한다. 이 방대한 프로그래밍의 묘미는 한 사람을 위한 것이 아니라 모두를 주인공으로 하는 프로그램이라는 것이다. 하나를 위한 전체처럼 보이는 것도 궁극에는 전체를 위한 하나에 불과한 것이 된다. 그런 연결고리를 자각하고 깨닫는 게 학습의 중요한 목표 중 하나이기 때문이다. 만나서 사랑하게 되는 사람들, 갈등하게 되는 사람들…… 인생 프로그램에는 우연이 개재될 수 없다. 우연처럼 보이는 필연, 우연을 가장한 필연, 다시 말해 프로그램이 있을 뿐이다."

"그럼 저는 얼마나 더 태어나야 할까요?"

"내가 나의 영적 등급을 밝혀야 하는 문제와 연관된 것이니 아무리 소설이라고 해도 그건 밝힐 수 없다. 너에게서 두드러지는 형질과 특질, 패턴을 잘 살피면 너의 등급을 감지할 수 있을 것이다."

"형질과 특질과 패턴?"

"잘 들어라. 너는 너의 캐릭터에 대한 데이터를 빠짐없이 다 인지하고 있다. 하지만 다 알고 있는 문제를 인정하고 받아들이는 문제에 대해서는 한없이 인색하다. 알고 있는 걸 밝히지 않으려 하는 내향성, 그것이 너의 가장 큰 특질 중 하나이다. 그러므로 너는 세상의 흰 양 떼들 속에 섞여 있는 한 마리 검은 양처럼 네 자신을 자각한다. 스스로 고립시키는 것이다. 흰 양 떼들이 세상과 세속에 심취하고 빠져드는 것을 멀리 거리를 두고 지켜보기 때문에 너는 사회 부적응자처럼 오해받고 때로는 시건방지다는 말까지 듣는다. 네가 관심을 기울이는 영역은 오직 지식과 지혜, 그리고 영적인 것뿐이다. 심지어 너는 지상의 일에 10퍼센트의 에너지만 기울여 살자고 다짐을 한 적도 있지 않느냐?"

"그건 마음을 비우고 집착을 내려놓기 위한 방편이었는데요."

"자연스럽지 못한 건 모두 어리석은 짓이다. 너에게 주어지는 모든 일에 무조건 최선을 다해라. 네가 취사선택해 봤자 다시 돌아올 일들이니 기회를 되돌리지 말아라. 인위적으로 마음을 비우고 내려놓는 시늉을 하는 건 나의 진화를 방해하는 것과 하등 다를 게 없다. 네가 그런 인내를 진행하는 동안 내가 네 마음을 불편하게 하는 걸 잘 알고 있지 않느냐. 나는 네가 잘못된 선택을 할 때마다 너의 뇌와 가슴에 극단적인 진동을 일으켜 네 마음이 잠시도 편안하지 못하게 한다. 잘 알고 있지 않느냐?"

"그럼 저는 낙제 수준의 퍼스낼리티라고 해야겠네요?"

"그건 오래된 퍼스낼리티들의 특질이다. 너는 지구상에 아주 여러 번 태어났기 때문에 극렬한 세상사에 관심을 잃은 지 오래이다. 무엇이건 시작하기 전에 이미 끝을 보는 격이다."

"제가 한심한 게임 캐릭터라서 게이머에게 좀 미안한 감이 있는데…… 이건 게이머의 잘못인가요, 아니면 게임 캐릭터의 잘못인가요?"

"오냐, 잘 물었다. 네가 때마다 은근히, 그런 문제를 너무 심각하게 받아들인다는 걸 나는 잘 알고 있다. 네가 만든 늪에 네 스스로 빠지는 격이니 나로서는 지켜보기만 해도 된다만 이 차제에 분명하게 정리하고 일깨워주마. 너라는 캐릭터는 나의 일부가 투사되어 만들어진 것이니 너는 나의 일부이고 나는 너의 전부이다. 지상의 부모 자식 관계를 생각해 보아라. 유전적 형질을 물려받고 피를 나눈 관계 아니냐. 그런 물질적 형질보다 내가 너에게 영의 일부를 투사한 것이 훨씬 지대하고 근원적인 것이다. 그러니 나는 너이고 너는 나라고 해도 아무런 문제가 될 게 없다. 중요한 건 누구의 잘잘못을 따지는 게 아니라 경험의 데이터를 중시해야 한다는 것이다. 우주에는 선악의 개념이 없고 오직 에너지 사용값으로서의 데이터가 남겨질 뿐이다. 뿐만 아니라 진화와 상승의 동력이 되는 지혜는 그런 것을 활용해 얻어지는 우주적 범용값이기 때문이다."

✳

내가 상위자아의 존재에 눈을 뜨게 된 건 30대 후반의 어느 날이었다. 등단 이후 거의 10년 동안 날마다 밤샘을 하며 소설을 쓴 결과, 나의 심신은 피폐해질 대로 피폐해져 있었다. 하루에 담배를 세 갑 이상 피우고 소설 한 편이 끝나면 스트레스 때문에 엄청난 폭음을 일삼곤 했다.

그러던 어느 날, 잠에서 깨어나자 몸이 움직이지 않았다. 의식은 말짱했는데 눈꺼풀을 움직이는 것도 힘이 들 정도였다. 잠을 아무리 자도 피로가 풀리지 않았다. 병원에 갔더니 만성피로증후군에 심장과 신장의 기능이 지극히 나빠져 신체적인 상태가 최악이라고 했다.

의사는 흡연과 음주, 스트레스, 그리고 밤과 낮을 바꿔 사는 생활 패턴이 얼마나 건강을 해치는지에 대해 설명했다. 요컨대 정상적인 삶의 리듬을 회복하지 않는 한 현재의 상태는 개선의 여지가 없고, 이렇게 버티면 얼마 살지 못할 거라는 결론이었다. 정말 심각한 상태였다.

나는 소설가로서의 삶밖에 이룬 게 없었으므로 어떻게든 건강을 회복해 소설을 계속 써야 한다고 생각했다. 그래서 삶의 리듬을 바꾸기 위한 장기적인 계획에 돌입했다. 초등학교 시절부터 몸에 밴 야행성 체질을 주행성으로 바꾸고 담배를 끊는 일이 가장 큰 과제로 대두됐다.

두 가지 문제를 동시에 해결하기 위해 나는 고심에 고심을 거듭한 끝에 밤마다 마인드 컨트롤을 시작했다. 나는 담배를 피운 적이 없다, 나는 담배 맛을 알지 못한다, 밤이 되면 깊은 수면에 빠져든다…… 얄팍하게도 나의 의식을 속여 습관을 바꿔보려 한 것이었다. 물론 그때까지 나는 나라는 존재가 우주의 중심이고 내가 원하면 무엇이든 뜻하는 대로 이룰 수 있다고 믿으며 살아온 '멍청한 의지의 한국인'이었다.

어느 날 밤, 자정을 넘긴 시각에 나는 명상 자세로 앉아 마인드 컨트롤을 하고 있었다. 얄팍한 자기 속임수의 주문을 끝도 없이 읊조리는 시간을 보내고 있었는데 어느 순간 나의 정수리에 문어 빨판이나 화장실 변기가 막혔을 때 사용하는 흡착기 같은 것이 들러붙어 정수리 부분을 가차 없이 열고 나의 내장[나중에 알게 된 사실이지만 그것은 유체(幽體)였다]을 송두리째 뽑아 올리는 것 같은 엄청난 힘을 느끼기 시작했다. 눈을 감고 앉은 채 나는 극도의 두려움에 떨었다. 환상에 사로잡힌 게 아니라는 걸 나는 분명하게 자각하고 있었다. 아주 또렷한 정신으로 내 작업실 한가운데 앉아 담배를 끊으려고 마인트 컨트롤 중인데 이게 도대체 무슨 일인가!

내 안의 모든 것이 정수리를 통해 허공으로 뽑혀 올라가는 것 같았다. 이러다 죽는 게 아닌가, 하는 본능적인 공포감으로 퍼뜩 눈을 뜨지 않을 수 없었다. 이게 뭔가, 이 기이한 이탈감은 도대체 뭔가! 살아생전 처음으로 경험하는 '육체를 빠져나가는 상황'으로 인해 그날 밤 나는 오래도록 잠을 이루지 못했다.

다음 날 밤 나는 전날 밤의 경험을 재현하고 싶어 똑같은 자세로 방 한가운데 앉아 있었다. 그 경험에는 이상한 에너지와 이끌림이 있어, 그것이 무엇인지 반드시 알아내고 싶다는 열망에서 도무지 벗어날 수 없었다. 오늘 밤에 그런 현상이 다시 나타나면 끝까지 견뎌보리라, 마음을 다잡고 기다림의 시간을 보내기 시작했다. 하지만 그날 밤 나의 기다림은 끝내 성사되지 않았다. 그다음 날 밤에도, 그다음 날 밤에도 나는 그것을 다시 경험할 수 없었다. 기이하지만 그것을 다시 경험하고 싶다는 알 수 없는 내면의 이끌림 때문에 밤마다 그 시간이 되면 나도 모르게 동일한 위치에서 동일한 자세를 취하지 않을 수 없었다.

뒷날 나는 그 무렵의 기이한 경험을 '분자코드가 활성화된 태초와 같았던 시간'이라고 정리했다. '태초와 같았던 시간'이란 내가 정신적으로 완전히 다시 태어나는 과정을 의미했다. 그때 상위자아와 연결되지 않았다면 지금 이 순간 이 글을 쓰고 있는 나라는 인간은 지구상에 존재하지 못했을 것이다.

아무려나 '나'라는 망상의식의 경직성으로 막혀버린 정수리를 열고 분자코드가 강제적으로 활성화된 것을 계기로 나는 지속적인 명상을 시작했다. 생사가 엇갈릴 만한 위기에서 기적처럼 내가 모르던 차원의 문이 열린 것이었다.

이후 분자코드를 통해 받아들인 에너지는 내 삶의 근본 활력이 되었다. 하루라도 그 에너지를 받아들이지 않으면 넋이 나간 인간처럼 멍한 상태에서 하루를 보내곤 했다. 그 과정을 세상에서는 명상이라고 부르고 나도 또한 그렇게 받아들였다. 하지만 어디 가서 명상을 배워본 적 없는 나로서는 그것을 철저하게 과학적인 틀에서 이해하려고 노력했다. 명상의 과정에서 일어나는 모든 변화를 에너지의 변화무쌍함으로 이해했고 그 단계에서 우주에 여러 층위의 에너지 차원이 있다는 것도 알게 되었다. 뿐만 아니라 그 과정에 진동과 파동과 공명이 일어난다는 것도 알게 되었다. 에너지 접속이 이루어지면 다차원적인 교감과 교신과 교류가 일어나 메시지 교환이 이루어지고 종내에는 변환 과정 없이 직접적인 다운로드가 가능하다는 것까지 터득하게 되었다. 그렇게 20년의 세월이 흘렀다.

이제 명상 에너지는 나의 삶에 중요한 근원 에너지가 되었다. 명상 과정을 통해서만 받아들이던 에너지도 이제는 일상적으로 활성화시킬 수 있게 되어 눈을 뜨고 있거나 잠을 자거나 항상 그 에너지와 접속해 있는 상태가 되었다. 항상 정신적 환희가 유지되는 상태, 있는 그대로 말하자면 우주 에너지 중독자가 된 것이다. 하지만 그런 중독이라면 기쁘게, 얼마든지 심각해지고 싶은 게 솔직한 심정이다. 언젠가 그런 에너지만 존재하는 차원으로 이동했으면 좋겠다는 바람도 있다. 그런 차원에는 질병이나 감정의 기복, 우울증, 분노, 미움, 증오 같은 게 분명 존재하지 않을 거라고 나는 확신한다.

나의 인생은 분자코드가 활성화되기 전과 후로 나뉜다. 그것은 곧 '나'의 존재 유무와 직결된다. 분자코드가 활성화되기 전의 나는 대개의 사람들처럼 오직 '나'라는 망상체로 중무장한 에고 덩어리에 불과했다. 하지만 분자코드가 활성화되고 엄청난 해체와 붕괴 과정을 겪으며 '이것은 나의 것이 아니다, 이것은 내가 아니다, 이것은 나의 자아가 아니다'라는 샤카무니의 가르침을 고스란히 체득하게 되었다. 하지만 그것을 세상 사람들에게 이해시키는 것이 불가능에 가깝다는 걸 알고 적절한 비유를 찾아내기도 했다.

예를 들어보자.

'나는 간다'라는 문장에서 '나는'이라는 주어부를 떼어보라. 그래도 '간다'라는 움직씨는 움직인다. '나는'이 없어도 움직씨 자체가 '간다'이니 그것만으로도 얼마든지 갈 수 있는 것이다. 무엇이 가게 하는가? 진짜 가게 하는 주체가 '나는'이 아니라 '간다'라는 움직씨 안에 숨어 있기 때문이다. 비유의 핵심을 말하자면 그것이 초자아이고, 상위자아이고, 영이다.

나는 세상에 두 부류의 사람이 있다고 믿는다. '나'라는 망상감옥에 갇혀 사는 사람, '나'라는 망상감옥에서 해방된 사람. 망상감옥에 갇혀 사는 사람들을 탈옥시킬 수 있는 방법은 오직 한 가지뿐이다. 스스로 탈옥하는 방법. 탈옥의 비법은 밖이 아니라 안에 있다. 현란하고 변화무쌍한 시뮬레이션 세상으로 끌려 나가 헤매고 방황하는 정신을 어떻게 안으로 불러들이는가. 그것이 관건이다.

내가 나의 상위자아와 소통에 이르게 된 과정은 너무 지난해서 모든 것을 언급하기 어렵다. 분자코드가 연결되기 전의 나에 관해 인간적 관점으로 말하자면 완전 불량 캐릭터, 한심한 퍼스낼리티라고 단언할 수 있다. 하지만 상위자아의 관점은 인간적 관점과는 전혀 다른 층위에 맞춰져 있었을 것이다. 깊고, 극심하고, 극단적인 것들로부터 얻어지는 단련이 가져오는 효과를 상위자아는 분명하게 알고 있었을 것이라는 말이다.

상위자아의 오랜 기획을 나는 완전한 인간의 자유의지로 착각하며 살았다. 분자코드의 뚜껑이 열리기 전까지의 멍청했던 삶. 하지만 상위자아와 소통이 원활해졌다고 해서 모든 문제가 다 해결되었다고 생각하면 큰 오산이다. 미션을 더욱 열렬하게 수행할 수 있는 길이 열린 것일 뿐, 이 우주가 닫히기 전까지 완성이란 존재하지 않기 때문이다.

분자코드가 활성화되던 초기에 상위자아가 나에게 제시한 절묘한 가르침이 하나 있었다. 해체와 붕괴, 재생과 조정으로 엄청난 심신의 고통을 겪던 나에게 그 가르침은 천금 같은 위안이 되었다. 그것은 맹자(孟子)에게서 우러난 것이었는데 그는 놀랍게도 상위자아가 인간을 어떻게 부리는지 그 핵심을 명백하게 간파하고 있었다.

> 하늘이 장차 그 사람에게 큰일을 맡기려고 하면
> 반드시 먼저 그 사람의 마음과 뜻을 괴롭게 하고
> 근육과 뼈를 깎는 고통을 주고
> 몸을 굶주리게 하고
> 생활은 빈곤에 빠뜨리고
> 하는 일마다 어지럽게 한다.
> 그 이유는 마음을 흔들어 참을성을 기르기 위함이며
> 지금까지 할 수 없었던 일을 할 수 있게 하기 위함이다.*

* 『맹자』, 「고자장구」 15.

4

밤 8시 30분, 조필규가 보리의 집으로 찾아온다. 이틀 동안 흐리고 비 온 뒤, 모처럼 화창한 봄밤에 보리는 노트북컴퓨터를 넣은 백팩을 메고 그를 따라 나선다. 야간 상담 통보를 이미 낮에 받아 둔 터라 서두르는 기색이 없다. 관행에 익숙해진 듯 보리는 아무것도 묻지 않고 조필규도 덧붙이지 않는다. 하지만 건물 밖으로 나가자 이전과 다른 상황이 나타난다. 이전에는 승용차가 대기하고 있었는데 오늘은 대형 밴이 대기하고 있다. 검은 몸체에 강인한 근육처럼 느껴지는 외부 형태가 위압적으로 보인다.

조필규가 슬라이딩 도어를 열자 기이한 내부 구조가 드러난다. 차량의 내부가 폭이 아니라 길이를 따라 전체적으로 반으로 나뉘어 있다. 그곳에도 레지던스에서처럼 검은 가림막이 설치되어 열린 출입문을 통해서는 실내의 반밖에 보이지 않는다. 운전석과 조수석에는 가로로 가림막이 설치되어 뒤쪽에 앉을 경우 전방을 내다볼 수 없게 되어 있다.

조필규가 조수석 앞에 서서 보리에게 안으로 들어가라는 시늉을 한다. 그가 손으로 지시하는 방향은 조수석 바로 뒷자리이다. 운전석과 조수석의 가로 가림막과 좌우를 가르는 세로 가림막에 의해 맞춤하게 분할된 공간, 그곳이 보리의 지정석이다.

어르신 : 오늘은 미세먼지 농도도 낮고 공기가 모처럼 좋은 것 같아 나들이를 결정했네. 괜찮겠나?

세로 가림막 뒤쪽, 다시 말해 보리와 대각을 이루는 뒤쪽 자리에서 어르신의 음성이 넘어온다. 동시에 규모감을 느끼게 하는 차량의 움직임이 시작된다.

이보리 : 저는 언제 어디서나 어르신의 요구에 응해야 하니 안 괜찮을 수가 없죠.

백팩에서 노트북을 꺼내 무릎에 올리며 보리는 담담하게 대답한다.

어르신 : 무슨 대답이 그래? 시야가 답답하더라도 기다려봐. 포인트에 가면 시야가 확 열릴 테니까.

잠시 사이를 두었다가 기다려봐, 하는 말을 다시 한 번 반복한 뒤 어르신은 더 이상 입을 열지 않는다. 그렇게 몇 분이 흐르는 동안 차량 내부에는 기이한 긴장감이 감돈다. 그러다 느닷없이, 매우 돌발적인 어조로 어르신은 묻는다.

어르신 : 봄은 뭔가?

이보리 : …….

어르신 : 다시 묻겠네. 자네에게 봄은 뭔가?

이보리 : 봄?

어르신 : 봄인데 아무 감흥도 안 느껴져?

이보리 : 별로…….

어르신 : 여자를 봐도?

이보리 : …….

어르신 : 자네 여자와 연애 같은 건 해봤나?

이보리 : …….

어르신 : 대답 안 해?

이보리 : 대답을 하고 안 하고는 계약서에 명시돼 있지 않습니다. 대답할 필요와 가치가 있는 문제에 대해서만 대답하겠습니다.

어르신 : 보아하니 연애도 못 해보고 여자와 섹스도 제대로 못 해봤군. 그런 반응은 강한 긍정을 의미하니까 말야. 서른아홉이 될 때까지 도서관에만 처박혀 살았으니 육질의 세상에 대해 뭘 알겠나. 날마다 샤카무니나 찾아대고 이것은 내 것이 아니다, 이것은 내가 아니다, 이것은 나의 자아가 아니다 타령이나 해대니 거시기가 동하겠어?

노골적인 힐난과 비아냥.

이보리 : …….

어르신 : 사람이 사람답게 살아야지. 사람인 것을 대놓고 부정하고 아니라고 해대면 멀쩡한 놈도 정신적인 문제가 생길 텐데 그런 걸 도라고 닦으란 말인가!

이보리 : 누가 어르신에게 도를 닦으라고 했나요?

냉랭한 되물음.

어르신 : 내가 보기에 자네는 정신적인 가치만 중시하고 물질적인 가치는 완전히 무시하는 인간이야. 그렇게 살면서 뭘 이룰 수 있을 거라고 생각하나? 세상을 살면서 연애도 해보고 사랑도 해보고 결혼도 해보고 아이도 낳아보고 해야 제대로 된 사람이 되는 거지. 그런 게 진짜 사람이지, 어떻게 '이것은 나의 것이 아니다, 이것은 내가 아니다, 이것은 나의 자아가 아니다'라는 타령만으로 제대로 된 사람이 될 거라고 떠들어대는가 말이야. 그런가 안 그런가? 대답 좀 해봐!

말을 하는 동안 치밀어 오른 역정을 스스로 주체하지 못한 어조.

이보리 : 좋습니다. 그렇게 물질적인 상태를 원하시니 이보리의 에너지 상태에 대해 간단히 설명해 드리죠. 이보리는 성장하는 동

안 여성의 에너지에 자신도 모르게 동화되는 강렬한 접속 현상을 경험했습니다. 그런데 이보리에게는 그 경험이 너무 고통스러워 여성들에 대한 관심이 절로 소멸돼 버렸습니다. 여자와 말 한마디 주고받지 않고 단지 관심을 가졌을 뿐인데 뜨거운 에너지 파동 속으로 휩쓸려 들어가 온몸이 타오르는 것 같은 고통에 시달린 겁니다. 그런 일이 한두 번도 아니고 매번 동일하게 되풀이되니 이보리 안에서 일어나는 여성에 대한 관심의 촉수 자체가 절로 거세될 수밖에요. 그것은 좋다 나쁘다, 바람직하다 바람직하지 않다고 말할 수 있는 일차원적 판단의 대상이 아닙니다. 그렇게 함부로 말할 수 없는 문제죠.

어르신 : 거세라니, 그거 말이 너무 심하군. 아직 실험도 안 해보고 자신을 스스로 거세하면 안 되지. 단지, 다만, 자네에겐 아직 정해진 짝이 안 나타난 것뿐이야. 에너지 접속을 해도 고통스럽지 않은 여자가 없으란 법 없잖아. 안 그런가?

이보리 : …….

어르신 : 포기하지 말고 기다려보라구. 자네에게도 정해진 짝이 나타날 테니까 말이야.

30분쯤 지난 뒤, 차량이 정지하고 전면의 가로 가림막이 열린다. 조수석에 앉아 있던 조필규가 뒤를 돌아보며 입을 연다.

"도착했습니다, 어르신."

"그래, 자네들은 안으로 들어가서 좀 쉬게. 내가 연락하면 나와."

조필규와 기사가 차에서 내린 뒤 비로소 앞유리로 전방이 내다

보인다. 놀랍게도 서울의 야경이 한눈에 내려다보이는 절묘한 지점에 차량은 정차해 있다. 방향으로 보아 남산 쪽이 아니라 그 반대쪽이라는 걸 알 수 있다. 야경을 한눈에 조망할 수 있는 고지대, 차량은 잔디가 깔린 마당 끝에 정차해 그 내부 공간이 야경을 조망하는 훌륭한 구조물 같은 느낌을 준다.

어르신 : 오늘은 여기에 와서 자네와 얘기를 나누고 싶었네. 봄이 되니까 기분이 더 침울하게 가라앉는 것 같아 낮에 코냑을 몇 잔 마셨어. 그러니 좀 전에 내가 했던 말들은 괘념치 말게. 봄이 되니 기분이 싱숭생숭해져서 그래. 살아생전 그렇게 많은 봄을 경험했는데 그게 다 뭔가 싶어. 어떤 놈들이 사람들 잠잘 때 무대장치를 바꿔놓는 것 같다는 생각만 들어. 세상만사에 감흥이 사라진 거지. 이 모든 게 다 갈 때가 멀지않았다는 증거가 아니고 달리 뭐겠나.

말을 하고 나서 긴 한숨.

이보리 : 세상 모든 사람이 그 길을 가고 있습니다.

어르신 : 좀 전에 여기 오는 동안 자네한테 들은 얘기를 되새겨보니 자네는 정신적으로만 살아 있고 육체적으로는 살아 있는 사람 같지가 않아. 그렇게 사는 데에도 기쁨이나 자기만족 같은 게 있나?

이보리 : 기쁨이나 자기만족 같은 건 그런 걸 필요로 하는 사람들이 만들어낸 집착적인 현상이죠. 슬픔이나 기쁨, 자기만족이나 자기불만 같은 건 모두 낮과 밤처럼 돌고 돌며 지나가는 현상에 불

과합니다. 그렇게 돌고 도는 가운데 모든 게 변하니까요.

어르신 : 우주만물에 항상함이 없다, 그러니까 그게 불교에서 말하는 무상(無常)인가?

이보리 : 같은 말이죠.

어르신 : 자네가 살아온 방식에 비하면 난 세상을 짐승처럼 살아온 것 같다는 생각이 들어. 돈과 여자, 그리고 수단과 방법을 가리지 않고 남들 위에 서려는 욕망…… 내 인생은 그런 걸 빼고 나면 내세울 게 없어. 완전히!

완전히, 라는 말에 유난스레 힘을 주고 나서 다시 긴 한숨.

이보리 : 그런 걸 필요로 하는 학습 환경이 어르신에게 주어졌기 때문이죠. 그리고 그 학습 효과가 나타나기 때문에 지금 괴로워하는 것이구요.

어르신 : 오호, 그것 참 듣기 좋은 말이군. 아주 적절하게 말 잘했네. 나는 못된 인간으로서의 학습 환경에 한껏 충실하게 살아왔는데 왜 이렇게 말년에 그것을 돌아보며 괴로워하게 만드나. 그런 조건 속에 살게 태어났으면 끝까지 그렇게 살다 죽게 해야 옳은 게 아닌가 말일세.

이보리 : 그건 어르신의 경도된 인생이 이제 반환점에 다다랐다는 의미일 수 있습니다. 마라톤도 반환점이 있고 여행도 돌아오는 시점이 있는 것처럼 한 방향으로만 지속되는 항상성은 어느 시점엔가 반드시 정반대의 방향으로 바뀌게 되죠. 또 다른 시작이 예비되

는 겁니다. 대부분의 사람들이 자유의지라고 착각한 채 자신들의 삶을 한쪽 극단으로 몰고 가지만 극단에 도달하면 다시 반대 극을 향한 여정이 시작되니까요. 남자의 극단으로 여자가 되고, 여자의 극단으로 남자가 되는 것처럼요.

어르신 : 그럼 내가 지금 착한 사람으로 바뀌려고 이런 고통에 시달리고 있다는 말인가? 이렇게 늙은 나이에?

이보리 : 정신이 문제이지 나이가 무슨 상관이겠습니까.

어르신 : 한 가지 의문스러운 게 있는데, 자네가 말하는 샤카무니 가르침의 요체가 무아라면 그건 윤회와는 완전히 무관한 것 아닌가?

이보리 : 왜 그렇게 생각하시죠?

의외라는 반문.

어르신 : '나'가 없는데 무엇이 윤회를 하겠어? 안 그런가?

이보리 : 상식적으로는 그게 맞지만 반드시 그런 것은 아닙니다. 샤카무니는 인간의 관점으로만 가르쳤기 때문이죠. 그 이상의 것에 대해서는 의도적으로 가르치지 않은 겁니다. 그러니까 윤회의 문제는 그렇게 간단하게 규정할 수 있는 게 아니죠.

어르신 : 그럼 윤회에 관한 자네의 입장은 뭔가?

이보리 : 이보리는 샤카무니의 무아도 믿고 윤회도 믿습니다. 보는 관점을 달리하고 있지만 그것은 한 가지 상태를 말하는 것이기 때문입니다. 무아는 샤카무니가 가르친 것이지만 윤회는 샤카무니의 가르침이 아닙니다. 그것은 샤카무니가 태어나기 전부터 인도에

널리 퍼져 있던 믿음이었습니다. 이보리는 샤카무니가 윤회의 굴레를 분명하게 알고 있었기 때문에 무아를 설파하고 십이연기법까지 설파했다고 생각합니다. 윤회의 논리는 샤카무니의 제자들, 특히 유식학파 사람들이 아주 뒷날 아뢰야식을 개념화하면서 정설인 것처럼 설파돼 왔지만 그런 종자식 개념도 정확하게 맞아떨어지는 게 아니라고 생각합니다.

어르신 : 그럼 자네가 생각하는 윤회는 뭔가?

이보리 : 수레의 운명이죠.

어르신 : 나는 그 수레의 운명이 어떤 식으로 운영되는지 그걸 알고 싶어하는 거야. 카르마의 법칙이나 인과응보나 업장소멸 같은 것들 있잖아. 그런 걸 알려달라는 거지. 그래야 내가 빠져나갈 구멍을 생각할 거 아닌가.

요점은 이것이다, 하는 강조.

이보리 : 살고 죽고 다시 태어나는 게 인간의 운명이라면 빠져나갈 구멍은 없습니다. 오직 자신의 존재성을 무화시키는 방법, 샤카무니의 바로보기를 체득하는 것뿐이죠. 내가 무화되면 다 해결될 문제들이니까요.

어르신 : 얼마 전에 내가 텔레비전에서 본 건데, 전생을 기억하고 다시 태어나는 아이들은 뭔가? 그런 아이들의 전생 진술이 사실로 밝혀지는 경우들도 숱하던데, 그런 건 윤회 과정에서 발생하는 오류 같은 건가?

이보리 : 그런 것에 대해서는 드릴 말씀이 없습니다. 전생을 기억하는 아이들의 사례가 있는 건 사실이지만 그것들을 일반화하는 건 쉬운 일이 아니니까요.

언급하고 싶지 않다는 기색.

어르신 : 그 텔레비전 프로그램은 사실에 바탕을 둔 것들을 다루는데, 시리아에 태어난 네 살 난 소년이 자기 전생을 기억해 내 전생의 부모를 만나고 전생에 자신을 죽인 범인까지 찾아내 구속되게 만들었다는 거야. 뿐만 아니라 자신이 암매장당한 위치까지 경찰에 알려줘 시신을 찾아냈는데 도끼에 맞아 두개골이 부서진 바로 그 지점과 동일하게 소년의 이마에 붉은 상흔까지 있었다는 거지. 나는 그 소년의 이야기를 보고 너무 신기해서 조 집사한테 그런 류의 이야기를 수집해 보라고 했더니 구체적인 사례들이 정말 많더군. 조 집사가 가져다준 자료 중에 버지니아 의대 정신의학부 교수가 연구해서 미국 신경정신과 학회지에 발표한 전생을 기억하는 아이들의 사례*를 읽고 났을 때 나는 세상에 태어난 이후 가장 끔찍한 공포를 느꼈다네. 그런 사례들을 연구하는 또 다른 학자들에 의하면 전생과 이생의 생김새까지 범죄자 몽타주처럼 비슷하다고 하더구만. 대학 연구팀에서 그렇게 전생을 기억하는 아이들의

---

* 크리스토퍼 M. 베이치, 『윤회의 본질』, 김우종 옮김, 정신세계사, 2015, 58~105쪽. 데이비드 윌콕, 『소스필드』, 박병오 옮김, 맛있는책, 2013, 113~115쪽.

사례를 수천 건이나 확보하고 있다는데 윤회에 대해 모른다고 잡아떼면 어쩌나. 그건 전문상담사로서 직무유기하는 거 아닌가?

이래도 발뺌하겠는가, 다그치는 어조.

이보리 : 전생을 기억하는 아이들 문제는 종자식 개념의 사안별 윤회가 아니라 통윤회가 이루어진다는 것인데, 그러면 어르신은 어째서 전생을 기억하지 못하고 태어난 걸까요? 대개의 사람들은 어르신처럼 전생을 기억하지 못하고 다시 태어나죠. 그럼 전생을 기억하고 태어난 아이들이 매우 특수한 사례가 되는 것이니 그것을 이보리가 주제넘게 일반화할 수는 없는 거죠. 일반적인 경우도 언급하기 어려운데 특수한 사례라니요.

머리를 좌우로 흔들며 부정적인 시늉.

어르신 : 좋아. 그럼 이쯤에서 다시 샤카무니의 문제로 돌아가 보세. 인간들이 그렇게 끝도 없이 환생하는데, 그런데도 무아라고 할 수 있나? 윤회가 분명하다는 걸 부정할 수 없는 사례들이 이렇게나 많은데 샤카무니의 가르침이 진정 온당한 것이라고 말할 수 있는가 하는 것일세.

이보리 : 이건 끝없는 되돌이표 문답이로군요. 수레를 타는 존재들이 아니라 탈 것들에 대한 견딜 수 없는 연민…… 샤카무니는 지금 어르신이 보이는 바로 이런 무지와 집착의 전모를 알고 그렇

게 가르친 것입니다. 45년 동안 마르고 닳도록!

어르신 : 지금은 샤카무니가 살던 시대가 아니잖아. 윤회의 시스템까지 숱한 연구로 밝혀졌는데, 그런데도 계속 인간에 대한 연민 타령만 하겠다는 건가?

이보리 : 다시 태어나는 과정을 구체적으로 경험해 보지 않고서는 윤회의 운영 방식에 대해 말할 수 없습니다. 종교에서 카르마를 이분법적인 인과응보의 구조로 전파하는 것도 큰 문제입니다. 그것이야말로 일체개고의 운명을 타고난 불쌍한 중생들을 다시 한 번 공포의 도가니로 몰아넣는 것과 같으니까요.

어르신 : 나를 설득하려 하지 말게. 나는 그래도 알고 싶어. 아니 그래도 알아야겠어. 윤회가 무엇인지 제대로 알아야 이 개똥 같은 두려움에서 벗어날 것 아닌가.

요지부동, 변할 수 없고 수정할 수 없는 문제라는 단언.

이보리 : 남에게 못된 짓을 한 데 대해 응징을 받게 되면 어쩌나 하는 두려움, 남들에게 무시당하는 삶을 살게 되면 어쩌나 하는 두려움, 풍족한 삶을 못 살게 되면 어쩌나 하는 두려움…… 어르신이 윤회를 두려워하는 이유는 그게 전부입니다. 아니라고 할 수 있나요? 아니면 다른 특별한 이유가 있다고 할 수 있나요?

있으면 말해 보시오, 하는 다그침.

어르신 : 내 인생을 꿰뚫어 보듯 말하는군. 자네에게 그런 게 보

이나?

이보리 : 아무것도 보이지 않습니다. 어르신 스스로 그런 걸 강조하고 있으니 절로 두드러지는 것뿐이죠.

어르신 : 이번 생에 내가 얼마나 파란만장하게 살았으면 윤회에 대한 두려움이 그리 깊어졌겠나. 나는 지옥에서 태어나 기고 구르고 피 흘리며 오늘날에 이르렀어. 이제 아무도 날 무시할 수 없는 갑이 된 거지. 난 죽을 고비도 숱하게 넘겼어. 물론 남에게 못할 짓도 숱하게 했지. 그 많은 나의 경험들이 윤회에 적용된다면 나는 짐승 같은 인간이나 사이코, 아니면 신경증 환자나 정신병자로 다시 태어날지도 몰라. 그래서 나는 윤회의 내막을 알고 싶은 거야. 내가 무엇으로 다시 태어나게 될지 그걸 모르고서는 눈을 감을 수 없어. 도저히 그럴 자신이 없다고…….

긴 한숨.

이보리 : 윤회는 그렇게 함부로 말할 수 있는 게 아닙니다. 그것은 단지 돌고 도는 것만 의미하는 게 아니라 돌고 돌면서 전체적인 시스템을 깨쳐 더 이상 돌지 않게 만들어야 할 궁극의 목표이니까요. 그것을 위한 유일무이한 방도가 샤카무니의 바로보기라고 도대체 몇 번을 되풀이해 말해야 하나요.

어르신 : 소용없어. 백만 번, 천만 번이라도 내가 알아들을 때까지, 내가 그만해도 된다고 할 때까지 계속해. 이게 가감 없는 갑의 입장이니까. 다른 건 몰라도 이것만은 절대 양보할 수 없어. 자네와

내가 이렇게 운명적인 인연으로 엮인 걸 보면 어떤 전생에 우리는 다른 어떤 관계로든 인연이 있었을 거야. 안 그런가?

이보리 : 참새가 장화를 신고 뱀 굴로 들어가누나.

어르신 : 자네 지금 내 앞에서 선승 흉내 내나?

이보리 : 나의 살던 고향은 시리우스입니다.

어르신 : 뭐?

이보리 : 동문서답입니다.

✳

어느 순간, 보리는 눈을 뜬다. 한 점의 빛도 보이지 않는 어둠 속에 그는 포박당해 있다. 상황을 파악하기 위해서인 듯 그는 손목을 움직이고 발목을 움직여본다. 양쪽 손목에 넓은 접착테이프가 부착되어 딱딱한 물체에 고정되어 있다. 발목에도 접착테이프가 감겨 의자 다리에 고정되어 있다. 손목과 발목이 접착테이프에 결박된 채 의자에 붙박인 자세. 그럼에도 불구하고 주변 상황은 전혀 파악할 수 없다. 완벽한 어둠, 이럴 때는 감각도 어둠이고 의식도 어둠이고 호흡도 어둠이다.

"이, 보, 리."

그때 어둠의 중심에서 누군가 보리를 부른다. 그 음성을 듣는 순간 보리는 결박당한 상태로 흠칫 몸을 떤다. 남성과 여성의 음성이 하나로 중첩된 듯한 음색은 소름이 끼칠 정도로 기이하게 들린다. 남성과 여성의 음성이 완전히 섞이지 못한 채 두 명이 동시에 말을 하듯 불안정한 화음.

"당신은 누구인가요?"

"그런 건 묻지 마라. 필요한 건 네가 누구인지를 밝히는 것이다. 그것을 위해 어렵게 마련한 자리이니 묻는 말에만 대답해라. 지금 이 순간을 기준으로 이전 기억은 어디까지 남아 있나?"

"이전의 기억은 어르신과의 상담…… 야경이 보이는 고지대와 밴, 그리고…… 학교 운동장, 원룸 건너편의 초등학교 운동장에…… 밴에서 내려 그리로 가 철봉대 옆에 앉아 있었는데…… 다시 원룸으로 오기 위해 건물 안으로 들어와 계단을 올라가다가…… 아, 그 이후가 생각나지 않네요. 그 계단에서 무슨 일이 있었던 거죠?"

"그 정도면 문제가 없군. 우리는 이런 자리를 마련하기 위해 몇 가지 사전 조치가 필요했다. 속일 필요가 없으니 정확하게 말해 주마. 마취당한 상태에서 유전자 검사를 위한 점막과 혈액 채취가 이루어지고 깨어났을 때의 정신적 충격을 완화시키기 위한 약물 주사가 있었다. 그 주사가 너의 진술을 편안하게 유도해 줄 거라고 믿는다."

"그런 검사를 하고 이런 취조를 해서 이보리에게 뭘 얻어내려는 건가요?"

"우리에게 필요한 정보를 얻으면 된다. 결과가 전부이거나 전무로 나온다고 해도 필요한 검사는 반드시 진행하는 게 관례이다.

"내가 누구인지 말할 수 있는 처지가 아닌데 도대체 뭘 알고 싶어하는지 모르겠군요."

"뭐라?"

"지금 나를 취조하고 있는 당신은 자신이 누구라고 완전하게 말할 수 있나요?"

"멍청한 새끼, 지금 그걸 말이라고 하는 거야? 초장부터 감정 자극하지 마라. 나는 내가 누구인지 알기 위해 성적 정체성까지 바꾸며 인생을 살아온 사람이다."

"그렇게 성적 정체성까지 바꾸며 자신을 알려고 한 당신이 누구인지를 묻고 있는 겁니다."

철썩!

어둠 속에서 보리의 뺨을 후려치는 짧고 강렬한 마찰음이 터져 오른다.

"닥쳐, 자식아! 네가 지금 나를 희롱할 처지에 있는 줄 아니? 내 성질이 격해지면 이 어둠 속에서 너는 흔적도 없이 소멸될 수 있어. 아무것도 안 남기고 연기처럼 휘발시켜 버릴 수 있단 말이다."

"이보리도 그 말을 하는 겁니다. 여기 있는 이보리가 바로 그런 헛것이라는 말을 하는 거죠. 좀 더 정확하게 말하자면 이보리는 실체가 아니고 시뮬레이션 게임 캐릭터입니다. 그건 당신도 마찬가지이죠. 당신과 이보리는 지금 게임 상황에 처해 이런 어둠 속에 마주하고 있는 겁니다. 게임 환경을 잘 생각해 보세요."

"게임? 그거 아주 좋은 발상이군. 그런데 이 게임은 지금 너에게 아주 불리하게 돌아가고 있어. 넌 올가미에 엮인 거야. 이렇게 인과의 올가미에 한번 걸려들면 빠져나가기 힘들다는 거 너도 잘 알잖아. 너는 다만 이 게임이 얼마나 크고 장대한 규모인지 모르고 있는 거야. 하지만 나는 그 전모를 훤히 알고 있으니 너의 운명은 내 손안에 있는 거지. 아직 너의 정체가 밝혀지지 않아서 게임에 긴장감이 조성되지만 모든 게 밝혀지고 나면 너에게 극단적인 길이 펼쳐질 거야. 죽느냐 사느냐, 그것만 남는 화끈한 게임이지."

"그럼 게임 시나리오를 펼쳐보시죠. 잘 협조해 드리겠습니다."

"좋아. 진즉 그럴 것이지. 그럼 가장 기초적인 질문부터 시작하겠다. 네 부모에 대해 네가 알고 있는 모든 걸 말해라. 기억에 떠오르는 모든 것을 있는 그대로, 순서는 상관없다."

"이보리는 부모를 모릅니다. 본 적도 없고 기억에도 없습니다. 태어나자마자 할아버지에게 맡겨졌다는 정보가 있을 뿐입니다. 할아버지 집의 기억에는 할머니도 없습니다. 오직 할아버지의 배려와 가르침과 전언이 있었을 뿐입니다."

"태어나자마자 할아버지 집에 맡겨졌다는 것도 할아버지 말을 통해 알게 된 거겠지?"

"그렇습니다."

"왜 그렇게 됐는지는 말 안 해?"

"할아버지의 외동딸이 이보리의 어머니인데 이보리를 낳고 1년 8개월쯤 지난 뒤 자살했다는 말을 들은 적이 있습니다."

"그 말을 믿나?"

"이보리는 모르는 일이라 감정적 반응을 일으키지 못합니다. 그저 정보일 뿐이죠."

"할아버지는 언제 돌아가셨나?"

"이보리가 열아홉 살 때 돌아가셨습니다."

"할아버지 직업은?"

"크지 않은 상가 건물을 하나 가지고 있었는데 평생 건물을 관리하고 세를 받으며 이보리를 보살펴주셨습니다."

"그렇게 보살펴줬는데 왜 학교를 안 보내?"

"유치원도 며칠 다녀보았지만 이보리가 안 가겠다고 했고, 초등학교도 입학 직후에 학교를 안 가겠다고 했기 때문입니다."

"한창 애들하고 어울려 노는 거 좋아할 나이인데 왜 그런 거지?"

"그건 이보리도 잘 모릅니다. 왜, 그랬는지."

"그럼 학교에도 안 가고 공부는 어떻게 했어?"

"할아버지가 일곱 살 때 처음 도서관에 데려갔는데, 거기서 이보리는 그런 느낌을 받았습니다. 여기가 평생 있어야 할 곳, 이보리의 마음이 붙어 있어야 할 곳이라는 느낌……. 실제로 일곱 살 이후 지금까지 이보리의 주요 활동 무대는 도서관뿐입니다. 그게 다니까요."

"그럼 직업도 없고 달리 돈을 버는 것도 아닌데 어떻게 먹고살아? 누가 대주나?"

"할아버지가 돌아가시기 전에 이런저런 자산을 모두 정리해 이보리 앞으로 통장을 하나 만들어주었습니다. 할아버지가 돌아가시면 세상에 혼자 남겨질 터이니 이보리 인생을 위해 그것을 잘 관리하며 살라고 당부하셨죠."

"그래서 그것으로 지금까지 먹고살고 있다?"

"열일곱부터 서른아홉이 된 지금까지 그것으로 살았기 때문에 그것도 이제는 남은 게 없습니다."

"그럼 앞으로는 어떻게 살 작정이야?"

"최근 상담사 자리를 얻게 되었는데, 그 보수가 상당해서 일단은 그것으로 생활을 할 수 있을 겁니다. 다만 그것이 언제까지 계속될지 언제 끝날지 알 수 없다는 것만 빼면 문제될 게 없습니다."

"뭘 상담하나?"

"인간의 문제, 인생의 문제, 그런 것들이 주를 이룹니다. 정해진 주제가 없으니까요."

"그 상담 대상은 어떤가?"

"어르신 말인가요?"

"누구이든!"

"저는 그 대상을 본 적이 없습니다. 자신의 정체를 노출하지 않기 위해 가림막을 사용한 상태에서 상담이 진행되니까요."

"자신이 상담을 받는 이유에 대해 말한 적 있나?"

"괴롭다는 말, 그러니까 자신이 세상을 잘못 살아온 것 같아 괴롭다는 말을 여러 번 했습니다. 하지만 무엇을 어떻게 잘못하고 살아왔는지에 대해 구체적으로 말한 적은 한 번도 없습니다."

"좋아, 그럼 할아버지가 세상 떠날 때 달리 남긴 말은 없었나?"

"다른 말은……. 세상살이가 가혹할 거라는 말, 그리고……."

"그리고?"

"없습니다."

"정말 없어? 어머니가 자살한 진짜 이유!"

"……."

"네 몸에 파동 탐지기가 부착돼 있고 그 데이터가 녹음과 함께 다 저장되고 있으니 거짓말할 생각 하지 마라. 그래야 할 이유가 없지 않아?"

"……."

"네 어머니의 자살은, 너의 말대로라면, 그냥 게임 시나리오일 뿐이잖아. 그런 걸 왜 숨겨? 숨긴다고 어머니가 살아나는 것도 아니고, 그걸 숨긴다고 해서 너의 출생이 근본적으로 달라지는 것도 아니잖아. 안 그래?"

"사실…… 어머니가 자살한 진짜 이유를 할아버지가 세상 떠나기 직전에 말해 주었습니다. 평생 말하지 않던 비밀을 다 털어놓은 건데, 그때 할아버지에게 전해 들은 그 말은 이보리에게 엄청난 충격을 주었습니다. 이보리를 낳은 게 어머니의 의지가 아니었다는…… 그러니까 이보리는 원치 않는 임신의 소산이었다는 얘기였습니다. 어머니가 너무 겁을 먹고 병원 가는 걸 끝내 거부했기 때문에 할아버지도 출산이 가까워진 뒤에야 그 사실을 알게 되었다고 했습니다."

"그럼 원치 않는 임신은 어떻게 한 건데?"

"그건 정말 들은 적이 없습니다."

"보나마나 그것 때문에 자살했을 거 아냐. 자기 외동딸이 원치 않는 임신을 하고 아이까지 낳고 자살을 했는데 할아버지가 그 자초지종을 몰랐을 리 없잖아! 안 그래?"

"……."

"왜 말을 안 하는 거지? 어머니라는 존재에 대해 감정적 반응이 일어나지 않는다고 했잖아."

"존재가 아니라 스토리에 대한 반응이 일어나기 때문입니다. 당신은 인간에 대한 연민도 없나요?"

"스토리?"

"당신도 인생 스토리를 가지고 있을 거 아닙니까? 당신의 인생 스토리는 완벽한가요? 자유의지를 가지고 있다고 믿으니 당신은 당신의 인생을 스스로 만들었다고 생각하나요? 당신은 어머니 배 속에서 나올 때부터 자신의 의지로 세상에 태어난다는 생각을 했나요? 진정 그럴 수 있다면 당신은 무엇 때문에 이런 어둠 속에서 이렇게 정정당당하지 못한 일을 하고 있나요? 당신은 당신 자신의 인생에 대해서도 연민을 느끼지 못하나요?"

"너의 어머니 인생을 말하는데 왜 나를 끌고 들어가는 거지? 그런다고 뭐가 달라지나?"

"당신이 진정 당신 삶의 주인일 수 있다면 당신은 절대 지금 이 순간 이런 일을 하고 있지 않을 겁니다. 어느 누구도 이런 일을 즐기고 싶지는 않을 테니까요. 당신을 움직이게 하는 게임 시나리오가 무엇이건 이보리는 당신에 대해 연민을 느낄 수 있어요. 하물며 그것이 이보리 어머니의 인생 스토리라면 그 존재가 누구인지 몰라도 단지 사람이라는 이유만으로도 연민을 느낄 수 있다는 겁니다."

"이 새끼는 도대체 자기 얘기를 왜 이보리, 이보리, 하면서 타인 얘기하듯 하는 거지? 너 정말 이보리 맞아?"

"나를 이보리라고 믿고 여기 잡아둔 건 당신 아닌가요?"

"위험하다, 지금 이 순간…… 제발, 나를 흔들리게 하지 마라."

"당신도 당신 인생에 연민을 느끼기 때문에 흔들리는 거죠. 당신은 당신 삶의 주인이 아니기 때문에 지금 여기 있는 것이니까요. 그러니 마음껏, 있는 그대로, 자신을 속이지 말고 마구 흔들리세요. 그런 진동이 당신을 지금보다 훨씬 나은 진화의 길로 이끌 겁니다."

철썩, 철썩, 철썩!

보리의 뺨에서 연해 마찰음이 터져 오른다.

"개새끼, 어디서 상담질이야! 아가리 닥치고 어서 내가 묻는 말에나 대답해. 나처럼 극단적인 인생을 사는 인간이 이런 신파에 넘어갈 줄 알아?"

"좋습니다. 가감 없는 정보를 전해주죠. 이보리 어머니는 원치 않는 임신으로 이보리를 낳고 인생을 자포자기한 채 계속 자살을 꿈꾸고 있었습니다. 그런 외동딸을 너무 안타깝게 생각하던 할아버지가 평소 다니던 사찰에 데려가 부처님께 마음을 귀의해 보라고 권했습니다. 그런데 그 사찰을 다니며 알게 된 젊은 승려에게 정신적인 의지를 하다가 마음을 빼앗겨 더 큰 고통 속으로 빠져들게 되었다고 합니다. 그 젊은 승려가 환속과 결혼을 약속했으나 차일피일 미루다가 도저히 환속은 불가능하겠다며 관계를 청산하자는 요구를 하자 이보리 어머니는 더 이상 세상에 미련을 둘 수 없게 되었다고 판단해 그날 밤 오래전부터 준비해 둔 수면제를 복용하고 자살을 감행했다고 했습니다. 이보리 어머니가 자살한 뒤 할아버지가 그 사찰로 찾아가 젊은 승려에게 자살 소식을 알렸고, 그것에 너무 큰 충격을 받은 승려도 그날 밤 사찰 뒷산으로 올라가 나무에 목을 매고 자살했다고 합니다. 이런 막장 드라마, 이런 신파가 인간들에게 주어진 인생 시나리오인데, 그래도 연민이 안 생기나요?"

"……."

"이보리는 그런 환경 속에서 태어난 존재입니다. 이보리는 왜 그런 환경에서 태어났을까요? 이보리도 보통 사람과 같은 감정과 감각으로 인생을 살고 싶은 마음이 얼마나 간절했을까요? 그렇게 끔찍한 자기 출생의 배경을 알고 제정신으로 버틸 인간이 몇이나 되겠습니까?"

"그래서 그런 책을 출간한 건가?"

"이보리는 오직 한 가지 공부만 했습니다. 나는 누구인가, 나는 왜 세상에 태어나 이렇게 살고 있는가…… 그러다가 모든 인간의 문제와 인생의 문제가 다 대동소이한 구조 속에 갇혀 있다는 걸 알게 됐습니다. 그리고 도서관에서 아주 우연히 샤카무니를 접하고 일체개고와 무아에 눈을 뜨게 되었습니다. 그리고 그 공부를 통해 무릎을 쳤습니다. 그래, 바로 이것이로구나! 이보리는 자기 존재의 의미에 새롭게 눈을 뜨기 시작했습니다. 자신이 왜 이런 환경 속에서 태어나고 왜 이렇게 살게 된 것인지 비로소 깨치게 된 겁니다."

"그래서, 너는 지금 네 인생이 마음에 든다는 거야?"

"그렇게 일차원적으로 받아들이면 안 되죠. 인간을 에워싼 모든 인생의 조건들은 마음에 들어도 사라지고, 마음에 들지 않아도 사라지니까요. 이보리는 자신에게 주어진 배역에 충실한 인생을 살고, 그것 이상에 대해서는 아무것도 마음을 쓰지 않습니다. 주어진 그대로, 있는 그대로 사는 거죠."

"그럼 지금 이런 상황도 아주 기분 좋게 받아들이겠네?"

"이보리가 모르는 인과가 진행되는 과정이니 고스란히 받아들일 수밖에요."

"좋아. 진술 자료에 설득력이 있으니 다음 과정으로 넘어가지. 지금 교제하는 여자 있나?"

"없습니다."

"마지막으로 사귄 게 언제야?"

"이보리는 여자를 사귄 적이 없습니다."

"날 놀리나?"

"사실입니다. 여자를 사귄 적도 없고 섹스를 해본 적도 없습니다. 이런 질문 몇 시간 전에도 받았는데 다시 반복하는 게 싫군요."

"성불구자라는 말인가?"

"안 하면 다 불구자인가요?"

"그럼 무슨 낙으로 살지?"

"당신이 말하는 그 낙도 고통의 다른 측면이죠."

"말장난하나?"

"있는 그대로 대답하는 겁니다."

"정말 여자나 섹스에 대한 관심이 없어?"

"없습니다."

"정말?"

"정말입니다."

"나는 꽤 오래전부터 너를 관찰하면서 너에게 묘한 성적 매력을 느꼈어. 간단히 말해 기회가 되면 한번 자보고 싶다는 생각을 하게 된 거지. 나의 일방적인 욕망이라 쫌 미안한 일이긴 한데……. 기회가 왔으니 한번 테스트해 볼까?"

어둠 속에서 빠르게 움직이는 기척, 의자가 삐걱거리는 소리, 옷을 풀어헤치는 소리, 그리고 놀람과 당혹감 속에서 터져 오르는 짧은 입소리…… 아, 어, 헉, 으, 윽, 크…….

어느 순간, 쿠당탕 하는 소리와 함께 의자가 통째로 뒤로 넘어간다. 잠시 뒤 소란은 더욱 커지고 격렬한 기운 속으로 접어든다. 마지막에 남성과 여성의 음성이 합성된 듯한, 그러나 두 가지 개별성이 분명하게 공존하는 듯한 기이한 음성의 소유자가 어둠 속에서 날카롭게 소리친다.

"이런 병신새끼!"

✶

밝은 빛 속에서 보리는 눈을 뜬다. 그는 의자에 결박당한 채 넘어져 왼쪽 어깨와 머리가 바닥에 닿아 있고 상체와 하체는 의자와 함께 엉거주춤하게 공중에 떠 있다. 그는 눈동자를 빠르게 움직여 주변을 세밀하게 살핀다.

불안정한 자세 때문에 주변이 모두 기이한 각도로 기울어져 보이지만 그곳은 분명 그의 방이다. 원룸의 출입문은 활짝 열려 있고 방바닥에 양말을 신은 네 개의 발이 붙어 있다. 하지만 그 두 사람이 누구인지 보리의 자세에서는 식별을 할 수 없다.

둘 중 하나, 감색 양말을 착용한 사람이 한쪽 무릎을 꿇고 앉아 의자를 잡고 자주색 양말을 착용한 사람이 보리의 상체를 잡아 의자와 사람을 동시에 일으켜 세운다. 다시 취조를 받는 자세가 된 보리는 몽롱한 눈빛으로 두 사람을 올려다본다.

"이 선생님, 대체 무슨 일이 있었던 겁니까?"

조필규가 한껏 긴장된 표정으로 묻는다. 그 옆에 선 원룸 건물주는 휴대폰을 손에 들고 만지작거리며 금방이라도 신고를 할 태세다.

"집사님, 제가 왜 이렇게 포박당해 있는 거죠?"

조필규가 주방에서 가져온 칼로 보리의 손목과 발목에 감긴 테이프를 제거하는 동안 보리는 몽롱한 표정으로 중얼거린다.

"무슨 일이 있었는지 기억이 안 난단 말인가요?"

오른손에 칼을 들고 왼손에 제거한 테이프를 든 채 조필규는 다그치듯 묻는다. 그러다가 문득 생각났다는 듯 원룸 주인을 돌아보며 위험한 상황은 아닌 것 같으니 이제 그만 나가보라는 말을 건넨다. 주인은 신고를 안 해도 되겠냐고 묻고 조필규는 자신이 나머지 일은 다 알아서 할 테니 아무 걱정 하지 말라며 주인을 거의 내몰듯이 나가게 하고 출입문을 닫는다. 그런 뒤에 냉장고에서 생수를 꺼내 마개를 열고 그것을 병째 보리에게 건넨다. 그리고 다시 묻는다.

"물을 마시고 정신을 좀 가다듬어보세요. 그리고 무슨 일이 있었는지 기억을 잘 더듬어봐요. 오전에 여러 번 전화를 해도 안 받아서 어르신께 말씀 올렸더니 무슨 일이 생겼을지 모르니 바로 가보라고 하셨습니다. 벨을 아무리 눌러도 문이 안 열려서 할 수 없이 주인을 부르고 열쇠업자를 불러 도어록을 해체했습니다."

"지금…… 지금이 몇 시죠?"

감각을 상실한 표정으로 보리가 묻는다.

"오후 1시 20분입니다."

"꿈을 꾼 것 같은데, 실제로 이런 상황이 있었던 건가요?"

의자에 앉은 채 보리는 중얼거린다.

"그럼 꿈속 상황을 말해 보세요."

"꿈에서 이렇게 묶여 취조를 받은 것 같은데…… 무슨 말을 했는지는 잘 기억이 안 나고…… 마지막에 아주 이상한 경험을 한 것 같은데…… 그것도 실제인지 아닌지 감각적으로 확신을 할 수가 없네요."

"이상한 경험이라뇨? 의자에 묶인 자세로 뭔가를 했다는 건가요?"

"네, 아무래도 섹스를 했던 것 같은데…… 잘 모르겠어요. 꿈인지 아닌지, 너무 캄캄했거든요. 아무것도 보이지 않는 어둠 속에서……."

팔짱을 끼고 심각한 표정으로 보리를 내려다보던 조필규는 아무래도 안 되겠다는 듯 길게 한숨을 내쉬고 나서 보리의 팔을 잡아 올린다.

"자, 같이 가시죠. 일단 병원으로 가서 검진을 받아보고 안정을 취해야 할 것 같네요."

보리는 무저항적인 자세로 조필규의 부축을 받으며 의자에서 몸을 일으킨다. 그 순간, 버튼과 지퍼가 열려 있던 그의 바지가 힘없이 밑으로 흘러내린다. 팬티가 없어 두 다리와 성기가 노출되었지만 보리는 그것도 타인의 것인 양 물끄러미 내려다보기만 한다. 조필규가 재빨리 허리를 굽혀 보리의 바지를 올려 지퍼를 채우고 혁대까지 조인다.

4#

보리가 나에게 자신의 미래에 대해 물은 적이 있었다. 그때 나는 그에게 '미래는 언제나 확률적 가능성 속에 있다'는 상투적인 대답을 했었다. 지난 며칠 동안 나는 그 문제로 몹시 힘들어했다. 내가 그의 창조주인데 어떻게 그에게 일어나는 일에 대해 그토록 무책임할 수 있는가, 하는 데 대한 좌절감 때문이었다. 어째서 창조주는 자신의 피조물에 대해 전지전능하지 못한가. 아니다. 어째서 창조주는 자신의 피조물에 대해 전지전능하지 않은가!

보리가 어둠 속에서 성추행을 당한 그날 밤, 그의 유체는 의자에 결박된 육체를 빠져나와 유체계에서 나와 접속했다. 그의 심각한 충격은 유체 상태에서도 불안정한 진동을 보여 나는 한동안 그를 안정시키기 위해 휴지기를 두었다. 그 깊고도 막막한 휴지기 동안 나는 그와 나 사이에 오갈 메시지를 예상했는데 그것은 내가 감당하기에 매우 난감한 내용들을 담고 있었다. 너무 버거운 문제라 나의 상위자아에 먼저 접속하고 그와 접속하는 게 낫지 않을까 하는 생각까지 들었지만 보리와의 접속이 먼저 이루어진 당위성을 무시할 수 없어 나는 견딜 수밖에 없었다.

"오늘 밤 나에게 일어난 일은 애초부터 창조주의 계획에 있던 일인가요?"

"아니다. 그것은 애초 나의 의도에 없던 일이다."

"그게 말이 되나요? 미래는 언제나 확률적 가능성 속에 있다는 메시지를 내게 전할 때, '확률적 가능성'이라는 말 속에 이미 당신의 권능을 담보하고 있었던 게 아닌가요? 그 정도 확률적 가능성도 담보하지 못한 채 어떻게 창조 행위를 지속할 수 있나요? 그런 게 가능하다면 그것이야말로 즉흥적인 퍼포먼스에 불과한 거 아닌가요? 즉흥적인 마당놀이, 광대놀이, 도대체 뭐가 다르죠?"

"미래는 언제나 확률적 가능성 속에 있다는 말은 나의 상위자아로부터 받은 메시지였다. 나도 너와 동일한 의구심에 사로잡혀 너와 같은 문제 제기를 한 적이 있었다. 지구상의 많은 사람들이 마음속으로 신들을 원망하고 욕하고 저주하는 내면의 소리들이 대부분 그런 데 대한 의구심 때문이라고 생각하면 틀리지 않을 것이다. 하지만 이 문제를 반대로 뒤집어놓고 생각해 봐라."

"뒤집으면 뭐가 나아지나요?"

"만약 미래가 확률적 가능성 속에 있지 않고 완전히 확정된 것이라면 어떤 일이 일어날까?"

"대본을 줄줄 외우는 배우들의 연극 무대가 되겠죠."

"그런 무대의 특징은 뭐지?"

"배우들은 대본을 알아도 관객은 모른다는 것, 아닌가요?"

"더 큰 특징을 생각해 봐라."

"다람쥐 쳇바퀴?"

"그렇다. 그렇게 대본이 확정되고 노출되는 연극은 똑같은 내용이 날마다 되풀이되기 때문에 관객이 끊어지면 무대를 내려야 한다. 요컨대 영원히 지속되지 않는다는 말이다. 인생 프로그램도 연극이라고 생각해야 한다고 했으니 중언부언하지 않겠다. 설령 누구나 태어나서 죽는다는 인생 대본의 큰 틀이 정해져 있다고 해도 그것을 확률적 가능성 속에 두면 전개가 무궁무진하게 달라질 수 있다. 배우는 매 순간 극적 상황에 처하고, 그때마다 그것이 자유의지를 구사할 수 있는 순간이라고 믿고 자율적인 선택을 함으로써 미래의 가능성을 바꾸어 나간다.

어떤 사람이 결혼을 선택할 경우의 인생 결말과 결혼을 하지 않겠다고 선택하고 독신으로 혼자 살 경우의 인생 결말을 가정해 보아라. 인생의 조건은 결정되어 있지만 그것으로부터 생성될 수 있는 미래의 가능성은 우주적으로 무궁무진할 수 있는 것이다. 미래를 확률적 가능성 속에 두는 이유가 바로 그것이다. 그래야 우주 전체의 공연이 멈추어지지 않고 영원히 계속될 수 있기 때문이다. 확률적 가능성이라는 게 얼마나 큰 가능성인지 이제 알겠느냐?"

"확률적 가능성이라는 게 그렇게 큰 가능성인데 창조주인 당신은 어째서 나에게 일어날 끔찍스러운 일에 대해 그토록 확률과 무관할 수 있었나요?"

"그 일은 너와 나, 나의 상위자아까지 동시에 접속된 상태에서 진행된 것이다. 어쩌면 그 이상일지도 모른다. 요컨대 너에게 일어난 일에 대한 주관성이 전적으로 나에게 있지 않을 뿐만 아니라 특정한 권능에 의해 독단적으로 진행된 일이 아니라는 것이다. 모두 연결된 상태이니 그 상위성이 어디까지인지 말하기 어렵지만 그 문제는 매우 중요하니 너도 이 정도에서 프로그램에 대한 의구심을 가라앉히는 게 좋겠다."

"그럼 한 가지만 더 묻겠습니다. 이보리가 서른아홉 살이 될 때까지 연애 경험도 없고 성적 경험도 없는 인간으로 설정된 배경은 뭔가요? 그리고 그렇게 끔찍한 탄생 배경을 지닌 이유는 또 뭔가요? 그것이 이보리의 전생에서 온 인과 때문이라면 그 전생에 대해서도 알고 싶습니다."

"시간이 지나면 내가 설계한 너의 전생과 현생, 그리고 미래에 대해 전반적으로 말할 수 있는 시간이 올 것이다. 하지만 지금은 모든 것이 전반적으로 구조조정을 당하는 시기라 나로서도 언급하기 힘들구나. 이와 같은 에너지 간여와 조정은 전 우주에 걸쳐 펼쳐지는 일이니 그 범위를 국한하거나 특정하기도 어렵다. 너도 나도 지금 그 환경 속에 던져진 캐릭터일 뿐이니 오늘은 이 정도에서 접속을 끊도록 하자. 내가 말할 수 있는, 그러나 확정할 수 없는 너의 미래는 정해진 큰 구도 속에 있지만 이 소설이 끝날 때까지 나는 그것을 발설할 수 없다. 그런 사람은 용서받을 수 없는 우주적 스포일러, 즉 천기누설자가 되기 때문이다. 좀 더 솔직하게 말하자면 나는 너의 미래를 모른다."

보리와의 접속을 끝냈음에도 불구하고 나는 상위자아와 접속하지 않았다. 보리가 성추행을 당한 문제에 커다란 간여와 조정과 문제 제기가 진행되고 있다는 것만 분명하게 감지할 수 있었다. 그 에너지 흐름이 대홍수처럼 강렬하게 느껴져서 나는 마음이 편치 않았다. 어째서 모든 문제가 성적인 코드로 응집되는 것인지, 애초 이 소설을 구상할 때 전혀 의식하지 못했던 문제들이 이제는 소설 전반을 휩쓸고 있는 것 같다는 형언하지 못할 두려움까지 느껴졌다. 당장 상위자아와 접속해 이 문제에 대한 메시지를 받고 싶었지만 그럴 수도 없었다. 지난번 새벽에 상위자아로부터 돌발적으로 제시받은 '수메르' 화두가 나를 단단히 옭죄고 있었기 때문이다. 도대체 지금 이 시점에 왜 그런 화두가 튀어나온 것일까.

태양계의 12번째 행성 니비루(Nibiru)는 태양을 한 바퀴 도는 공전 주기가 3600년이다. 그래서 니비루 행성의 1년은 지구의 3600년에 해당한다. 니비루 행성에서는 핵전쟁이 일어나고 대기오염이 심각한 상태에 이르러 있었다. 니비루 행성의 지식인들은 미세한 금가루로 공기를 정화시키고 자외선을 막을 수 있다고 왕에게 권하지만 왕은 말을 듣지 않았다. 우여곡절 끝에 니비루의 왕권이 아누(Anu)에게 돌아간 44만 5000년 전, 아누의 큰아들 엔키(Enki)가

하급 신인 아눈나키(Anunnaki)들을 데리고 지구로 금을 채굴하러 내려와 메소포타미아 남부의 에리두(Eridu)에 1호 지구기지를 건설했다.

아눈나키들은 금광 채굴에 들어가고 채굴된 금은 니비루 행성으로 보내졌다. 니비루에서는 대기권 방패로 금을 사용하는 실험을 계속한 결과 대기 환경이 진정되는 효과를 보게 되자 지구에 더 많은 금을 캐서 보내라는 독촉을 했다. 그것도 모자라 44만 2000년 전 아누와 둘째 아들 엔릴(Enlil)이 지구로 왔다. 엔키가 아눈나키들과 지구에 온 지 3000년이 지난 뒤였지만 니비루에서는 1년도 채 지나지 않은 시점.

아누의 두 아들 엔키와 엔릴은 이복형제였다. 엔키가 형이지만 후실에게서 태어난 처지라 지구의 전체적인 지휘권은 엔릴에게 넘어갔다. 엔키는 항의했지만 아누는 엔릴의 편을 들어 엔키에게는 물과 바다와 금광, 과학 실험에 대한 권한만 부여했다. 이후 엔키는 압주(Abzu) 금광을 세우고 엔릴은 수메르 지역에 지구 기지를 건설했다.

그 무렵 니비루의 왕 아누는 엔릴의 아내이고, 엔키의 아내이자 이복 누이인 닌후르쌍(Ninhursag)을 50명의 의료 인력과 함께 지구로 파견했다(엔릴-엔키-닌후르쌍은 근친 중혼 관계).

아눈나키들이 금 채취를 위해 지구로 온 지 15만 년이 흐른 시점, 니비루 행성으로 환산하면 42년이 흐른 뒤 금광에서 금을 채취하던 아눈나키들이 가혹한 노동에 반기를 들고 지배세력에 항거하는 일이 발생했다. 신들의 회의가 소집되고 그 자리에서 엔릴은 니비루의 아누에게 빔을 쏘아 반란자들을 처단하고 조사하게 해달라고 요구했다. 그 자리에서 엔키는 문제의 대안으로 노동 대체용 인간 룰루(Lulu)를 만들자고 제안했다. 당시 지구상에서 자연진화 중이던 호모에렉투스, 다시 말해 두 발로 서서 걷던 원인(猿人)에 자신들의 유전자를 결합하여 도구를 사용할 줄 아는 원시적 노동자를 만들어 아눈나키들을 노동으로부터 해방시켜 주자는 제안이었다.

엔키의 제안은 받아들여지고 엔키와 닌후르쌍은 본격적인 유전자 조작에 돌입, 여러 번의 실패 끝에 신의 유전자와 여자 원인의 난자를 수정시켜 여성 신의 자궁에 이식, 신의 형상을 닮은 최초의 인간 아다무(Adamu)를 탄생시켰다. 성경이 아담(Adam)이라 부르고 현대적인 분류상 호모사피엔스라고 불리는 완전한 인간이 탄생한 것이었다. 이어 성경에서 이브라고 부르는 최초의 여성 티아맛(Ti-Amat)까지 탄생했다.

이때까지만 해도 인간은 스스로 생식할 수 없었는데 조물주 역할을 한 엔키가 노동력을 더 쉽게 얻기 위한 일환으로 얼마 후에 생식 능력을 부여했다. 성교를 하고 자식을 낳을 수 있게 된 것인데, 이 일에 대해 지구 통치권을 쥐고 있던 엔릴은 분노하여 인간 남녀를 에딘(Edin)에서 추방했다. 그것이 성서에 나오는 에덴동산에서의 추방이다.

아눈나키들이 인간들과 섹스하고 결혼하고 자식까지 낳자 엔릴의 분노는 극에 달해 갖가지 방법으로 인간들을 멸종시키려는 시도를 했다. 하지만 여의치 않자 니비루 행성과 지구가 가까워지는 시기에 일어나게 될 지구적 대홍수를 이용하여 인간들을 멸절시킬 계획을 세웠다. 하지만 엔키의 계략으로 구약성서의 '노아의 홍수'와 같은 과정을 거쳐 인류는 멸절의 위기에서 벗어나 새로운 문명을 시작했다.

니비루에서 지구로 내려와 통치하던 존재들은 신이 되었다. 그들은 자신들을 숭배하는 방식을 인간들에게 가르쳤다. 그들이 지구상에서 통용되는 모든 신들의 원조가 된 것이었다. 그렇게 이어지던 문명은 현대로부터 약 4000여 년 전 지구 방문자들 간의 핵전쟁으로 모두 사라지고 말았다.

요약하자면 '수메르'는 인류의 역사와 문명의 기원이었다. 인간 창조, 아담과 이브, 에덴동산, 대홍수, 바벨탑, 성경, 길가메시 서사시, 그리스 신화, 베다 등등의 원전이 모두 1000년 이상 앞선 수메르에서 비롯되었다는 결론!

내가 수메르 공부의 텍스트로 삼은 서적은 전체 2600페이지가 넘는 방대한 분량이었다. 고고학자인 저자가 수메르 점토판의 쐐기문자를 20년 이상 번역하고 이를 바탕으로 인류 문명의 기원을 추적한 저작물인데, 이 저서들의 내용은 '어마무시하게 우주적'이라 많은 학자들에게 공격을 받았다. 하지만 나는 고리타분한 학자들 간의 시시비비보다 수메르 점토판에 기록된 원전을 접하면서 본능적인 신뢰를 느끼지 않을 수 없었다. 이것이 모든 것의 원전이구나! 하는 탄복이 절로 새어 나왔다. 그동안 세상을 살면서 느껴온 모든 근원적 의구심이 한순간에 탁 트이는 느낌!

인간을 창조하는 과정과 구약성경, 그리스 신화, 베다 등등과 비교 검토되는 과정을 통해 수메르 점토판 기록의 원전성은 나에게 깊은 인상을 남겼다. 저자인 제카리아 시친의 주장을 전적으로 다 받아들이지는 않더라도 인류 문명의 모든 것이 수메르에서 시작되었다는 것만은 많은 주류 학자들도 발굴 유물과 점토판 기록으로 인정하고 있었다. 예컨대 수메르 문명에서 시작된 '인류 최초'의 것들만 꼽는다 하더라도 수레바퀴, 고층 건물, 음악, 악기, 야금술, 의학, 조각, 보석, 도시, 왕조, 법률, 사원, 기사도, 수학, 천문학, 달력 등등 무려 100가지가 넘었다. 뿐만 아니라 인류 최초의 문자가 수메르에서 만들어졌다는 건 요지부동의 사실로 받아들여지고 있었다. 바로 거기, 수메르가 인류의 본향이었던 것이다.

수메르 기록에서 나에게 가장 충격적이었던 부분은 인간 창조 장면이었다. 최초의 인간이 창조되는 과정은 나를 이를 데 없이 슬프게 했다. 인간의 창조가 이렇게 허접하게, 고작 대체 노동력을 얻기 위한 유전자 조작으로 이루어졌다니 어느 누가 그것을 슬프고 불유쾌하게 받아들이지 않을 수 있겠는가.

대체 노동력을 위해 호모사피엔스를 창조했다는 것은 참으로 불행한 우연이거나 우연한 불행이 아닐 수 없었다. 그것이 상상을 초월한 진화상의 도약이었다 할지라도 나는 그들 니비루에서 내려온 존재들의 행태를 엿보게 하는 점토판의 기록을 보고 그들의 수준이 오늘날 인류의 수준과 완전히 일치한다는 판단을 했다. 그들의 유전자와 원인의 난자를 합쳐 인간이 만들어지고 길들여지고 가르쳐지고 사용되었으니 그들과 다르면 그게 오히려 이상할 터.

어쩌면 당시 니비루에서 내려온 존재들은 현재의 인류보다 훨씬 못한 존재들일 수 있었다. 현대의 인류에게는 유전자 조작에 대한 윤리 규정과 법적 제재가 엄연히 존재하는데 그들에게는 그런 것마저도 없었다. 기록은 모든 걸 입증하고 있었다. 그리하여 우주비행선을 사용하고 유전자 조작으로 생명을 자유자재로 창조할 수 있는 그들의 앞선 문명이라는 게 정신적인 진화와 몹시 괴리되어 있는 것 같다는 생각으로부터 나는 끝끝내 자유로울 수 없었다.

그들은 여신을 불러 청한다.

신들의 산파이며 현명한 마미(Mami)에게 말한다.

'당신은 탄생의 여신이니 노동자를 만들어주시오.

원시적 노동자를 만들어주시오.

그들에게 짐을 지우자.

엔릴이 내린 일을 그들에게 시키자.

그들이 신의 노동을 대신 하게 하자.'*

진흙 속에서 인간과 신이 하나로 섞일 것이다.

그래서 세상이 끝나는 날까지 신이 갖고 있던 육신과 영혼이 무르익을 것이다.

영혼은 피로 엮인 혈연으로 묶일 것이다.

그리고 그 증거로 생명이 나타날 것이다.

---

* 제카리아 시친, 『수메르, 혹은 신들의 고향 2』, 이근영 옮김, 이른아침, 2006, 181쪽.

그리하여 영혼이 피로 엮인 혈연 안에 묶여 있다는 것이

잊혀지지 않을 것이다.*

탄생의 여신들은 함께 모였다.

닌티는 달(月)을 셌다.

운명의 열 달째가 다가왔다.

열 달이 되었다.

자궁을 열 때가 지났다.

그녀의 얼굴이 지혜로 빛났다.

그녀는 머리를 감싸고 산파술을 행했다.

그녀는 허리에 띠를 두르고 축복을 내렸다.

그녀는 형상을 그렸고, 주형 속에 생명이 들어 있었다.**

내가 창조했다!

내 손이 그것을 만들어냈다!***

구약성서가 수메르 기록을 베끼고, 그리스신화와 베다에 나오는 12신들도 모두 수메르에서 잉태된 것들이었다. 60진법과 12시간, 12달, 12궁도 모두 태양계의 열두 번째 행성 니비루에서 온 존재들에 의해 만들어졌다는 걸 기록은 말해 주고 있었다.

---

* 제카리아 시친, 『수메르, 혹은 신들의 고향 2』, 이근영 옮김, 이른아침, 2006, 212쪽.

** 제카리아 시친, 『수메르, 혹은 신들의 고향 2』, 이근영 옮김, 이른아침, 2006, 210쪽.

*** 제카리아 시친, 『수메르, 혹은 신들의 고향 2』, 이근영 옮김, 이른아침, 2006, 211쪽.

니비루에서 온 존재들은 인간들에게 신이 되었지만 그들의 행태에 대해 나는 많은 의구심을 품지 않을 수 없었다. 그들은 죽지 않고 영생하는 존재들인데 어째서 그들 문명권에서는 권모와 술수, 음모와 배신, 쟁투와 전쟁, 간음과 강간 같은 것들이 오늘날의 인류 사회에서처럼 끊임없이 생겨나는 것일까. 『조선왕조실록』의 궁중암투극, 오늘날 정치인들의 한심한 행태, 가진 자들의 갑질 행태, 지위 고하를 불문한 간음과 강간 따위들이 어찌 오늘날의 지구 상황과 이토록 판박이일 수 있는지 나는 혀를 내두르지 않을 수 없었다.

하늘의 왕권을 지닌 아누로부터 지구의 지배권을 부여받은 둘째 아들 엔릴이 지구에 내려와 하는 짓거리를 보라.

> 운명을 결정하는 목자(牧者) 엔릴이,
> 밝은 눈을 가진 엔릴이 그녀를 보았다.
> 엔릴은 성교를 요구했다.
> 그녀는 망설였다.
> 엔릴은 성교를 요구했다.
> 그녀는 망설였다.
> 엔릴은 성교를 요구했다.
> 그녀는 망설였다.
> '제 성기는 너무 작고
> 경험이 없습니다.
> 제 입술은 너무 작고

입맞춤도 모릅니다.'[*]

그녀는 니비루에서 내려온 여신 중 하나인 수드(SUD, 간호사)였다. 엔릴의 집요한 요구에 여러 번 거절하지만 그녀는 결국 배 안에서 엔릴에게 강간을 당하고 만다. 그 일로 인해 엔릴은 많은 신들의 분노를 사게 되고 체포되어 귀양까지 가게 된다. 신들은 지구의 지배자인 그에게 "엔릴, 부도덕한 자여!"라고 소리치며 "도시를 떠나라!"라고 명령한다.

영생하는 신들이 왜 그렇게 성에 집착하는 것일까. 신들뿐만 아니라 그들이 창조한 인간들의 머릿수가 늘어가면서 인간들도 밤낮으로 성교를 일삼았다. 인간들이 성교하는 소리 때문에 엔릴이 밤에 잠을 잘 수 없어 푸념하는 장면까지 나오는 걸 보면 그것이 유전적 형질과 연관된 문제가 아닐까 하는 의구심까지 들었다. 노동을 위해 창조된 인간에게 성적 교접과 출산의 능력까지 주어지자 아눈나키들은 인간들과 정신없이 섹스하고 결혼하고 심지어 자식까지 낳았다.

구약성서에도 기록된 그 사실들.

사람들이 땅 위에 늘어나기 시작하더니, 그들에게서 딸들이 태어났다. 하나님의 아들들이 사람의 딸들의 아름다움을 보고, 저마다 자기들의 마음에 드는 여자를 아내로 삼았다.

주님께서 말씀하셨다.

---

* 제카리아 시친, 『수메르, 혹은 신들의 고향 1』, 이근영 옮김, 이른아침, 2006, 147쪽.

"생명을 주는 나의 영이 사람 속에 영원히 머물지는 않을 것이다. 사람은 살과 피를 지닌 육체요, 그들의 날은 백이십 년이다."

그 무렵에, 그 후에도 얼마 동안, 땅 위에는 네피림이라고 하는 거인족이 있었다. 그들은 하나님의 아들들과 사람의 딸들 사이에서 태어난 자식들이었다. 그들은 옛날에 있던 용사들로서 유명한 사람들이었다.

주님께서는, 사람의 죄악이 세상에 가득 차고, 마음에 생각하는 모든 계획이 언제나 악한 것뿐임을 보시고서, 땅 위에 사람 지으셨음을 후회하시며 마음 아파하셨다.

주님께서는 탄식하셨다.

"내가 창조한 것이지만, 사람을 이 땅 위에서 쓸어버리겠다. 사람뿐 아니라, 짐승과 땅 위를 기어다니는 것과 공중의 새까지 그렇게 하겠다. 그것들을 만든 것이 후회되는구나."*

아눈나키들과 인간 사이의 성적 교접을 지구의 통치자 엔릴은 일종의 수간(獸姦)으로 보았다. 신들이 열등해지고 온 세상이 성적으로 문란해지고 있다고 판단했으니 인간들을 멸절시키겠다는 분노가 이해되지 않는 바가 아니다. 이것이 지구를 휩쓸어버리는 대홍수를 불러오고 그것으로 인간은 절대적인 멸절의 위기를 맞이하게 된 것이다. 하지만 인간의 조물주인 엔키의 기막힌 계략으로 인류는 '방주(제카리아 시친은 이것을 엄청난 규모의 잠수함이라고 설명한다)'에 여러 생명의 종자를 담아 절대적인 멸절의 위기에서 벗어나게 된다.

---

* 『새번역 성경』, 새번역성경편찬위원회, 아가페, 2013, 6쪽.

구약성서는 수메르 신화를 표절하는 과정에서 지구의 통치자 엔릴과 그의 이복형 엔키의 역할을 하나로 반죽해 '이율배반적인 하나님'을 창조해 냈다. 인간 창조를 못마땅하게 여기고 여러 번 멸절 시도를 한 존재는 지구의 통치자 엔릴이었고 방주를 만들라는 기발한 기지를 발휘해 자신이 창조한 인간을 멸절의 위기에서 구해낸 존재는 과학자 엔키였기 때문이다.

인간에 대한 엔릴과 엔키의 역할이 극적으로 달랐음에도 그 둘을 하나로 합성해 야훼(여호와) 하나님을 창조한 과정이 몹시 불합리해 보인다. 서사적 관점에서 엔릴과 엔키의 역할이 구분되었다면 창세기의 극적 효과가 훨씬 고조될 수 있었을 것이다. 그것을 무시하는 바람에 멸절의 의지를 지닌 존재와 구원의 의지를 지닌 존재가 하나로 합성돼 반인반수처럼 양면성을 지닌 모순된 하나님이 탄생했으니까 말이다.

*

대학 1학년 여름, 방학 중 배낭여행을 하다가 한적한 시골 버스 터미널 건너편의 협소한 서점에서 구입한 문고본이 있었다. 다음 목적지로 가는 버스가 오기까지 몇 시간을 기다려야 하는 형편이라 사게 된 책, 그것이 『길가메시 서사시』였다. '인류 최초의 영웅 서사시'라는 설명을 보고 구입한 그 책에서 나는 3분의 2는 신이고 3분의 1은 인간인 우르크의 왕 길가메시의 '인간적 운명'에 깊은 인상을 받았다. 완전한 신이 되고 또한 영생을 얻고자 했으나 끝내 인간의 숙명을 극복하지 못한 채 죽음에 이른 그의 이야기는 나의 신화적 상상력을 한껏 자극했다. 당시의 나에게는 '신'이라는 말과 '별'이라는 말이 별반 다르게 느껴지지 않았다.

책을 읽은 뒤 나는 길가메시에 대해 깊은 연민을 느꼈었다. 그것은 그가 영생을 너무나 갈망했지만 그것을 끝내 이루지 못한 채 죽음을 맞이한 때문이었다. 영웅이라는 호칭을 달고 있긴 했지만 인간의 관점에서 보자면 길가메시는 문제가 많은 왕이었다. 당시 20대 초반이었던 나에게는 길가메시가 영웅이 아니라 폭군, 훌륭한 왕이 아니라 도덕 불감증의 개망나니로 읽혔다. 그가 지배하던 우르크의 백성들이 진저리를 치며 읊어대는 원성을 들어보라.

> "길가메시는 자신의 쾌락을 위해 종(鐘)을 울린다. 그의 방자함은 밤낮으로 끝이 없구나. 그가 아이들까지 모두 빼앗아가니 아들이 아버지 곁에 남아 있질 못한다. 왕은 그 백성들의 목자여야 하건만 군인의 딸이건, 대신의 아내이건 가리지 않고 빼앗아 자신의 색욕을 만족시키니 처녀들이 애인의 곁에 남아 있을 수 없게 되었다. 그러나 그가 바로 슬기롭고, 관대하고, 단호한 도시의 목자란다."*

몇십 년의 세월이 지난 뒤, '수메르'라는 화두를 푸는 과정에서

---

* N. K. 샌다즈, 『길가메시 서사시』, 이현주 옮김, 범우사, 1992, 18쪽.

놀랍게도 길가메시가 다시 튀어나왔다. 내가 하늘의 '별'과 비슷한 정서로 받아들였던 그 신화 속의 인물이 신화의 각질을 깨고 역사적 인물로 되살아난 것이었다. 여성들을 닥치는 대로 자기 색욕의 대상으로 삼아 인류 최초의 '초야권'까지 행사했던 폭군이 실제로 수메르 왕들 중 한 명으로 명부에 올라 있었던 것이다.

길가메시는 지금으로부터 4800여 년 전에 126년 동안 지상 최대의 국가인 우루크를 통치한 왕이었다. 후대에 그에 관한 기록이 유독 많이 남아 있는 것으로 보아 단순한 왕이 아니라 영웅 대접을 받던 수메르 문명의 스타이자 아이콘이었을 가능성이 큰 인물이었다.

길가메시가 과연 영웅인가.

점토판에 기록된 서사시가 보여준 길가메시의 행적은 대부분 사리사욕을 위한 불타는 욕망과 그것의 좌절에서 오는 절망뿐이었다. 서사시의 키워드는 영생. 인류 최초로 초야권을 행사하며 닥치는 대로 여성을 유린하고 폭력을 휘두르던 폭군은 루갈 반다라는 인간 남성과 들소의 여신 닌순 사이에서 태어나 3분의 2는 신이고 3분의 1은 인간인 존재였다. 그는 길고 험한 모험의 여정을 돌며 영생을 꿈꾸었지만 끝내 소원을 성취하지 못한 채 자신의 왕국으로 귀환해 죽음을 맞는다. 죽음을 향해 가는 그에게 신이 말한다.

"오, 길가메쉬! 큰 산이며 신들의 아버지인 엔릴은 왕권을 네 운명으로 주었으나 영생은 주지 않았다. 길가메쉬, 이것이 바로 네 꿈의 의미였다. 그렇다 하여 슬퍼해서도, 절망해서도, 의기소침해서도 안 된다. 너는 이것이 인간이 갖고 있는 고난의 길임을 분명히 들었을 것이다. 너는 이것이 너의 탯줄이 잘려진 순간부터 품고 있었던 일임을 분명히 들었을 것이다. 인간의 가장 어두운 날이 이제 너를 기다린다. 인간의 가장 고독한 장소가 이제 너를 기다린다. 멈추지 않는 밀물의 파도가 이제 너를 기다린다. 피할 수 없는 전투가 이제 너를 기다린다. 그로 인한 작은 접전이 이제 너를 기다린다. 그러나 너는 분노로 얽힌 마음을 갖고 저승에 가서는 안 된다……."*

우르크의 왕이었던 길가메시를 생각하다가 자연스럽게 떠올린 존재가 있었다. 그가 바로 고타마 싯다르타였다. 뜬금없이 이 장면에서 그를 왜?

길가메시는 신과 인간 사이에서 태어난 우르크의 왕이었지만 고타마 싯다르타는 인간과 인간 사이에서 태어난 카필라성의 왕자였다. 스물아홉에 야반도주하듯 성을 떠나지 않았다면 그도 뒷날 왕위에 올랐을 것이다. 길가메시도 왕궁을 떠나고 고타마 싯다르타도 왕궁을 떠났지만 두 존재의 목적은 완전히 다른 것이었다.

길가메시는 자신의 영생에 대한 갈망 때문에 떠나고 고타마 싯다르타는 인간의 생로병사에 대한 궁극의 답을 얻고자 떠났다. 그 여정에서 길가메시는 영생할 수 없다는 좌절감을 얻고 돌아와 죽지만 고타마 싯다르타는 깨달음을 얻은 샤카족의 성자 샤카무니가 되어 45년 동안 가련한 중생들을 가르치다 세상을 떠났다. 제자들에게 유언을 할 때조차 샤카무니 자신을 믿으라는 말을 남기지

---

* 김산해, 『최초의 신화 길가메쉬 서사시』, 휴머니스트, 2005, 322쪽.

않고 '너희들 자신에 의지하고 진리에 귀의하여 살라(自燈明 法燈明)'는 가르침을 남기고 떠났다. 길가메시처럼 신과 인간 사이에서 태어난 것도 아니고 인간 세상에 인간으로 태어나 오직 인간을 위해 살다 떠난 샤카무니는 진정한 인간 세상의 영웅이고 또한 인간의 영웅이었다.

진정한 인간, 진정한 인간의 영웅!

니비루 행성에서 온 존재들은 인간들에게 자신들을 신으로 각인시키고 또한 숭배하게 만들었다. 샤카무니는 지구상에서 만들어진 신의 정체를 꿰뚫어 보기라도 한 듯 가르침을 베푸는 동안 신의 존재를 입에 올리지 않았다. 니비루에서 온 존재들이 인간에게 주입한 유전자의 속성을 가감 없이 꿰뚫고 통찰했을지도 모를 일이다. 그래서 피눈물 나게 일깨우려 했을지도 모를 일이다. 그들의 유전자가 섞였으니 인간에게도 신성이 있다고 할지 모르겠지만 바로 그 유전적 형질로 인해 인간이 이전투구를 일삼고 산다는 걸 통찰했다면 어찌 인간들의 옷소매를 부여잡고 때마다 설파하지 않을 수 있었겠는가. 이것은 나의 것이 아니다, 이것은 내가 아니다, 이것은 나의 자아가 아니다, 라고!

✵

수메르 화두를 풀기 위해 유체계에서 상위자아와 접속했을 때

나는 오직 한 가지 문제에 초점을 맞추고 있었다. 그들은 우리를 창조하고 우리는 그들에게 창조당했다는 것! 그것 이외 다른 건 집중할 필요가 없었다. 그것이 인류와 연관된 궁극의 문제였다. 그것은 우주의 게임치고는 너무 무책임하고 잔혹한 조작극이 아닐 수 없었다. 그래서 따져 묻지 않을 수 없었다.

“니비루에서 온 존재들이 진정 인간을 창조한 신인가요?”

“창조의 능력과 신격은 별개의 문제이다. 아무 상관도 없다. 신은 지구인들에게 통용되는 호격이지 다른 우주에는 그런 개념이 없다. 지구인들에게 신의 문화가 생겨난 게 니비루 존재들과 연관된 건 맞지만 그런 것이 범우주적으로 통용되는 건 아니라는 말이다.”

“다른 우주에는 신이 없다는 뜻인가요?”

“지구인들이 생각하는 신과 엇비슷한 개념을 말하는 거라면 ‘창조’를 말할 수 있을 것이다. 신이 아니라 창조 그 자체를 신격으로 생각하는 것이다. 그것도 존재로서가 아니라 그것을 훨씬 능가하는 상위 개념으로서 말이다.”

“니비루 존재들은 어째서 그토록 앞선 문명을 지니고 있으면서도 영적인 생활을 하지 못하는 것인가요?”

“과학문명과 영적인 생활이 반드시 비례하는 게 아니라는 걸 알아야 한다. 지금 지구문명의 과학 수준과 지구인들의 영적 생활은 비례관계에 있다고 말할 수 있는가? 많은 우주문명 중에는 상상을 초월하는 과학적 진보에도 불구하고 영적으로 몹시 낮은 단계에 머물고 있는 곳도 적잖다. 그래서 우주 전체가 갈등 덩어리처럼 여겨질 때도 있는 게 사실이다. 하지만 그것은 우주를 유지하는 데 필요한 기본적인 조건일 뿐이다. 모두 영적으로 고양되어 상승 차원이 마감된다면 우주는 그 순간 문을 닫게 될 것이다. 지금은, 그리고 아직은 그때가 아니니 주어지는 스토리에 집중하는 게 좋을 것이다."

"무슨 의미인지 알겠습니다. 하지만 저에게는 니비루 존재들에 대한 실망감이 좀체 가라앉지 않습니다."

"이유가 무엇인가?"

"그들이 지닌 유전자의 속성이 지구인들을 통해 오늘날까지 지구상에서 재현되고 있는 게 아닌가 하는 의구심 때문입니다."

"니비루 존재들이 없었다면 오늘날의 지구는 화평했을까?"

"그거야 모를 일이죠."

"그들이 유전자 조작을 하지 않았다면 지구상엔 아직도 호모사피엔스가 나타나지 않았을 것이다. 지구상에 나타났다 사라진 혈거인부터 몇몇 종의 생명체들도 다른 외계문명이 만들어낸 실험의 결과였고 그것이 호모에렉투스에 이르렀을 때 니비루 문명을 만나 유전자 실험이 가해진 것이다. 만약 그때 니비루 문명을 만나지 않고 호모에렉투스가 자연진화에 의존하고 살아갔다면 지금도 지구상에는 그런 종만 널려 있을지 모른다. 호모에렉투스가 호모사피엔스로 자연진화할 가능성은 거의 없으니까 말이다. 근본 자체가 다르다는 말이다. 그렇게 진화상의 점프를 거쳐 너희가 지구상에 나타나게 된 것이다. 호모사피엔스, '지혜가 있는 사람' 말이다."

"아눈나키이건 호모사피엔스이건, 그들 모두에게 섹스라는 건 도대체 무엇인가요? 그것이 무엇인데 그토록 집요한 추구의 대상이 되죠?"

"그것은 존재하는 모든 것들을 존재하게 만드는 핵심 에너지이다. 생명은 그 에너지의 추동력으로 움직이는 것이라 해도 결코 과언이 아니다. 모든 존재들의 근원 에너지가 바로 그것이기 때문이다. 문제는 그 에너지를 어떻게 사용하는가 하는 것이다. 그것을 그것 그대로 사용하면 일과적인 섹스, 비창조적인 행위로 소멸돼 버린다. 그런 행위를 집착적으로 반복하게 되면 생명의 에너지까지 고갈된다. 모든 것이 황폐해지는 것이다. 하지만 그 에너지를 창조의 바탕 에너지로 삼으면 상상을 초월하는 창조물을 얻게 된다. 지구상에 인간이 창조된 뒤 아눈나키들과 인간 사이에 그런 종류의 비창조적 섹스가 퍼져 나갔기 때문에 엔릴이 인류를 멸절시키려 한 것이다. 성경을 위시한 대부분의 종교 경전이 섹스를 부정적으로 받아들이는 이유도 그것 때문이다."

"그럼 신들의 세계에서는, 그러니까 그들끼리의 섹스는 아무리 과해도 괜찮은 건가요? 점토판 기록을 보면 여신이 자기 오빠와 하룻밤에 섹스를 50번이나 했다고 자랑스럽게 표현하는 장면도 있던데요."

"그들의 섹스는 하면 할수록 창조 에너지를 더욱 고양시키는 에너지 상승과 증폭의 원리를 따르기 때문에 아무 문제가 되지 않는다. 게다가 그들은 영생하는 존재들이기 때문에 섹스는 아주 중요한 삶의 양식 중 하나이다. 하지만 생명이 유한한 인간에게는 그것이 오히려 생명 에너지를 감소시키고 황폐하게 만들기 때문에 심각한 문제가 될 수 있다. 본질과 속성은 완전히 다른 것인데 인간들은 오직 속성을 마구잡이로 흉내 내기 때문에 그것이 항상 문제의 근원이 되는 것이다. 너희가 아무리 신들의 유전자 일부를 지녔다고 해도 너희들은 죽었다 깨어나도 신이 되지 못한다. 그런데 어째서 모두들 신을 흉내 내느라 자신의 모든 것이 망가져가는 걸 깨치지 못하는가."

"니비루 존재들의 불량 유전자가 심어져서 그런 건 아닌가요? 이럴 때 지구에서는 리콜을 지시하는데, 어째서 니비루 존재들이 자신들의 노동 인력을 만들기 위해 마구잡이로 행한 유전자 조작 행위에는 아무런 제재도 가해지지 않는 것인가요?"

"우주의 시간이 다하지도 않았는데 그런 예단과 단정은 너무 성급한 게 아닐까? 그런 악조건 속에서 탄생한 인간들이 영적으로 훨씬 성장할 가능성이 있다는 생각은 해본 적 없나?"

"보리가 성추행을 당하게 된 것도 그런 우주적 차원의 개입인가요?"

"그건 너의 왜곡된 에너지를 바로잡기 위한 수정이라 불가피한 일이었다. 성에 대한 너의 왜곡된 관점에 왜 이보리가 갇혀 있어야 하는가?"

"성에 대한 저의 왜곡된 관점이란 건 무엇인가요?"

"창조의 원천 에너지를 말하는 것이다. 그 사용에 관한 왜곡 심리."

"그것이 어떻게 잘못되었다는 것인지요."

"너는 그 창조의 원천 에너지를 몹시 부정적인 것으로, 그리고 불순한 것으로 비틀어 구사하는 경향이 완연하다. 그것은 이번 생의 네 인생 프로그램에도 주어진 개선점인데 너는 그것을 다시 이보리에게 투사하고 있는 게 아닌가."

"좀 더 구체적으로 지적해 주실 수는 없나요?"

"너는 그 창조의 원천 에너지로 오히려 너를 가두고 있다. 그것이 네 인생 프로그램의 정상적인 영역에까지 부정적인 영향을 미친다는 걸 알아야 한다. 나는 그 문제의 인과를 알지만 지금 그것을 너에게 알려줄 수는 없다. 네 스스로 그것을 개선해야 하기 때문이다. 이보리는 그것과 연관되어 창조된 인물이니 그가 잘못되면 너에게도 영향을 미칠 것이다. 그러니 이보리를 최대한 활용해라. 이것이 지금 내가 너에게 줄 수 있는 마지막 메시지이다."

"그렇다면 제가 이보리의 창조주 역할을 하는 게 무슨 의미가 있습니까?"

"너 하나가 아니라 모두가 다 창조주이기 때문에 일어나는 일이다. 이 우주는 그런 개입과 간섭의 무한 영역, 즉 창조적인 게임장이다."

상위자아와 접속을 끊었음에도 불구하고 나는 유체계에서 쉽사리 빠져나올 수 없었다. 내가 창조의 원천 에너지를 그릇되게 구사하고 있다는 상위자아로부터의 지적은 내 유체 상태를 천근만근의 무게로 가라앉게 만들었다. 유체계의 무한 공간으로부터 끝 간 데 없는 하계로 추락하는 느낌마저 들어 극도의 공포심이 엄습했다. 그때 내 뒤쪽으로부터 엄청나게 밝고 강렬한 빛이 찰나처럼 펼쳐졌다. 그리고 그것은 내 주변을 전체적으로 밝히며 나의 유체로 스며드는 부드럽고 안온하고 감동적인 메시지를 전했다. 그것을 내게 전해 오는 대상이 누구인지도 감지하지 못한 채 나는 오열을 터뜨리듯 크게 진동하며 그것을 있는 그대로 받아들였다.

"창조의 원천 에너지는 생성하면 할수록 좋은 것이지만, 잘못 쓰면 쓸수록 에너지 고갈이 심화되는 것이다. 창조의 원천 에너지를 함부로 사용하는 것보다 유지하는 것, 그리고 그것을 다른 창조의 에너지로 변형시켜 활용하는 법이 지금 너에게는 필요하다. A의 에너지를 생성시켜 A'로 전락시키는 게 아니라 B의 에너지로 상승 활용하는 법을 항상 염두에 두어라. 그러면 너는 금붕어를 떠올리며 용을 창조하게 될 것이다."

그날 밤, 나는 유체계에서 이보리가 병원 입원실에 누워 있는 걸 내려다보았다.

5

새벽 2시 15분.

보리가 잠을 자고 있는 입원실 천장으로부터 청백색의 원통형 광선이 수직으로 하강한다. 병원 건물 외부로부터 밀려들지만 입원실에서는 광원이 보이지 않는다. 천장의 콘크리트 구조물을 거침없이 관통해 내려오는 그것의 직경은 2미터 정도로 1인실 중앙에 위치한 침대를 정확하게 겨냥하고 있다.

불이 꺼진 입원실, 잠을 자고 있는 보리는 집중 조명을 받는 무대 위의 배우처럼 사뭇 비현실적으로 보인다. 하지만 그의 육체는 진공 속에서처럼 수평을 이룬 채 공중 들림을 당한다. 30센티미터 정도 부상하는 동안 머리와 발에 약간씩의 흔들림이 있었지만 이내 굳은 듯한 자세로 공중부양이 지속된다. 놀랍게도 천장과 구조물의 밀도가 완전히 무시된 채 오직 푸른 기운이 감도는 눈부신 빛기둥 안에서 수직 상승이 이루어진다.

3차원 구조물의 밀도와 차원이 다른 빛기둥은 병원 건물 상공으로 이어진다. 그곳에 거대한 은빛 하부가 원형으로 회전하는 모선이 정지해 있고 그곳으로부터 밀려나온 빛기둥은 일말의 흔들림도 없이 보리 육체의 상승을 지속시키고 있다. 병원명이 세로로 프린트된 입원복을 입은 보리의 육체는 수평을 이룬 채 빛기둥 안에서 병원 건물을 벗어나 둥근 모선의 하부로 곧게 상승한다.

원형의 모선 하부는 여러 개의 광원이 동시에 빛을 발하며 주변의 에너지를 통제하듯 깊고 강렬한 소음을 밀어낸다. 원심력에서 우러나오는 깊고 예리한 소음이 3차원 시공을 뒤흔들고 있지만 빛기둥의 진동이 가시광선 영역을 벗어나 있는 듯 새벽 2시가 지난 시각에 벌어지는 이와 같은 비현실적 상황에 집중하는 사람은 아무도 없다.

이윽고 빛기둥이 시작된 원형 모선의 하부로 보리의 육체가 빨려 들어간 뒤 빛기둥은 소멸되고 입구는 닫힌다. 곧이어 보리의 육체는 눈부신 빛의 중심 지대에 놓인 의료용 침대로 수평 이동한다. 그것을 리드하는 듯한 그레이 외계인 셋이 침대 주변으로 함께 이동한다. 그들의 신장은 2미터가 넘고, 가늘고 긴 몸에 비해 머리가 유난히 크고, 꼬리가 하나같이 위로 올라간 두 눈은 흑요석을 부착한 것처럼 크고 검은 광채를 발하고 있다.

침대 주변에는 극도로 단순화된 시술 기구들이 공중에 떠 있다. 기기 간의 연결 부위나 접합점도 보이지 않는 그것들은 그레이들의 의식으로 조정되는 듯 사소한 몸짓에도 반응하며 각도를 수정하거나 방향을 바꾼다. 보리의 머리맡에 선 그레이가 허공에 뜬 모니터를 일별한 뒤 손을 들어올리자 푸른 광선 한 줄기가 보리의 머리부터 천천히 아래로 이동하며 몸 전체를 스캔한다.

그사이 허공의 투명한 그릇에 작고 섬세한 세 개의 칩이 나타나 침대 우측에 서 있던 그레이 앞으로 이동한다. 세 개의 칩은 3밀리미터 정도 크기인데 헤드 부분의 투명한 내부에서 붉고 미세한 광원이 점멸하고 있다.

광선 스캔이 종료되자 그릇에 놓여 있던 세 개의 칩은 허공에 떠 있는 금속 주사기 형상의 기구로 부드럽게 빨려 들어간다. 곧이어 그레이는 그 기구를 의식으로 이동시켜 보리의 코에 한 번, 귀 뒤에 한 번, 그리고 우측 관자놀이에 한 번 갖다 댄다. 금속 주사기 안에 장착되어 있던 세 개의 칩이 차례로 보리의 몸속으로 삽입된다.

세 개의 칩이 이식된 순간 그레이들은 일제히 상체를 곧게 세우고 서로를 일별한다. 모든 일이 성공적으로 완료됐음을 확인하는 텔레파시 교신이 이루어진 듯 곧이어 보리의 몸은 다시 허공으로 떠오르고 수평 이동을 하며 눈부신 빛의 중심 지대를 빠져나간다. 이 과정에는 그레이들이 동참하지 않는다. 그들은 거짓말처럼 모습을 감추고 내부에는 눈부신 백광이 끝없이 펼쳐져 있다. 그 백광지대의 한가운데로 둥근 통로가 열리고 보리의 육체는 다시 빛기둥 속으로 들어가 올라올 때의 역순으로 하강을 시작한다.

이윽고 빛기둥이 병원 건물에서 완전히 거두어지는 순간, 한 시간이 넘는 보리의 실종 상태는 완전하게 소멸한다. 그것을 스스로 기억해 내지 못하는 한 현실에서는 아무 일도 일어나지 않은 것이다. 그것을 입증하듯 보리는 입원실 침대에서 여전히 깊은 수면 상태를 유지하고 있다.

✧

1인용 입원실 침대에 누워 있는 보리의 얼굴로 아침 햇살이 내려앉는다. 출입문 맞은편 창에 내려진 블라인드 틈새로 햇살이 밀려들어 얼굴에 두어 가닥의 빗금을 긋는다. 병원이라고 믿어지지 않을 정도로 주변이 조용하다. 벽시계는 오전 7시 40분을 가리키고 있다. 눈을 뜨고 천장을 올려다보던 보리가 상체를 반쯤 일으키고 뒤쪽의 블라인드를 돌아본다. 그때 출입문이 열리고 키가 큰 간호사가 의료용 카트를 밀고 안으로 들어온다.

“잘 주무셨죠? 체온과 혈압을 체크할 시간입니다.”

흰 마스크를 낀 간호사가 능숙한 손놀림으로 체온을 재고 혈압 측정을 진행하며 다시 묻는다.

“어디 불편한 데는 없으신가요?”

“없습니다.”

“잠시 뒤 8시경에 의사 선생님 회진이 있을 거예요.”

체온과 혈압을 클립보드에 기록한 뒤 간호사가 사무적으로 덧붙인다.

“검사 결과는 나왔나요?”

"의사 선생님이 말씀드릴 거예요."

그녀가 나간 뒤, 보리는 침대에서 내려와 틈 사이로 햇살이 밀려드는 블라인드를 올리고 창밖을 내다본다. 입원실이 11층이라 아침 햇살과 부연 수증기 입자들이 떠도는 도심이 멀리까지 내려다보인다. 수직과 수평, 곡선과 직선의 대립 구도 속에서 차량과 사람은 전류처럼 끊임없는 흐름을 유지한다. 그때 출입문 열리는 소리가 들리고 보리는 반사적으로 등을 돌린다. 조필규가 먼저 안으로 들어서고 곧이어 의사가 뒤따라 들어온다.

"어떠세요?"

머리가 희끗희끗한 50대 담당 의사가 별달리 할 말이 없다는 표정을 하고 건성으로 묻는다. 보리가 어정쩡한 표정으로 고개를 갸웃할 때 이번에는 조필규가 입을 연다.

"지금 수속 중이니 잠시 기다리셨다가 저하고 같이 퇴원하시면 됩니다. 지난 이틀 동안의 검사 결과 아무 이상이 없다는 판정이 내려졌으니 걱정하지 않으셔도 됩니다."

입원실로 오기 전 이미 담당 의사를 만나 브리핑을 받은 듯 조필규의 말에는 자신감이 깃들어 있다. 조필규가 말을 하는 동안 머쓱한 표정으로 서 있던 의사는 슬그머니 입원실을 나가버린다. 의사가 나간 뒤 조필규가 다시 입을 연다.

"어르신의 각별한 지시가 있었습니다. 이번 일이 어르신과 연관된 일일지도 모른다고 생각하셔서 다방면으로 조사를 진행하고 있습니다."

"경찰에 알렸다는 말인가요?"

"아니, 그런 건 아닙니다. 저희 쪽에서 자체적으로 조사를 진행하고 있습니다. 그리고 이런 일이 재발하지 않도록 별도의 조치도 취했으니 염려 놓으셔도 됩니다. 저는 퇴원 수속이 끝나면 다시 올라올 테니 그동안 편히 쉬고 계세요."

조필규가 나간 뒤 보리는 다시 창가로 간다. 창틀에 양손을 짚고 상체를 앞으로 굽힌 자세로 그는 사람과 차량의 흐름을 내려다본다. 차량은 일정한 흐름과 멈춤을 반복하고 사람의 움직임은 부산스럽게 사방팔방으로 이어지거나 흩어진다. 그런 정경을 내려다보며 그는 혼잣말을 한다. 아무도 듣는 사람이 없는데 어조가 의외로 분명하다.

"이것은 나의 것이 아니다, 이것은 내가 아니다, 이것은 나의 자아가 아니다……. 그것을 일깨우는 내가 누구인지를 그들은 모른다. 오래잖아 다른 차원의 문이 열릴 것이다. 상위차원의 의도를 구현하기 위해 이제 나는 이보리의 허물을 벗어야 한다."

9시 15분, 조필규가 다시 입원실로 들어온다. 보리는 퇴원 준비를 끝내고 출입문 옆 안락의자에 앉아 있다가 망설임 없이 자리에서 일어난다. 가시죠, 하는 말을 남기고 조필규는 곧바로 입원실을 나가고 보리도 그 뒤를 따른다.

병원 현관으로 나설 때까지 두 사람은 아무 대화도 주고받지 않는다. 조필규의 표정은 정도 이상으로 경직돼 있고 보리는 정반대로 무심해 보인다. 병원 현관에 대기한 차량에 오른 뒤에야 조필규가 운전석 옆자리에서 뒷자리의 보리를 돌아보며 입을 연다.

"아직 시간은 확정되지 않았습니다만 어르신께서 오늘 밤 이 선생님을 보러 가겠다고 하셨습니다."

"밤에 면담을 한다는 건가요?"

사뭇 놀란 표정으로 보리는 되묻는다.

"아니, 꼭 그런 건 아니고, 입원과 퇴원이 이루어졌으니 겸사겸사 방문하시려는 거겠죠."

"아무래도 괜찮습니다. 아무 이상이 없으니까요."

"정말 괜찮으신 거죠?"

이마로 흘러내린 머리카락을 뒤로 쓸어넘기며 긴장감이 누그러진 표정으로 조필규는 묻는다.

"바다 깊은 곳으로 잠수했다가 다시 수면으로 올라가는 기분이랄까……. 좀 먹먹하네요."

"그거야 병원에 입원해 있다가 나왔으니 당연한 일이죠. 병원이란 현실과 괴리된 곳이니까요. 살아서 나가기도 하고 죽어서 나가기도 하고……. 아무튼 삶과 죽음이 극명하게 교차하는 곳이니 병원은 하루만 다녀와도 기분이 이상해지는 걸 저도 자주 느낍니다."

"근데 차가 왜 이쪽 방향으로 가는 거죠? 이쪽은 집으로 가는 길과 반대 방향이잖아요."

"일이 좀 그렇게 됐습니다. 도착해서 말씀드리려 했는데, 아무래도 지금 말씀드리는 게 낫겠네요."

"뭐죠?"

"그사이 이사를 했습니다."

"누가요?"

"당연히 이 선생님이죠."

"제가 이사를 했다구요?"

"네, 어제 이사했습니다."

"저는 어제 병원에 있었는데, 도대체 누가 이사를 했다는 거죠?"

"어르신께서 지시하신 일입니다. 거처를 즉시 바꾸고 보안을 철저하게 유지하라고요. 불미스러운 일이 다시 생길까 봐 아예 거처를 바꾸게 하신 겁니다. 이사도 새벽에 이루어졌습니다. 원룸 보증금을 위시해 필요한 제반 절차는 저희 쪽에서 모두 처리했으니 그냥 이 길로 새 거처로 가시면 됩니다. 보증금은 일주일 내로 계좌 이체될 겁니다. 이 선생님 의사도 묻지 않고 이사를 진행한 건 죄송한 일이지만 어르신께서 워낙 걱정을 많이 하셔서 창졸간에 진행된 일이니 기분 나쁘게 생각하지 말아주세요. 그것 때문에 어르신께서 오늘 밤 움직이겠다고 하신 겁니다."

"믿어지지 않는 일들이 계속 일어나는군요. 지금 제가 꿈을 꾸고 있는 건가요?"

"무슨 말씀인지?"

"제가 지금 꿈속에 있는 거냐고 묻는 겁니다."

"이건 꿈이 아닙니다. 저희는 지금 서울특별시 평창동으로 가는 중입니다."

30분쯤 지난 뒤 차량은 목적지에 당도한다. 조필규가 말한 보리의 새로운 거처는 놀랍게도 지난번 밴을 타고 서울 야경을 내려다보며 상담을 진행하던 바로 그 자리, 바로 그 2층 저택이다. 자동차 경적이 울리자 대문이 자동으로 열리고 두 명의 젊고 날렵한 남자가 대문 양옆에서 차량을 향해 허리를 굽힌다. 그들을 턱으로 가리키며 조필규가 입을 연다.

“저 친구들이 이 집에서 기거하며 이 선생님 신변 경호를 전담할 겁니다. 저들은 1층에서 지내고 이 선생님 거처는 2층으로 정했으니 불편함은 없을 겁니다. 1층과 2층은 생활 환경이 완전히 분리돼 있습니다. 그리고 이 선생님이 부르는 경우를 제외하고는 일절 면전에 모습을 드러내지 말라고 지시해 두었습니다. 혹시 외출할 일이 있을 경우에도 그림자 경호를 할 것이니 눈에 띄지 않을 겁니다. 이 선생님께서 운전을 하지 않으시니까 혹시 출타하게 될 경우에 한해 저 머리 짧은 친구가 기사 노릇을 하고 저 어깨 넓은 친구는 조수석에 동행할 겁니다.”

“선택의 여지가 없는 일인가요?”

“갑의 결정이니 따르셔야 합니다.”

서울이 한눈에 내려다보이는 넓은 마당을 품은 대저택은 높이만으로도 엄청난 위용을 과시한다. 푸른 잔디와 관상수, 적절하게 안배된 석재와 여성의 나신을 추상적으로 형상화한 청동 조각이 전체적으로 독자적이고 독보적인 공간성을 강조한다. 위기감이 느껴질 정도의 고지대에 상상을 초월할 정도의 안정감을 구축한 저택. 그것을 보리는 밝은 대낮에, 그것도 차에서 내려 잔디를 발로 밟으며 처음으로 둘러본다.

조필규를 따라 건물 안으로 들어가자 출입구에 서 있던 50대 후반쯤의 앞치마를 두른 아주머니가 두 손을 다소곳하게 앞에 모은 채 허리를 굽혀 인사를 한다. 그녀가 가사와 조리 담당자라고 조필규가 소개한다. 곧이어 1층에는 넓은 거실을 중심에 두고 네 개의 방과 식당이 배정되어 있다고 선 자리에서 간략하게 설명한 뒤 그는 곧바로 2층 계단으로 올라간다.

대리석 계단을 밟고 2층으로 올라가던 보리가 계단이 꺾어지는 중간 지점에서 위를 올려다보다가 걸음을 멈춘다. 계단이 끝나는 지점이 2층과 자연스럽게 연결되지 않고 완전히 차단되어 있는 걸 발견한 때문이다. 계단이 끝나는 지점에 별도의 공간이 부여돼 현관 느낌을 강조하고 그 앞에 대리석 문양을 자연스럽게 살린 출입문이 설치되어 있다. 문에 부착된 번호키를 가리키며 조필규가 강조한다.

"이제 이 선생님이 이 안으로 들어가면 비밀번호를 바꾸셔야 합니다. 그건 오직 이 선생님과 다른 한 사람만 알고 사용할 수 있습니다. 저에게도 알려줄 수 없다는 말입니다."

출입문이 열리자 문 안쪽에 서 있던 젊은 여자가 바깥쪽으로 나서며 손을 앞으로 모으고 공손하게 인사를 한다. 30대 초반이나 중반 정도로 보이는 그녀는 화장기 없는 얼굴에 반듯한 이마가 드러나게 머리를 뒤로 묶고 있다. 단정한 감색 원피스 차림에 고개를 15도 정도 숙이고 있지만 그녀의 눈동자는 빠르게 움직이며 전체적인 상황을 파악한다. 조필규는 1층 담당 여성을 보리에게 소개할 때와는 사뭇 다른 어조로 또박또박 강조하듯 보리를 소개한다. 그녀를 보리에게 소개하는 게 아니라 보리를 그녀에게 소개하는 것이다.

"이분이 이보리 선생님이시니 2층에서 독립적으로 생활하시는데 아무 문제가 없도록 각별히 신경 쓰시게. 어르신 지시 사항이니

긴말하지 않아도 잘 알고 있을 거라 믿네."

"명심하겠습니다."

조필규에게 대답하고 나서 그녀는 보리에게 다시 한 번 고개를 숙여 다소곳한 자세로 인사한다. 감정이 소거된 듯한 그녀의 자세와 표정을 애매한 눈빛으로 응시하며 보리도 그녀에게 고개를 숙인다.

2층 거실 내부로 들어서자마자 보리는 아, 하고 탄성을 뱉는다. 그 공간 전체가 상담을 위해 재구성되었다는 걸 단박 알아차린 표정이다. 응접세트만 있던 1층 거실과는 다르게 2층 거실은 천장에 철제 레일과 검은 커튼이 설치돼 개폐식 간이 무대처럼 보인다. 검은 휘장이 드리워져 있던 레지던스 구조와 언뜻 흡사해 보이지만 두 사람이 앉는 방향과 시선을 주는 방향이 완전히 다르다. 레지던스에는 전면에 검은 휘장이 드리워져 있었지만 2층 거실의 전면은 바깥 전경을 내다볼 수 있도록 발코니 쪽으로 열려 있는 게 다르다. 어르신과 보리가 나란히 전망을 내다보며 상담할 수 있는 구조이다. 보리의 공간이 안쪽에 주어지고 어르신의 공간이 2층 출입문 옆에 주어져 상담 전후에도 두 사람이 마주치지 않도록 세심하게 배려했음을 느끼게 하는 분할 공간.

"이건 오늘 밤을 위한 세팅인가요, 아니면……."

보리가 조필규에게 묻는다.

"어르신께서 가끔 이곳에서도 상담을 하시겠다고 해서 설치한 것입니다. 그러니까 오늘 밤만을 위한 것은 아니죠."

다른 질문을 차단하려는 듯 조필규는 보리의 거처로 정해진 방문을 연다. 한눈으로 보기에도 보리가 지내던 원룸의 세 배 정도 넓이에 붙박이장과 화장실, 파우더룸 등이 갖춰져 있어 각별한 느낌을 준다. 실내의 곳곳에는 보리가 원룸에서 사용하던 탁자를 위시해 옮겨 온 물품들이 적절한 위치에 자리 잡고 있다. 원룸과 가장 크게 다른 점은 한 가지, 킹사이즈의 침대가 방 한가운데 놓여 있다는 것이다. 침대에 보리의 시선이 머물자 조필규가 재빨리 입을 연다.

"저 침대는 원래 이 방에 있던 것이라 그냥 두었습니다. 만약 불편하시다면 뺄 수 있으니 하시라도 말씀해 주세요. 원룸에 침대가 없었기 때문에 걱정은 하고 있었습니다만."

"네, 그래주시면 고맙겠습니다. 빼주세요. 침대 생활을 하지 않아서 불편합니다. 명상 공간도 필요하기 때문에 이래저래 불필요하겠네요."

"명상을……."

보리가 침대를 빼달라고 한 직후에 아주 조심스러운 어조로 뒤쪽에 선 여자가 입을 연다. 보리가 돌아보자 그녀가 좀 더 명료한 어조로 다시 묻는다.

"명상을 하시나요?"

그녀의 물음에 조필규가 대신 나선다.

"이 선생님은 명상을 하시니까 방해되지 않도록 각별히 조심해야 하네."

당부하고 나서 조필규는 손목시계를 확인하고 다소 다급한 표정으로 보리에게 말한다.

“저는 어르신 때문에 이만 돌아가봐야 합니다. 제가 나간 뒤 첫 번째로 하실 일은 출입문 비밀번호를 바꾸는 것입니다. 그 비밀번호는 이 친구와 이 선생님만 알고 계셔야 합니다. 오늘 밤에 어르신께서 오시면 비밀번호가 바뀌었는지 확인할 가능성이 많습니다. 달리 필요한 게 있으면 이 친구에게 부탁하시면 바로바로 해결해 줄 겁니다.”

“이 친구라는 분은 이름이 없나요? 아니면 정말 조 집사님의 친구라서 그렇게 부르시는 건가요?”

보리의 말을 듣고 푸핫, 조필규는 천장을 향해 얼굴을 들어올리며 돌발적인 웃음을 터뜨린다.

“아, 죄송합니다. 이 친구 이름을 말씀드리지 않았군요. 정말 죄송합니다. 이 친구 이름은 정여진이라고 합니다. 정, 여, 진.”

밤 9시 5분.

어르신의 당도를 알리는 정여진의 노크 소리를 듣고 보리는 방에서 나와 거실 안쪽의 휘장 공간으로 들어간다. 의자에 앉아 미리 연결해 둔 탁자 위의 노트북 전원을 켜는 사이 정여진은 정해진 수순인 것처럼 망설임 없이 자신의 방으로 퇴장한다. 조필규도 2층으로 올라오지 않고 정여진까지 퇴장하자 거실에 갑작스러운 극적 긴장감이 조성된다. 오직 두 사람, 어르신과 보리가 출연하는 연극이 시작되는 것 같다. 발코니 너머로 내다보이는 점묘화 같은 야경이 다른 차원의 우주처럼 까마득하게 보인다.

어르신 : 그래 몸은 좀 어떤가?

차분하게 가라앉은 음성.

이보리 : 괜찮습니다. 이상 없다는 의사의 소견도 들었습니다.

어르신 : 조 집사한테 자세한 얘기 전해 들었네. 자네가 그런 고초를 겪은 건 안 좋은 일이지만 큰 탈이 생기지 않아서 얼마나 다행인지 모르겠네. 이것이 근거 없는 이야기일 수도 있겠지만, 나는 자네에게 그런 일이 생긴 게 왠지 나 때문인 것 같다는 생각이 자꾸 들어. 내가 지은 죄가 많으니 내 주변 사람에게 이런 일이 생기는 게 아닌가, 하는 자책감 말야.

이보리 : 어르신께서 자책할 문제가 아닙니다.

어르신 : 아니야. 그건 자네가 나라는 인간을 몰라서 하는 말이야. 이 세상에는 나를 원망하고 저주하고, 그것도 모자라 내가 죽기를 바라는 인간들이 많아. 혹은 자네를 통해 나에 대해 뭔가를 알아내기 위해 그런 짓을 했을 수도 있는 거지.

이보리 : 어르신과 무관한 일입니다. 오로지 이보리를 문제 삼는 시간이었지만 그것도 뭔가에 마취된 것처럼 몽롱한 시간 속에서 일어난 일들이라 기억이 명료하지 않습니다. 아무튼 어르신과는

무관한 일이니 심려하지 않으셔도 됩니다.

어르신 : 그래, 이 집은 마음에 드나?

이보리 : …….

어르신 : 왜, 마음에 안 들어?

자세를 크게 고쳐 앉는 기척.

이보리 : 부담스럽습니다. 이보리가 살아온 환경과 너무 달라서요.

어르신 : 자네 심정은 충분히 이해하네만, 내 걱정을 헤아려 잘 지내주기 바라네. 누구든 자네가 여기 기거할 거라는 생각은 꿈에도 하지 못할 테니까 앞으로는 그런 일이 재발하지 않을 거야. 나는 이 집에 아주 가끔 들러. 여긴 나의 안전가옥 같은 곳이지. 자고 가지도 않고 잠시 머리를 식히고 싶을 때 왔다 가는 게 전부야. 그러니 아무 부담 갖지 말고 지내게. 세상이 워낙 흉흉하니까 몸 사리고 사는 게 최고야. 그리고…….

다시 자세를 고쳐 앉는 기척. 그리고 흠흠, 어험, 하는 입소리.

어르신 : 지난번에 자네와 주고받은 전생과 카르마 그리고 환생 이야기 말이야. 그 윤회라는 것 때문에 나는 생각을 많이 했다네. 우리가 그렇게 돌고 도는 인생을 살고 있다는 게 기막히게 느껴지기도 하고 다른 한편 분노 같은 게 느껴지기도 하고…… 아무튼 마음이 복잡했다네. 샤카무니의 가르침처럼 해탈하고 다시 태어나

지 않는 한 이런 고생의 굴레에서 벗어날 수 없다는 생각을 하면 이 생에서의 삶 전체가 감옥살이처럼 느껴지는 거야. 아무리 돈이 많고 아무리 쾌락을 즐긴다고 한들 그런 걸 알고 난 사람이 어찌 즐거울 수 있겠나.

이보리 : 바로보면 쾌락도 고통의 일종이라는 걸 알게 됩니다.

어르신 : 그래, 나도 그런 생각을 했다네. 그게 너무 신기하지 않은가? 내가 그런 생각을 했다는 게…….

자신이 생각해도 자신이 대견하다는 어조.

이보리 : 이제 바로보기를 시작하시는 모양입니다.

어르신 : 생각해 보니 윤회라는 한자어가 돌고 도는 수레바퀴를 말하는 게 아닌가. 자네가 말한 그 참자아의 탈 것인 수레가 끝도 없이 돌고 돌아오는 거, 그게 윤회란 말이지. 내 말이 맞나?

이보리 : 적절한 풀이입니다.

어르신 : 그럼 해탈하면 다시 태어나지 않는다는 말은 사실일까? 나는 그게 몹시 궁금하더군.

차분하게 말하지만 그 어조에서 내면에 드리워진 두려움이 묻어난다.

이보리 : 어르신은 삶에 대한 애착이 강한 분입니다. 강하기 때문에 괴로워하는 것이고, 괴로워하기 때문에 변화하고 싶어하는 것이

고, 변화하고 싶어하기 때문에 이런 상담에 몰입하는 겁니다. 그래서 죽음에 대한 거부감과 두려움도 갖는 겁니다. 하지만 죽음도 삶도 다 변화의 수레가 지나가는 과정이니 인간은 그 길에 대해, 수레바퀴가 지나가는 길에 대해 왈가왈부할 수 없습니다. 수레에게는 앞으로 나아가야 할 길이 곧 운명입니다. 수레는 그 길을 자신이 달린다고 착각하지만 실제로 수레를 타고 조종하는 실체는 따로 있다는 것을 우리는 알았습니다. 그런 발견과 깨달음으로부터 참자아와 무아가 생겨난 것이고 거기서 샤카무니의 가르침이 나타난 것이니 바로보기가 왜 중요한지를 이제 제대로 이해하셔야 합니다. 가감 없는 수레의 길, 그것이 곧 윤회이기 때문이죠.

어르신 : 지금 나에게 남겨진 건 알맹이가 아니라 껍데기뿐이야. 내가 못되게 살아온 기억들, 특히 나쁜 기억들 말일세. 지금 난 인생의 진정한 내막을 몰라서 두렵고 공포스러운 거야. 그러니 자네가 아는 한 그것에 대해 나에게 말해 주게. 내가 이렇게 각별하게 부탁하고 싶네.

이렇게, 라고 말할 때 크게 움직이는 기척.

이보리 : 그 전에 한 가지만 묻겠습니다.

어르신 : 그래, 얼마든지 물어봐. 있는 그대로 솔직하게 말해 주겠네.

이보리 : 어르신은 윤회를 믿습니까?

의표를 찌르는 질문.

어르신 : 내가 예전부터 윤회를 믿었다면 인생을 이렇게 살아왔겠나? 절대 그럴 리가 없지. 나는 오직 내 인생을 생각하고, 내 인생을 위해 수단과 방법을 가리지 않고 살아왔다네. 그러니 윤회 같은 건 저승 뒷다리로도 생각하지 않았네. 지금 돌이켜보면 나는 생래적으로 갑질을 위해 태어난 인간이야. 내 어린 시절은 집안이 너무 가난해서 주변 사람들에게 끔찍스러운 멸시를 받았지만 그때에도 나는 남들에게 마음으로 굽혀본 적이 없어. 나와 비슷한 또래 놈들은 내가 언제나 힘으로 제압하고 살았으니까. 가난 때문에 남들에게 무시당하고 멸시받는 동안 오히려 그런 내성이 더욱 강해진 거야. 내가 가진 건 오직 힘밖에 없었으니까 폭력을 쓸 수밖에 없었지. 그게 나에게 주어진 유일한 재산이었으니까.

10대 후반부터 사회성에 눈을 뜨게 되면서 나는 세상에서 진정한 갑이 되려면 돈과 지위가 필요하다는 걸 깨쳤네. 그런 걸 지닌 사람들에게 세상 모든 사람들이 굽실거리는 걸 숱하게 봐왔기 때문에 그런 게 필요한 이유에 대해서는 별달리 배울 필요도 없었네. 그래서 그때부터는 수단과 방법을 가리지 않고 돈을 위해 나를 휘둘렀네. 돈이 모이면 지위는 절로 생기니 수단과 방법을 가릴 수가 없었지. 그 과정에서 나는 엄청나게 많은 피해자들을 만들어냈지만 양심의 가책이나 죄책감 같은 건 털끝만큼도 없었네. 나는 모든 게 정당하다고 믿고 행동했지. 그런 방어심이 지금 돌이켜보면 갑옷처럼 내 심신을 에워싸고 있었어.

그런데 원하는 대로 돈을 모으고 지위를 얻고, 내가 인생에서 얻고 싶어 한 모든 걸 다 얻었다고 생각한 순간부터 이상한 일이 생겨나기 시작했네. 정말 믿어지지 않지만 모든 걸 다 이루었다고 자부한 뒤부터 내 자신이 한 행위를 돌아보는 일이 시작된 거야. 그걸 양심의 가책이라고 하고 싶지 않네. 왜냐하면 내가 내 인생에 대해 너무 비겁하고 무책임해지는 것 같아서 끝까지 정당했다고 버티고 싶은 거야.

그런데, 그런데 이상하게도 이제는 그게 안 돼. 그냥 내 자신이 마냥 더럽고 추악한 인간이라는 죄책감이 시도 때도 없이 나를 엄습해 날마다 마음의 지옥을 나뒹굴고 있다네. 나는 이 세상 어디에서도 더 이상 을이 아닌데, 진정한 갑이 되었는데, 도대체 내가 왜 이렇게 살아야 하는가 말이야. 그 모든 게 내가 윤회를 믿지 않았기 때문인가?

이보리 : 어르신의 인생은 어르신에겐 정당한 카르마입니다. 그걸 살아냈기 때문에 지금 다른 길목에 서게 된 것이기도 하지만 정작 중요한 것은 윤회의 의미에 눈을 뜨느냐 못 뜨느냐 하는 것입니다. 마크 트웨인이라는 작가는 이 세상에서 가장 중요한 이틀이 자신이 태어난 날과 태어난 이유를 알게 된 날이라고 했습니다. 정말 의미심장한 말인데, 세상의 대부분 사람들은 자신이 세상에 태어난 날은 알고 살지만 태어난 이유에 대해서는 죽는 날까지 모르고 살다 가는 경우가 많습니다. 태어난 이유를 알게 되는 날, 그날이 바로 자기 윤회의 내적 필연성에 눈을 뜨게 되는 날입니다.

평생 살아온 걸 후회하고 있는 어르신께서 지금 이 순간 윤회의 이유와 필연성에 눈을 뜨게 된다면 어르신이 잘못 살아왔다고 생각한 그 평생은 목적지로 가기 위한 선택으로 의미의 방향을 바꾸게 됩니다. 이렇게 가나 저렇게 가나 목적지는 하나이기 때문에 자신의 선택이 목적지를 에돌아가는 선택이었다는 걸 알게 되는 것이죠. 그래서 반환점을 만들고 비로소 정도(正道)로 접어들어 다시 목적지를 향한 여정을 시작하겠죠.

어르신 : 그걸 나는 왜 이제야 알게 되는가. 나는 그게 한심하고 수치스럽고 등신 같은 일로 되새겨진단 말일세.

자세를 고쳐 앉는 큰 기척과 긴 한숨.

이보리 : 그걸 알게 됐다는 게 얼마나 큰 깨달음인가요. 바로 그것이 이번 생에서 얻은 가장 큰 학습 성취가 될 수도 있습니다. 그리고 그런 성취를 반영하여 다른 인생 프로그램이 만들어지겠죠. 내가 행한 일에 의해 내가 할 일이 정해진다는 순리의 법칙, 저는 그것이 윤회 프로그램의 자율운영 방식이라고 믿고 있습니다. 자작자수 자업자득(自作自受 自業自得)…….

어르신 : 흠흠, 이제야 뭔가 말이 통하는군. 내가 행한 일에 의해 내가 할 일이 정해진다…… 그것 참, 듣고 보니 정말 무서운 말이로군. 그럼 나는 다음 생에 지옥 같은 고생을 해야겠군. 안 그런가?

이보리 : 목숨이 끊어져 물질계를 벗어나는 순간, 비물질계로 들어서자마자 자신이 인생을 잘못 살았다는 걸 대부분의 사람들은 가르침 없이 곧바로 알게 됩니다. 비물질계에서는 소유할 대상이

없으니 '나'를 내세우고 수단과 방법을 가리지 말아야 할 일이 없기 때문이죠. 그곳에서의 핵심은 오직 이전 생에 대한 학습 평가와 그것을 바탕으로 설계되는 다음 생의 학습 프로그램입니다. 그 전체적 흐름이 일종의 분류 과정처럼 진행되지만 그것은 종교에서 말하는 지옥이나 천국과는 아무 상관도 없는 영적 이해의 과정입니다.

자신이 살아온 생을 영화처럼 스스로 들여다보며 대부분 견딜 수 없는 후회와 개탄, 자책감에 시달리지만 그때는 이미 늦은 때, 학습 과정으로 주어진 인생이 끝나버린 뒤이니 아무 소용이 없습니다. 그때부터 자신의 다음 생에 대한 각오가 깊어지고 그것을 보상받기 위해 스스로 강도 높은 고통을 다음 생의 프로그램에 집어넣고 싶어하지만 다시 태어나면 그런 기억들은 모두 차단되고 다시 물질계의 유혹 속에서 영계에서의 각오와 다짐을 망각한 채 에고의 유혹에 휘둘리며 살아가는 거죠.

그런데 영계에서 다음 생의 프로그램을 설계하는 실제적 주체는 '나'가 아니라 '영'입니다. 죽은 뒤 영계로 이동해 심사 과정을 거치는 '나'라는 의식의 주체는 '혼'을 의미하는 것입니다. 사람들은 둘을 붙여서 '영혼'이라고 말하지만 물질계와 비물질계를 오가는 수레 역할을 하는 대상은 영의 에너지가 일부 투사된 혼이라는 걸 분명하게 이해해야 합니다.

다시 태어난 뒤에도 영은 항상 혼과 연결되어 학습 과정에 실재적인 영향을 미치게 됩니다. 엄밀하게 말하자면 영이 설계한 인생 시나리오를 혼이 수행하는 과정인데 여기에 대해 오해하는 사람들이 많습니다. 인간이라고 불리는 퍼스낼리티는 혼이고, 그것을 운영하는 주체는 상위자아인 영이라는 얘기가 되는 거죠. 윤회를 제대로 알고 이해하기 위해서는 이것을 반드시 짚고 넘어가야 합니다.

어르신 : 그럼 자네는 이런 윤회가 왜 만들어지고 계속되고 있다고 생각하는가? 그 목적성을 제대로 알아야 받아들이고 자기 것으로 만들 수 있지 않겠나.

이보리 : 너와 나의 구분 없음, 영과 혼의 구분 없음, 위와 아래의 구분 없음…… '나'를 소멸시키고 '하나'에 이르는 과정, 그것이 윤회의 근본 시스템이고 그것이 윤회의 운행 이유라고 이보리는 생각합니다. 이것은 나의 것이 아니다, 이것은 내가 아니다, 이것은 나의 자아가 아니다! 더 이상 무슨 말이 필요하겠습니까. 그것을 위해 이보리가 소장한 자료를 하나 읽어드리겠습니다.

보리는 '윤회' 파일에서 추출된 자료를 읽기 시작한다.

물질세계에서 우리는 서로 분리된 별개의 존재이다. 우리는 각자가 따로 태어나고, 각자 생계를 위해 아웅다웅하고, 각자 죽는다. 아무리 우리가 하나인 것처럼 행동하려 애쓴다 해도, 우리가 하나가 아니라는 사실은 너무나 명백해 보인다. 서로 별개의 존재이기 때문에 나는 내 행복을 위해 당신에게 손해를 입힐 수 있다. 나는 내 일을 위해 당신의 일을 망칠 수 있고, 그로써 내 삶이 더 나아진다는 결론에 도달한다. 설령 당신을 밟고 올라선 결과라 해도, 내가 더 많은 돈을 벌고 더 만족스러운 직위에 오르게 되리라는 사실은 변함이 없다. 이상론과는 무관하게, 내 개인적 이익을 위해 남을 이용하는 방식은 늘 통하는 듯해 보인다.

그러나 영적 관점에서 보면 이런 분리감은 궁극적 진실이 아니라 환상에 불과하다. 모든 생명은 서로 연결되어 있을 뿐만 아니라 단일한 실재가 현현한 것이다. 분열된 생명이 가장 깊은 진실을 드러낼 때, 우리는 우리가 모든 생명과 공유하고 있는 그것이야말로 우리의 가장 진정한 정체성임을 거듭 깨닫게 된다. 그 안에서 우리는 항상 둘이 아닌 하나로 존재한다. 이런 이유로, 내가 가슴속에서 당신을 밀쳐냄으로써 장기적인 이익을 얻는 것은 불가능하다. 내 행동이 현실의 물결을 역행하게 될 것이므로 그런 방식은 통하지 않는다.

이 진실은 누가 누구에게 가르쳐줄 수 있는 것이 아니다. 우리 스스로 그것을 배워야 한다. 카르마와 환생을 통해서 말이다.*

10시 40분경, 어르신이 떠난 뒤, 보리는 방으로 들어와 샤워를 한다. 샤워를 끝내고 나온 그는 팬티 차림으로 탁자 앞에 앉아 노트북컴퓨터에 몇 가지 기록을 한다. 15분 정도 앉아 있던 그가 문득 무언가 생각난 표정으로 우드 블라인드가 내려진 커다란 세로

---

* 크리스토퍼 M. 베이치, 『윤회의 본질』, 김우종 옮김, 정신세계사, 2014, 113~114쪽.

창 앞으로 가 블라인드를 올리고 밖을 내다본다. 봄밤의 푸르스름한 기운 속에 철쭉과 연산홍, 이팝나무 같은 것들이 어둠과 색상 교접을 한 것처럼 미묘한 자태를 드러내고 있다. 바람 한 점 없는 정밀함 속에서도 하늘에는 깊은 어둠이 들어차 달도 별도 보이지 않는다. 빈틈의 여지가 없는 어둠의 시공에 오직 지상으로부터 솟아오른 희붐한 빛의 기운이 번져 하늘과 맞닿은 산세를 가까스로 분간하게 한다.

자정 무렵, 보리는 붙박이장에서 요를 꺼내 방바닥 중앙에 깐다. 침대는 낮에 보리가 빼달라는 요구를 하고 30분쯤 지난 뒤 트럭과 짐꾼 두 명이 와 해체해 싣고 간 터라 방 안이 터무니없이 넓게 보인다. 잠옷 차림으로 요 위에 정좌해 결가부좌 자세로 눈을 감으려는 찰나, 소리 없이 방문이 열린다. 소리가 나지 않으니 문이 저절로 열리는 것처럼 보인다. 동작을 멈춘 보리가 방문을 주시하자 그곳에 정여진이 서 있다. 그녀는 연잎 물을 들인 듯 밝은 연두색 개량한복 상의와 바지 차림으로 흰 양초가 꽂힌 철제 촛대를 양손으로 잡고 있다.

"타임라인을 복구하기 위해 와주었군요. 들어오세요."

정여진을 기다리고 있었다는 듯 이보리가 차분한 어조로 말한다.

"타임라인을 복구한다니, 그게 무슨 말인가요?"

그녀는 안으로 들어서며 놀란 표정으로 묻는다.

"당신과 나는 이미 오래전에 이 장면을 연기했어요. 지나간 시간 속에 그 경험의 데이터가 저장돼 있는데 미래의 특정한 시점에서 당신의 이미지가 성적으로 너무 왜곡되었다는 결정적 지적이 있어이 지점에 대한 타임라인 복구 작업이 시작되었습니다. 그래서 오늘 밤 당신은 이 장면 속으로 다시 호출된 거예요."

"타임라인 복구 작업이라면 과거의 장면을 다르게 만든다는 말인가요?"

여전히 촛대를 손에 들고 선 채 정여진은 이해할 수 없다는 표정으로 묻는다.

"물론이죠. 어르신은 생활 도우미라는 명목으로 당신을 고용했지만 이면으로는 이보리에 대한 성적 케어를 목적으로 당신을 이용했기 때문에 바로 이 장면에서 당신은 지금처럼 촛대를 들고 알몸으로 이 방으로 들어오죠. 그리고 이보리를 위해 탄트라 섹스를 주도합니다."

"아, 제가 이보리 님을 위해 탄트라 섹스를 주도하려 했던 걸 어떻게 아셨죠?"

"모든 건 이미 완성돼 있으니까요. 어르신이 당신에게 요구한 역할이 성적으로 터무니없이 왜곡되고 뒤틀려 미래의 결정적 지점에서 당신의 역할을 수행할 수 없게 되기 때문이죠. 타임라인 복구 작업은 더욱 밝고 가열찬 창조적 미래를 예비하기 위해 진행되는 겁니다. 과거나 미래를 망가뜨리는 일이 아니니 걱정할 건 아무것도 없어요."

"지나간 과거에서 이 장면은 뭐가 잘못된 건가요?"

정여진이 벽의 전등 스위치를 내리고 촛대를 방바닥에 내려놓은 뒤 이보리에게 묻는다.

"과거 장면에서 당신은 길가메시 서사시에서 짐승과 어울려 지내는 엔키두를 섹스를 통해 사람으로 진화시키는 사원의 창녀 역할을 자임하는 것처럼 그려지죠. 그렇게 이보리를 성적으로 깨어나게 만들려는 배역이죠. 당신의 원형성이 창조된 수메르 기록을 돌이켜보건대 아다무와 티아맛, 다시 말해 성서의 아담과 이브는 최초의 하이브리드 인간(호모사피엔스)이었지만 그들에게 생식 능력이 부여되면서 지구 지배자인 엔릴(야훼)의 저주를 받아 수메르의 에딘(에덴) 동산에서 추방당합니다. 특히 섹스와 출산을 동시에 할 수 있게 된 당신의 원형성은 아눈나키들에게 성적으로 착취당하고 노동력을 얻기 위한 출산까지 강요당하지만 아눈나키와 인간의 섹스를 수간으로 간주한 엔릴로부터 원죄의 저주를 받아 결국 낙원에서 추방당하게 됩니다. 그 이후 당신의 원형성은 더욱 왜곡당하고 착취당하고 농락당하며 오늘에까지 이르렀습니다."

"티아맛-이브로 탄생하던 때로부터 지금까지 아무런 변화도 없이…… 여전히 남성들에게 성을 제공하는 역할로 그려지는군요. 단지 성만을 제공하는, 오직 성밖에 제공할 게 없는…… 그런 존재요."

이보리의 말을 들으며 정여진은 말없이 눈물을 흘린다.

"아눈나키들의 유전자 조작으로 탄생되어 성적으로 유린되고 착취당하다가 끔찍한 저주를 받고 에덴동산에서 추방당해 오늘에 이르기까지 여성으로서의 당신 지위는 단 한 차례도 정당하게 복구된 적이 없었습니다. 그러니 당신의 수동성은 여전히 구약성서에 기록된 저주의 감옥에 갇혀 있는 형국입니다. 구약성서에 기록된 야훼의 저주를 기억하나요?"

"내가 네게 잉태하는 고통을 크게 더하리니 네가 수고하고 자식을 낳을 것이며 너는 남편을 사모하고 남편은 너를 다스릴 것이니라……."

"처음부터 당신은 이 소설에서 두 겹의 배역을 맡게 돼 있었습니다. 작가의 무의식 속에 저장된 티아맛-이브의 왜곡된 이미지를 불러내기 위해 한 번, 그것을 바로잡고 수정하기 위해 한 번, 그렇게 기능하게 되어 있습니다. 작가는 애초의 자기 구상 속에 당신의 존재가 없었다는 알리바이를 들이대지만, 그는 자신의 무의식 속에 지구의 역사만큼 오랫동안 누적되어 온 성적 왜곡과 세뇌의 역사를 모릅니다. 당신은 바로 그것을 추출하기 위해 제시된 과제와 같은, 미끼와 같은, 혹은 미스터리와 같은 존재였죠. 작가는 당신에게 걸려들고 보기 좋게 실패합니다. 작가의 무의식 속에도 유전자처럼 뿌리 깊은 왜곡과 세뇌가 자리 잡고 있었기 때문이죠."

"사원의 창녀, 탄트라 섹스, 저의 과거 같은 게 다 그런 것들로부터 산출되었다는 말인가요?"

"그것들이 지구적인 보편성으로 자리 잡힌 왜곡과 세뇌의 목록이죠. 당신은 그와 같은 희생의 존재성을 짊어지고 있지만 그것은 결국 종말적 상황을 맞이하게 될 겁니다. 작가도 당신으로 인해 통탄하고, 그것을 보상하기 위해 이 타임라인 복구 작업에 동참하고 있으니까요."

"저는 복구되기 전의 장면들이 궁금하네요."

"당신의 탄트라는 저열한 포르노 같고 당신의 멘트는 남성 중심의 뒤틀린 성적 코드를 대변합니다. 자신들을 위해 당신의 이미지를 변용하고 착취하는 것이죠. 한번 볼래요?"

이보리가 소환한 타임라인 복구 이전의 장면과 대사가 허공에 전개된다.

(보리 앞에 무릎을 꿇고 앉아 정여진은 아주 천천히, 그러나 매우 능숙한 손놀림으로 보리의 결가부좌를 해제하고 옷을 벗긴다. 보리가 입을 열어 뭐라고 말하려 하자 그녀는 오른손 검지를 그의 입술에 세로로 갖다 댄다. 알몸이 된 보리의 두 다리를 결가부좌가 아닌 양반다리로 만든 뒤 그녀는 그의 무릎 위에 올라앉는다. 그런 뒤 아주 느리게 그의 머리와 얼굴, 목선을 따라 마사지를 하듯 어루만지는 손놀림이 이어진다. 가슴과 어깨, 허리와 성기에까지 그 손놀림은 멈춤 없이 미끄러져 내린다.)

—긴장을 푸세요. 눈을 뜨고 나를 보세요. 여기, 내 눈썹과 눈썹 사이의 미간을 주시하세요. 저도 보리 님의 미간을 응시할 거예요. 내면에서 어떤 에너지 파동이 생길지라도 시선의 초점을 잃으면 안 돼요. 나는 성적 대상이 아닙니다. 나는 당신 에너지의 일부입니다. 나를 여자라고 생각하지 마세요. 당신은 태어나서 지금까지 성에 대한 부정적인 에너지 속에 갇혀 살았습니다. 당신이 여자를 만나지 않고 여자와 섹스하지 않은 건 우연하게 일어난 일이 아닙니다. 그건 당신이 아주 철저하게 자신의 내면 에너지를 가두고 억압했기 때문에 생겨난 인위적인 일이에요. 그걸 인정하나요?

(보리는 꼼짝하지 못한 채 그녀가 지시하는 지점에 시선을 고정시킨다. 그의 성기가 빠르게 부풀어오르자 그녀는 그것을 자신의 몸에 삽입

하고 천천히 몸을 움직이기 시작한다.)

—성은 인간의 근원 에너지이고 생명 에너지예요. 그것은 너무나 성스럽고 깨끗하고 숭고해서 인간은 그것을 더럽히고 싶어도 더럽힐 수 없어요. 그 보석 같은 빛은 오염된 것처럼 보여도 그 내부에는 원형의 에너지 상태가 그대로 보존되죠. 그것이 신과 우리를 연결하는 근원 에너지이고 우주를 창조한 근원 에너지이기 때문이에요. 하지만 지구인들은 대부분 오염된 성 의식을 지니고 있고 그래서 성적 장애를 지니고 있어요. 그 순수한 에너지에 순수하게 동조하지 못하는 거죠. 성은 나쁘다, 그것은 하면 안 되는 것이다, 인류가 창조되었을 때부터 창조신이 그것을 부정적으로 가르쳐왔기 때문이죠.

(자신의 육체를 내맡긴 채 이보리는 눈을 감고 정여진의 속삭임을 듣는다. 정여진은 이보리를 반듯하게 눕힌 뒤 완전한 상위 자세로 격렬하게 몸을 움직인다. 그렇게 에너지가 한껏 고조되자 다시 이보리를 일으켜 체위를 바꾸고 후배위 자세로 굴신을 계속하게 한다.)

—성을 통해 인간은 근원과 하나가 되는 걸 느껴요. 아무리 오염된 성 에너지일지라도 그 찰나적 순간을 잊지 못해 인간은 끝없이 섹스를 하려고 하죠. 무념무아의 그 순간, 그 찰나적 순간의 합일감이 너무 그리워 그들은 무의식적으로 또는 의식적으로 그것을 지향하죠. 고향을 그리워하는 향수병처럼 단 몇 분 동안의 짧은 행위를 통해서라도 완전한 무념무상, 완전한 합일감을 느끼기 때문에 그것을 갈망하는 거죠. 그런데 당신은 성을 갈망한다는 표면적인 욕망조차 덮어버리고 성불구자 같은 세월을 살아왔어요. 왜, 무엇이 그런 상처를 만들었느냐고 물을 필요도 없어요. 인류가 모두 섹스를 통

해 태어난 존재들이라는 걸 인정하면 더 이상 긴 말을 할 필요가 없는 거죠. 하지만 인류의 섹스에는 온갖 부정적인 올가미가 씌워져 우리는 탄생하는 그 순간부터 온갖 성적 원죄를 지닌 후손이 되죠. 성적 불결함과 성적 타락과 성적 방종과 성적 퇴폐 속에서 태어나고 또한 성장하게 만드니까요. 그런 악조건 속에서도 성을 갈망하고 그것에 눈을 뜨고 은밀하게 숨어서 그것을 배우게 하니까요.

(이보리가 상체를 격렬하게 뒤틀며 사정하려는 절정의 순간!)

이보리가 소환한 복구 이전의 장면이 허공에서 갑작스럽게 사라진다.

"아, 정말 낯뜨겁네요. 이렇게 복구 차원에서 지나간 장면들을 보니 도저히 저라는 생각이 들지 않아요. 이건 무슨 이유일까요?"

표정의 변화도 없이 눈물을 흘리며 정여진이 묻는다.

"저건 실제 당신이 아니니까요. 대본은 배우가 만드는 게 아니잖아요."

"그럼 이 타임라인 복구 작업을 통해 저는 완전히 다시 태어나는 건가요?"

"이렇게 타임라인 복구 작업을 진행하는 이유는 당신의 존재성이 그만큼 중요하기 때문입니다. 부디 완전한 존재성과 창조성을 얻고 다시 태어나기를 빕니다."

"그럼 이렇게 믿어지지 않는 작업을 수행하는 당신은 누구인가요?"

예상치 못한 정여진의 질문에 당황한 이보리, 잠시 침묵이 흐른다.

"나는 이보리라고 불리는 이보리가 아닙니다. 또한 이보리라고 불리지만 이보리가 아닙니다. 안타깝지만 이 장면의 타임라인 복구 작업은 여기까지라서 더 이상의 언급이 곤란합니다."

"그럼 저는 오늘 밤 어떻게 해야 하나요?"

갑자기 배역을 잃은 배우처럼 난감한 표정으로 그녀는 묻는다.

"이제 당신은 '어떻게 해야 하나요?'라고 물어야 할 모든 억압과 구속으로부터 자유로워졌어요. 그러니 이제부터는 그것이 무엇이든 당신을 위한 선택을 하면 되죠."

"그래도 아직 갈 길은 멀겠죠?"

그녀는 얼굴을 들어 허공을 올려다본다. 그녀의 눈에서 흘러내린 눈물이 눈시울을 타고 옆으로 흘러 방바닥에 툭, 소리를 내며 떨어진다. 이보리의 표정에는 어떤 종류의 감정적 기류도 엿보이지 않는다. 그냥 그렇게 두 사람은 침묵으로 내밀한 시간을 공유한다. 모든 성적 이미지가 해체된 밤, 모든 성적 긴장감이 소멸된 밤, 그럼에도 불구하고 우주의 근원을 향해 가는 두 사람의 에너지 흐름은 시공간을 한껏 깊어지게 만든다.

모든 것들이 하나의 에너지장 속으로 녹아들어 물질성과 비물질성의 경계가 완전하게 소멸할 즈음, 창 위에 드리워진 우드 블라인드에 청백색의 빛줄기가 연해 어른거린다. 정체를 알 수 없는 비행물체가 허공에 정지해 있다.

2시 15분.

5#

길고 지리멸렬한 신경전이 지속되고 있었다. 보리도 나도 나의 상위자아도 뭔가가 쾌연하지 않은 상태에 머물며 힘겨운 모색의 시간을 보내고 있었다. 나는 보리가 요청한 여러 번의 접속 시도에도 응하지 않고 나 또한 상위자아와의 접속을 시도하지 않았다. 수직 구조를 지닌 세 층위 사이에 소통을 위한 에너지가 절실했지만 정서적으로 몹시 건조하고 불유쾌한 상태만 지속될 뿐이었다. 그것을 위해 나는 기를 쓰고 소설을 썼지만 그것들은 깊은 자괴감과 멸시감 속에서 때마다 폐기처분당하곤 했다. 날마다 퇴짜를 맞는 기분이었지만 상위자아가 표면에 드러나거나 직접적인 개입을 했다는 증거가 없으니 쓰면 쓸수록 울화만 쌓일 뿐이었다.

4장을 쓰던 어느 순간, 3장을 수정하고 있는 나를 발견하고 기겁하지 않을 수 없었다. 3장의 문제점을 특별하게 의식한 적도 없는데 그곳에서 잘라내고 삭제하고 수정하고 있는 나를 발견한 것이었다. 5장을 쓰던 어느 순간, 4#장을 완전히 삭제하고 처음부터 다시 쓰고 있는 나를 발견하고 격하게 헛구역질을 하지 않을 수 없었다. 그 모든 걸 '내가 한다', '내가 했다'고 의식할 수 없었다. 하지만 수정된 부분들을 자세히 들여다보면 문제점이 분명하게 존재했고 나 또한 그것을 부정할 수 없었으므로 상황은 점점 더 악화될 수밖에 없었다. 문제점을 지적하고 고치게 해주었으니 크게 보아 감사할 일이었지만 나는 내가 어떤 의식의 하수인 노릇을 하고 있다는 자각으로부터 도무지 자유로울 수 없었다. 나에게는 그것이 깊은 스트레스가 되어가고 있었다.

내가 하는 일을 내가 한다고 착각하는 데에는 찰나적인 시간차가 존재하는 것 같았다. 그 촌음과 같은 시간차가 정확하게 포착되는 순간도 있었는데 그럴 때는 온몸에 소름이 돋아 더 이상 소설을 쓸 수 없었다. 나는 인간이 행동하기 전에 이미 뇌에서 결정이 내려지는 벤저민 리벳 실험도 알고 있었지만 그런 걸 일반적인 사례로 생각하긴 어려운 문제라고 치부하고 있었다. 하지만 누군가의 의식 대행자로 사는 것 같다는 의심이 지속되니 갈등이 깊어지지 않을 수 없었다. 하지만 나는 대안이 없는 수레였다. 이래도 수레, 저래도 수레, 수레는 어차피 수레일 뿐이었다.

수레임에도 불구하고 '나는 인간이다'라는 자의식이 나를 괴롭히고 있었다. 그저 수레로 살며 주인님의 의도에 순순히 복종하고 순종하면 해탈이 코앞일 터인데 이상하게도 그게 뜻대로 되지 않았다. 신을 흉내 내는 모방 의식인가, 하는 의심도 해보았지만 그런 건 더더욱 아닌 것 같았다. 그냥 달려도 힘들어 죽겠는데 주인 흉내까지 내가며 수레 처지를 위장하겠나.

참으로 두렵고 소름 끼치던 순간이 있었다. 5장에서 보리가 병원에서 퇴원하고 평창동 저택에 도착해 조필규로부터 안내를 받는 장면을 쓰고 있을 때였다. 나의 구상 노트에는 그 장면이 조필규가 앞장서서 2층으로 올라가 상담을 위한 거실 구조를 설명하고 보리의 방을 보여주는 것으로 정리되어 있었다.

그 장면을 기술할 때 보리가 2층으로 올라가는 계단 중간 참에서 갑자기 걸음을 멈추는 이상한 일이 발생했다. 나는 1층 장면에서 2층 장면으로 건너뛸 생각까지 했었는데 이상하게도 보리가 조필규의 뒤를 따라 2층 계단으로 올라가다가 중간 지점에서 걸음을 멈추고 2층을 올려다보는 장면이 나타난 것이었다.

보리가 2층을 올려다보는 그 순간, 나는 등줄기가 서늘해지고 뒷목으로 소름이 올라오는 걸 느꼈다. 2층에 별도의 출입문을 설치하는 것도 나는 전혀 의도한 적이 없었다. 뿐만 아니라 그 문이 열리고 나타난 여자를 꿈에서도 떠올려본 적이 없었다. 아, 이 소설을 도대체 누가 쓰는 것인가!

나는 동작을 멈추었지만 상황은 이미 일목요연하게 정리되어 내가 개입할 여지가 없었다. 그녀의 이름이 정여진이라는 것도 너무 자연스럽게 튀어나와 아주 오래전부터 준비된 느낌마저 들었다. 소설을 구상할 때 등장인물들의 이름에 유독 신경을 많이 쓰는 내가 그렇게 단 몇 초 만에 없던 인물을 탄생시키고 이름까지 지어냈다면 그것은 죽었다 깨어나도 내가 한 일이라고 할 수 없었다. 하지만 그녀의 역할이 보리를 성적으로 치유하게 만드는 역할로 설정(타임라인 복구 이전의 배역을 말함)되어 있다는 걸 알아챈 뒤에는 아예 소설 쓰기를 중단하고 침대에 가서 큰대자로 누워버렸다. 세상에 어떻게 이런 일이 있을 수 있는가!

그로부터 거의 2주일 동안 나는 소설을 쓰지 못했다. 그 무렵의 어느 날 고마운 지인들이 음악회 공연 티켓으로 외출을 제안했고 나는 아무런 저항의 말 한마디 없이 그것에 응했다. '정여진 문제'는 정리도 되지 않고 충격도 가라앉지 않은 채 고스란히 방치된 상태였다.

세종문화회관에서 공연을 보고 밤 10시경에 나와 어디 가서 가볍게 술을 한잔하자고 해서 서늘한 봄밤의 대기를 흡입하며 걷기 시작했다. 종로 1가로 건너와 이제는 까마득한 빌딩 숲이 되어버린 청진동 피맛길 방면 인도를 따라 내려갔다. 그 아득한 옛길이 완전히 사라져버렸음에도 불구하고 나는 몇천 년 동안 계속해서 그 길을 걸어가고 있는 듯한 지속성 때문에 속이 울렁거리는 멀미 증세를 느꼈다.

"저게 화신백화점이 있던 자리인가?"

외계인 우주정거장처럼 보이는 까마득한 고층 빌딩을 올려다보며 나는 내 자신에게 묻듯 뜻 없는 말을 중얼거렸다. 그렇게 인사동을 거치고 허리우드 극장을 거쳐 당도한 곳이 익선동 포장마차 골목이었다. 누가 여기로 가자고 했나? 아무도 그런 말을 한 사람이 없었는데 처음부터 정해진 곳을 향해 부랴부랴 걸어온 것처럼 이동 궤적은 아무런 의심도 받지 않았다.

거기서부터 정여진 문제가 겹쳐 나는 소주를 물처럼 퍼마시기 시작했다. 그리고 취기가 오른 뒤부터 정여진 문제를 노골적으로 까기 시작했다. 그런데 말이 나의 의도와 달리 이상한 방향으로 튀어 나갔다. 정확하게 나의 스트레스를 타깃으로 발설을 시작했다면 '내 소설을 쓰는 주체가 도대체 누구인가'에 대해 말했어야 옳다. 그런데 나는 엉뚱하게, 정말 엉뚱하게 섹스에 대한 말을 밑도 끝도 없이 씨부렁거리기 시작했다.

나는 이 세상 사람들이 모두 성적 장애를 지니고 있다는 과격한 말을 했다. 섹스를 하면서 죄를 짓는 것 같다는 죄책감의 근원에 유전적 결함이 있는 것 같다는 말도 했다. 원인과 우주인의 유전자를 조작해 호모사피엔스를 창조했다는 아눈나키들은 인간을 섹스의 도구로 여겨 죽기 살기로 덤벼들었는데, 그들의 지배자는 그것을 수간(獸姦)으로 치부해 기회 있을 때마다 인간들을 쓸어버리고 싶어했다며 나는 분개했다.

나의 불안정한 흥분 상태는 거기서 끝나지 않았다. 아눈나키들의 지구 지배자였던 엔릴이라는 존재도 강간범이었는데 그런 이율배반적이고 위선적인 외계 존재들의 유전자가 인간에게 접붙여졌으니 오늘날 지구상에서 이런 일들이 벌어지는 게 당연한 일 아니냐, 라고 반문하기도 했다. 섹스는 신들의 전유물인데 하찮은 인간들이 감히 섹스를 한다고 괘씸하게 생각한 게 틀림없겠지만, 거기에는 자신들의 유전자 조작에 대한 과오를 인정하지 않는 범죄적 발상이 도사리고 있다고 나는 다시 언성을 높였다. 그러므로 오늘날 그들 신을 섬기는 모든 종교는 성적 장애를 조장하는 세뇌의 소굴이라는 말도 했다. 더 나아가 성직자들이 저지르는 위선적이고 파렴치한 성범죄에 대해 핏대를 올리다가, 바로 그 즈음부터 나는 서서히 혀가 꼬부라져 가기 시작했다.

어떻게 집으로 돌아왔는지 기억나지 않지만 다음 날 아침 나는 집에서 눈을 뜨고 지난 밤 나를 흥분 상태에 사로잡히게 한 어긋난 의식의 초점에 대해 되짚어봤다. 내가 도대체 왜 그렇게 섹스에 대해 부정적인 말들을 마구잡이로 쏟아낸 것일까.

몇 분 생각하다가 작취미성의 상태임에도 불구하고 벌떡 침대에서 몸을 일으키지 않을 수 없었다. 지난 밤 내가 술자리에서 마구잡이로 쏟아낸 말들이 하나의 목적의식 속에서 쏟아진 것이라는 게 너무나도 자명해지는 순간이었다. 정여진 문제에 대한 스트레스, 정여진 문제에 대한 해결책을 나는 그런 식으로 예습한 것이었다. 아니, 예습받은 것이었다.

지난밤 내가 쏟아낸 모든 말들은 정여진의 (타임라인 복구 이전) 탄트라 섹스 장면에 사용될 대사들이었다. 아직 세공되지 않은 그 대사의 원석들이었다. 그것을 나는 취중에 마구 씨부렁거린 것인데 그것을 과연 나의 의도이고 의식이라고 할 수 있을까, 나는 다시 탄식하지 않을 수 없었다. 그래서 혼을 빼앗긴 자의 표정으로 천장을 쳐다보며 이렇게 중얼거렸다.

"아 정말, 이건 해도 해도 너무하는 거 아닌가요?"

✳

보리의 전생을 설계할 때 나는 두 사람의 인생을 염두에 두고 있었다. 그들의 인생이 보여준 경향성과 일관성이 너무도 뚜렷했기 때문에 나는 그들의 인생과 보리의 인생을 결부시키는 데 아무런 문제가 없을 것이라고 판단했다.

두 사람 중의 한 사람은 티베트에서 태어나고 다른 한 사람은 일본에서 태어났다. 그들의 공통점은 '인간 문제의 궁극에 대한 답'을 알고 있는 사람들이라는 것이었다.

나는 그 두 사람의 인생을 변형 생성시켜 보리를 탄생시키려 했고 또한 탄생시켰다. 나의 의도는 이미 보기 좋게 박살이 난 뒤이지만, 소설을 구상하던 시기에 나는 그 두 사람이 환생하면 보리 같은 캐릭터가 될 거라고 유추했던 것이다.

보리의 전생으로 내가 염두에 두었던 티베트인은 귀족 가문의 계승자로 태어나 어릴 때부터 엄한 교육을 받았다. 그가 일곱 살 되던 해 가문의 사람들은 아이의 운명을 점쳤는데 그때 초청받은 점성가가 말하길, 이 아이는 출가하고 승원에 들어가 의술 훈련을 받고 조국을 떠나 낯선 세계로 갈 것이라고 했다. 그리고 엄청난 고난 속에서 세계 각지를 떠돌며 갖은 박해와 고통에 시달릴 것이지만 결국은 승리할 것이라고 했다.

예언대로 어린 나이에 승원으로 출가한 그는 그곳에서 평생의 스승을 만나고 고승의 환생자로 인정되어 '제3의 눈'을 여는 뇌 수

술을 받는다. 그리고 13대 달라이 라마의 후원하에 온갖 비의적(秘儀的) 훈련과 비전(祕傳) 지식을 전수받고 중국 쓰촨성 충칭의 의과대학으로 가 서양 의학과 과학기술을 공부한다. 그러다가 중일전쟁이 발발하면서 상하이의 중화민국 공군예비대에서 군의관으로 복무하게 된다.

어느 날 그가 탄 비행기가 적기의 포화를 맞고 추락해, 그는 구사일생으로 살아나지만 일본군의 포로가 되어 온갖 고문과 박해에 시달리게 된다. 몇 차례 탈출을 시도했으나 실패한 후 그는 일본 본토까지 끌려가 수용소로 보내진다. 그리고 히로시마에 원자폭탄이 투하되어 일본군이 혼란에 빠진 틈을 타 겨우 탈출에 성공하여, 빈 배를 타고 동해를 표류하다가 북한의 나진에 도착해 러시아 국경 지대를 배회한다. 그러다가 기회를 얻어 블라디보스토크를 거쳐 러시아로 간다. 그 도중에 스파이 혐의로 KGB에 붙잡혀 폴란드로 추방되고 키예프(우크라이나)에서는 트럭 사고를 당해 탑승했던 군인들이 거의 다 죽고 그도 심각한 부상을 입게 된다.

3주 동안 군 병원에서 사경을 헤매는 와중에 그는 유체계의 스승으로부터 '영혼 이주'가 불가피하다는 메시지를 받는다.

이후 체코슬로바키아와 프랑스를 거쳐 뉴욕에 도착한 그는 온갖 잡일을 하며 캐나다 퀘벡으로 가 영국행 선박을 탄다. 하지만 세관의 횡포로 입국하지 못하고 미국으로 되돌아온다. 미국으로 되돌아오자마자 불법 이민자가 된 그는 선장과 선원의 도움으로 몸을 피하지만 그의 몸 상태는 이미 심각한 지경에 이른다.

그때 유체계의 스승으로부터 '영혼 이주'의 대상이 영국인으로 점지되었다는 메시지를 받고 그는 그것을 실행하기 위해 티베트로 돌아갈 결심을 한다. 인도의 봄베이를 거쳐 칼림퐁에 이른 그는 몇몇 라마승을 만나 함께 라사로 통하는 산맥을 넘는다.

천신만고 끝에 고향으로 돌아온 그는 승원으로 안내되어 육체와 유체를 분리·교체하는 영혼 이주 시술을 받고 다른 사람의 몸으로 살아가는 새로운 인생을 시작한다. 이후 그는 극도로 궁핍한 생활을 유지하며 형이상학적인 주제를 바탕으로 한 수십 권의 책을 집필했고 뉴욕, 캐나다, 우루과이 등지를 거치며 온갖 병마와 세파에 시달리다 캐나다 캘거리 병원에서 파란만장한 일생을 마감한다.*

보리라는 인물을 탄생시키기 위한 환생의 배경으로 삼았지만 그의 파란만장했던 인생은 그 독자적인 상태로 존중받아 마땅하다고 나는 생각한다. 그 사람은 어린 시절에 '제3의 눈'을 여는 뇌 수술을 받았고, 육체가 죽을 지경에 이르렀을 때는 유체계의 도움으로 '영혼 이주'를 통해 인생을 포기한 다른 사람의 몸으로 유체를 이식해 삶을 연장했다.

그것은 티베트 종교에서 비롯된 비의와 비전에 바탕을 두고 있지만 현대인들에게는 믿어지지 않는 이야기로 받아들여질 것이 분명하다. 여기 이렇게 간략하게 밝힌 것보다 그의 일대기가 지닌 실제 고통의 강도는 아마 몇백 배, 몇천 배, 몇만 배 컸을 것이라 생각한다. 그가 남긴 영적 가르침의 서적들로부터 나는 많은 영감을 받았고, 그런저런 형이상학적 화학작용이 세월이 지난 뒤 이보리라는

---

* 롭상 람파, 『나는 티벳의 라마승이었다』, 박영철 옮김, 정신세계사, 1987.

소설 캐릭터 창조에 전이되었다.

보리의 전생으로 내가 염두에 두었던 또 다른 한 사람은 일본인이다. 그는 군 복무 시절 전투비행단 소속의 파일럿으로 활약했고, 물리화학을 전공한 과학도였다. 젊은 시절 그는 세포 같은 극미의 존재와 우주 같은 극대의 세계가 어떤 연관성을 지녔는지 그 상응 구조를 탐구하고 그것이 우리 인생과는 또한 어떤 연관성이 있는지를 규명하려는 노력을 했다. 그는 발명 특허권을 300~400개나 가진 과학자였고 컴퓨터 회사의 경영자이기도 했다.

그가 보인 믿어지지 않는 신통력 중 가장 인상적인 것은 전생·현생·후생의 삼계(三界)를 꿰뚫어 보는 영적인 능력을 보였다는 것이다. 물론 서양에는 에드거 케이시 같은 존재도 있지만 일본에서 그가 보여준 숱한 영능력 사례들은 일일이 열거할 수 없을 정도로 많았다. 그는 4차원의 에너지를 3차원에서 물질화하는 능력을 보여 정부 투자 사업에도 초빙 자문 역할을 했다. 하지만 그가 보여준 숱한 기적은 이곳에서 논외의 문제로 삼는다.

나는 그가 보인 영적 능력보다 그가 보여준 삶의 자세와 종교관에 크게 공감했다. 그는 자신을 따르는 사람들이 종교적으로 집단화되는 걸 극도로 경계하며 불교와 기독교가 초기의 샤카무니 시대와 예수 시대의 가르침으로 돌아가야 한다고 때마다 역설했다. 현대의 종교가 원래의 가르침을 배타적으로 왜곡하고 있다는 게 주된 이유였다. 종교가 조직을 통해 비대해지는 것도 반대하고 종교 단체가 공양이나 헌금을 요구해도 안 된다고 질타했다. 가난한 중생들의 호주머니를 턴 재물로 신전이나 불당을 짓고, 그것을 부처님이나 하느님의 뜻이라고 말하는 종교는 다 가짜라는 극언도 마다하지 않았다. 불과 5퍼센트에 지나지 않는 종교 지도자들의 사리사욕을 위해 95퍼센트의 힘없는 중생들이 희생되어서는 안 된다며 현대 종교의 물신주의와 권위적인 제도를 맹렬하게 비난했고, 그것으로 인해 많은 종교계의 공격 대상이 되기도 했다.

그는 26세에 결혼 상대자에게 자신은 48세까지만 이 세상에 살 것이라고 예언한 후에 결혼 승낙을 받았다. 그리고 그는 자신의 예언대로 48세에 수명이 다해 세상을 떠났다. 그는 자신에게 부여된 운명을 미리 알고 세상을 살았던 것이다. 설계 혹은 프로그램으로서의 운명, 게임 혹은 게임 캐릭터로서의 인생.*

보리는 애초에 내가 구상했던 것과 판이한 캐릭터가 되어가고 있었다. 그에게 일어나는 사건들도 나의 애초 구상에는 없던 것들이었다. 내가 애초에 설계한 캐릭터가 이렇게 변형되는데도 속수무책이라면 나는 이 소설에 대해 분명한 입장을 취할 필요가 있었다. 계속 쓸 것인가 작파할 것인가, 순종할 것인가 거부할 것인가.

정체된 시간 속에서 나는 지쳐가고 있었다. 어떤 방면으로든 결

---

* 다카하시 신지, 『우리가 이 세상에 살게 된 7가지 이유』, 김해석 옮김, 해누리, 2000.

정을 내리고 싶었지만 그것마저도 나의 것인지 의심스러워하며 오직 관망하는 자세를 유지할 수밖에 없었다. 문제의 초점은 분명했지만 상위자아에게 그것을 문제시할 만한 자신이 없었다. 한껏 자태를 뽐내던 철죽과 연산홍의 꽃잎이 하루 낮 동안의 땡볕에 모조리 타 죽는 걸 보며 난감한 심정으로 보리를 걱정하지 않을 수 없었다. 그를 위해 뭔가를 해야 할 시점에 당도한 건 분명하지만 그를 위하는 것인지 나를 위하는 것인지 초점이 분명하지 않다는 생각으로 나는 허망하게 떨어져 쌓인 철죽과 연산홍의 꽃무덤 주변을 어정거리고 있었다.

그러던 어느 날 새벽, 나는 상위자아의 부름에 잠에서 깨어났다. 유체계에서의 접속을 피할 경우 이렇게 직접적인 접속을 요구하는 상황이 발생하곤 했다. 디지털 탁상시계가 4 : 44를 알리고 있었다. 나는 찬물로 세수하고 결가부좌 자세를 취한 뒤 에너지 접속을 시작했다. 기다렸다는 듯 엄청난 에너지가 쏟아져 오열이 터질 지경이 되었다.

나는 상위자아가 나를 기다리고 있었을 뿐만 아니라 나의 정황을 완전히 간파하고 있다는 걸 단박 알아차릴 수 있었다. 그동안 맺히고 뭉친 마음의 응어리가 한순간에 용해되는 게 느껴졌다. 상위자아의 에너지가 나의 심신을 빈틈없이 위무하는 걸 느끼며 나는 마음을 열고 에너지의 흐름에 모든 것을 맡겼다.

"나에게는 통하지 않을 것이 없고 뜻하지 않은 것이 존재하지 않는다. 너의 내면에서 일어나는 모든 것, 너의 바깥에서 일어나는 모든 것, 심지어 일어나지 않은 것들에 이르기까지 내가 모를 것이 무엇이라고 생각하느냐. 나는 길고 오래, 그리고 깊고 넓게 펴져 있고 너는 그런 나에게 종속돼 있다. 네가 나의 일부이니까, 내가 너를 투사했으니까, 너는 내가 펼치고자 하는 대로 펼쳐지면 되는데 왜 그리 고통스러워하는 것이냐."

"이런 자의식이 제 의지와 상관없이 펼쳐지는 게 저로서도 괴롭습니다. 진실의 구조를 모르는 것도 아닌데 자꾸 속성이 앞서게 되어 저도 모르게 '나'가 나타납니다. 그것이 저를 흔들어 저의 존재성을 비참하게 인식하게 합니다. 그것이 에고라는 것도 알고, 그것이 그와 같은 방식으로 삶의 에너지를 빼앗아 간다는 것도 아는데, 다 알면서도 때마다 이런 궁지에 몰리곤 합니다. 아직 저는 멀었다는 생각밖에 들지 않습니다."

"너와 나는 서로에게 투사되고 반영된다. 그것을 통해 이루어지는 창조적 진화가 목적이지 관계 구도 자체가 목적이 아니라는 말이다. 그 단순한 구조를 어째서 너희 인간들은 그토록 집요하게 부정하려 드는 것이냐."

"외람되지만 인간들에게서 분자코드가 해제되는 상상을 자주 하곤 했습니다. 그게 생명줄이라는 것을 알면서도 그것을 끊고 나면 어떤 일이 벌어질지 몹시 궁금해서 마음이 도발적으로 움직이는 걸 느끼곤 했습니다."

"너희들은 평상시에도 그런 것에 구애받지 않고 사는데 무엇을 문제시하는 것이냐. 자각할 수도 없게 만들어놓은 그것 때문에 못 살겠다고 아우성치는 사람이 어디 있느냐. 너의 민감함이 과도한 상태에 이른 게 아닌가 돌아볼 일이다. 너도 알다시피 엄마의 자궁에서는 탯줄로 생명을 유지하던 아이가 엄마 배 속을 빠져나오면 곧바로 탯줄을 끊어버린다. 그 순간도 죽음이다. 엄마 뱃속에서의 삶이 끝나면 지상에서의 삶이 시작되고 그 순간부터 탯줄 대신 분자코드에 의존해 생명을 유지하기 시작한다. 분자코드는 생명을 유지하기 위한 일종의 인큐베이터 시스템이다.

생명이 끝나는 순간 분자코드도 분해된다. 그러면 모든 것이 자유로워지는 영계로의 진입이 시작된다. 하지만 그것은 또 다른 줄을 향해 가는 과정이라는 걸 알아야 한다. 중력이건 탯줄이건 분자코드이건, 어떤 종류의 줄에도 매달려 있지 않을 수 있는 상태가 되려면 우리는 아직 많은 여정을 계속해야 한다. 너와 나, 그리고 우리가 인식하는 모든 존재들이 다 그런 구조 속에 매달려 흔들리고 있는 것이다. 우주의 모든 행성들도 공간에 매달린 채 무한궤도를 돌고 있지 않느냐."

"저는 아직도 상위자아의 존재성과 인간의 존재성을 구분하고 싶어하는 자의식 때문에 괴롭습니다. 운명을 프로그래밍하던 과정을 망각하고 있으니 이런 상황이 오는 것도 당연하다는 생각이 듭니다. 인간의 운명에 대한 부당한 개입에 저항하는 지식도 많았고 선견도 많았습니다. 상위자아와 인간 사이의 그런 불화는 진화에 나쁜 영향을 미치는 건가요?"

"너는 나를 위해 구현하고 나는 너를 통해 구현한다. 이번 생을 시작하기 전에 우리가 계획했던 것들에 대한 펼쳐짐의 시간들이 지금 흐르고 있는 것이다. 운명이 정해진 것의 펼쳐짐인지 펼쳐지는 것들의 총합인지에 대해 묻지 마라. 운명은 우주적인 협연을 통해 다차원적으로 펼쳐지는 것이다. 눈을 뜨고 뜻 없이 돌아치는 것보다 눈을 감고 내면을 들여다보는 게 훨씬 인생을 잘 사는 길이다. 인생은 늘이는 게 아니라 줄이는 것, 생성이 아니라 소멸로 가는 역설의 과정이기 때문이다. 그것을 깨치지 못한 대부분의 사람들은 그 반대의 인생을 산다. 과정은 언제나 늘이고 생성하는 것처럼 보이기 때문이다.

갓난아기가 인생을 늘이고 생성하는 것처럼 보이지만 결국에는 죽음에 이르는 과정이라는 걸 알면 과정보다 인과에 관심이 쏠릴 수밖에 없게 된다. 인과는 없으면 없을수록 자유로워지는 것이다. 이것을 반드시 명심하도록 해라. 너희들은 인과의 덫에 걸리는 게 아니라 너희들이 인과의 덫을 만들어내는 것이다. 인과는 인과를 소멸시키기 위한 장치일 뿐이다."

"자의식이 버려지지 않는다는 건 조종당한다는 불쾌감, 나로 살지 못한다는 자괴감, 복종해야 한다는 무력감을 불러옵니다. 차라리 그런 걸 자각할 수 없는 상태로 수레를 굴리거나 게임 캐릭터를 부리는 게 더 합리적이지 않을까요?"

"게임은 늘 리셋되고 있다. 정신을 차리고 집중하는 삶을 살수록 리셋은 상승의 효과를 얻게 된다. 그것이 살아 있는 운명, 창조적인 운명, 재탄생하는 운명이 된다는 걸 알아라. 정해진 운명을 주어진 대로 사는 것도 쉬운 일은 아니지만 그것이 기본이라는 걸 생각하면 창조적인 운명의 소유자가 얼마나 높은 가치를 얻게 되는지 가늠할 수 있을 것이다. 그러니 조종당한다고 생각하지 말고 좋은 영감을 받는다고 생각하며 살아라. 그것이 인간의 관점, 너의 관점에서 가능한 표현이다. 지금 이 정도에서 모든 걸 수긍하고 받아들이지 않는다면 우리의 창조 작업은 더 이상 전개되지 못한다. 창조의 주체를 놓고 괴로워하는 건 네 자신을 우주적으로 고립시키는 일이다. 나는 이런 상황도 창조적인 에너지로 활성화시킬 수 있지만 너에게는 그것이 혜택으로 주어지지 않는다. 거기서 너와 내가 명백하게 분리되기 때문이다. 내가 너의 존재를 인정하고 실재인 것처럼 받아들여 주는 것도 게임의 규칙 때문이라는 생각이 들지 않느냐?"

"제가 백기를 들고 복종하는 수밖에 달리 길이 없다는 거네요."

"게임의 규칙은 게임을 실제적으로 받아들이는 것이다. 얼마나 단순한가."

"게임의 규칙에 무조건적인 복종과 순종도 포함되어 있다는 뜻인가요?"

"너희에게는 복종이나 순종을 의식할 겨를도 주어지지 않는다. 네가 게임 자체를 지나치게 의식하는 경향을 보이는 건 너에게 오래된 영의 에너지가 투사된 탓도 있고 투사된 에너지의 비중이 다른 영들의 그것보다 많게 투사된 이유도 있을 것이다. 너에게 부과된 프로그램의 하중이 그만큼 무겁다는 의미이다. 몇 톤짜리 짐을 옮겨야 하는데 자전거를 쓰겠나 리어카를 쓰겠나? 인생 프로그램에 따라 투사되는 영들의 에너지 비율이 다 다르다는 말이다."

"그렇다면 이보리는 어째서 제가 구상한 대로 구현되지 않는 것인가요?"

"지구상에 애초의 구상대로 완벽하게 펼쳐지는 인생이 있는가?

나는 너를 수정하고 너는 이보리를 수정해야 하지만 그것은 곧 나도 수정당한다는 증거이기도 하다. 그것에 부정적인 에너지로 저항한다면 너에게 주어진 창의성은 더 이상 빛을 발휘하지 못할 것이다."

"제가 보리의 전생으로 설정한 두 사람에게 문제가 있는 것인가요?"

"전혀 다른 문제이다. 보리는 지구에서 환생한 존재가 아니기 때문이다."

순간, 주변으로 확산되는 엄청나게 밝은 빛.

"그렇게 엄청난 발언을 하시는 건, 제가 이 소설을 더 이상 쓸 수 없다는 의미인가요?"

격렬한 진동.

"알고 쓰는 거나 모르고 쓰는 거나 마찬가지다. 너의 문제로 돌리면 준비가 부실했다고 자탄하게 만들고, 나의 관점으로 말하면 보리의 계획은 사전 유출을 금지하는 게 원칙이기 때문이다. 이제 오래잖아 모든 차원의 문이 열리면 이 소설의 시공간에는 실재와 비실재, 물질과 비물질, 존재와 비존재가 모두 함께 공존하게 된다. 나는 지금 네가 받게 될 엄청난 충격을 이해하지만 그럼에도 불구하고 나는 너를 이해시켜서는 안 된다."

"보리가 지구에서 환생한 존재가 아니라면, 그럼 그는 도대체 뭔가요?"

더욱 격렬한 진동.

"그는 다른 은하계에서 지구로 들어온 워크인이다."

그 순간, 백광의 빛 속에서 상위자아의 존재감은 소멸한다.

상위자아와의 접속을 끝내자마자 나는 곧바로 인터넷 검색을 시작했다. '워크인'이라는 말을 살아생전 처음 들었기 때문이다. 한글로 입력했지만 별다른 검색 결과가 나타나지 않았다. 다른 은하계에서 지구로 들어왔다고 했으니 'Walk-In'일 거라고 추정해 영어를 입력해 보았지만 마찬가지, 적절한 검색 결과를 찾을 수 없었다. 그리하여 아침이 훤히 밝아올 때까지 검색에 검색을 거듭하다가 도달한 지점에서 나는 기겁할 만한 내용 하나를 발견했다.

> 워크-인(Walk-In) : 원래의 영혼이 육체를 떠나고 그 육체에 영적 상태의 외계인이 들어와 살게 된 경우.*

> 그들은 다양한 경로로 지구에 온다. 일부는 가벼운 물체로부터 인간 형체로 물질화되기도 하고, 일부는 우주선을 타고 오기도 하고, 일부는 육신을 떠나고자 하는 영혼과 교체해서 워크-인으로 오기도 한다. 가벼운 아스트랄체(영혼과 육체의 중간적 존재)에서 단단한 인간 육체로의 전환이 지구인들이 생각하듯이 그렇게 어려운 것은 아니다. 지구에 사는 사람들에게만 어렵게 보일 뿐이다. 그들은 창조주의 의식 속에서는 사고의 형태로 존재하다가 에테르체가 되고, 그다음에 아스트랄체가 되고, 최종적으로 지구 차원에서 단단한 육체로 존재하게 된다.**

---

* 루쓰 몽고메리, 『우리 속의 외계인』, 김수현 옮김, 초롱, 2000, 14쪽.

** 루쓰 몽고메리, 『우리 속의 외계인』, 김수현 옮김, 초롱, 2000, 225쪽.

내가 찾아낸 검색 내용을 그대로 받아들인다면 실제 이보리는 이미 죽고 다른 외계 존재가 그 몸에 들어와 살고 있다는 얘기가 되는 셈이었다. 그리고 그것은 내가 이보리의 전생으로 설정했던 티베트 승려가 죽기를 원하는 영국인의 몸으로 영혼 이주를 한 것과 동일한 방식이라서 더욱 경악하지 않을 수 없었다. 도대체 이 은밀하고 놀라운 계획은 언제부터 시작되고 또한 어디까지 진행되려고 나를 이토록 혼란스럽게 하는 것일까.

6

오후 6시경부터 갑작스럽게 날빛이 어두워진다. 한껏 무성해진 유월의 녹음이 검은 녹빛으로 가라앉더니 곧이어 장마철의 폭우를 연상케 하는 굵은 장대비가 쏟아진다. 일관된 빗소리 사이로 창공을 가르며 오히려 창공으로 파고드는 듯한 천둥소리가 산발적으로 들린다. 다른 시공간의 여음처럼 둔중하고 파괴적인 음향이다.

보리는 거실 1인용 소파에 혼자 앉아 내리는 빗줄기를 망연한 표정으로 내다본다. 쏟아지는 빗줄기로 인해 수목의 경계가 흐려지고 있지만 그사이로 스며드는 어둠의 기운은 완연하다. 젖은 어둠에서는 보는 것만으로도 무거운 습기가 느껴진다. 비바람에 밀리는 수목의 움직임이 빗줄기 이면에서 불안정한 율동을 지속하지만 실내의 차단감은 오히려 견고하다.

정여진이 그림자처럼 소리 없이 움직여 어르신이 상담할 때 앉는 1인용 소파에 와서 앉지만 보리는 옆을 보지 않는다. 휘장이 걷힌

공간에 나란히 앉아 내리는 빗줄기를 내다보지만 두 사람의 모습은 발코니 창에 전혀 비치지 않는다. 불을 밝히지 않아 어둠에 파묻혀가는 내부와 세찬 빗줄기로 흐려진 외부는 서로 다른 두 세계의 대립, 영원히 하나가 될 수 없는 평행우주처럼 막막해 보인다.

"혹시 어디로 나가고 싶지 않나요?"

정여진이 혼잣말처럼 묻는다.

"지금, 저 밖으로?"

보리가 혼잣말처럼 중얼거린다.

"그렇죠, 내 말은 마음에 어떤 자극이 없는가 하는 거예요."

"거의, 별로……."

"이곳으로 온 지 한 달이 가까워지는데 어떻게 그럴 수 있죠?"

"상관없어요. 정해진 시간이 있으니까요."

"정해진 시간이란 프로그램 같은 건가요?"

"그런 셈이죠."

"당신도 나처럼 믿는 게 있군요."

"믿는다기보다 의식하고 있는 거죠."

"그게 뭔지 말해 줄 수 있나요?"

"아직, 누구에게도 말한 적 없어요."

"그런 걸 간직하고 있으면 답답하지 않나요?"

"우주 전체가 답답한 시스템이죠. 벗어나야 할 시스템이니까."

"결국 운명에 갇혀서 자신이 원해도 나갈 수 없다는 얘기로군요."

"오늘 밤, 어떤 기다림은 실현될지도 몰라요. 그래서 기다리는 중이에요."

"오늘 밤?"

정여진이 자세를 고쳐 앉으며 놀란 표정으로 보리를 돌아본다. 하지만 보리는 여전히 바깥으로 시선을 고정한 채 움직임을 보이지 않는다. 어떤 쪽으로도 판단하기 어려운 모습, 그 시각 그가 그곳에 있다는 것마저 증명하기 어려운 자세로 그는 굳어간다. 폭우가 내리는 광경을 주시하는 것인지, 빗소리를 듣는 것인지, 정여진과의 대화에 집중하는 것인지, 그중의 어떤 것도 아닌 것인지, 그중의 어떤 것도 아닌 것이 아닌 것인지.

밤 10시 40분, 정여진이 다급한 표정으로 보리의 방문을 노크한다. 보리가 문을 열자 그녀는 손에 휴대폰을 든 채 준비하라는 말을 전한다. 그것을 이미 예상하고 있었던 듯 보리는 준비할 게 없다고 대답한다. 그녀가 체념적인 표정으로 보리에게 묻는다.

"무슨 조화죠? 어떻게 몇 시간 뒤에 일어날 일을 미리 알고 있었던 거죠?"

"잠재적 가능성을 들여다본 거죠."

"지금은 준비를 해야 하니까 나중에 다시 얘기해요. 그럴 수 있죠?"

"아마도."

그로부터 한동안 저택 전체에 분주한 움직임이 지속된다. 폭우를 뚫고 어르신이 예고도 없이 갑작스럽게 찾아오는 이유가 저택의 거주인 모두를 긴장하게 만든 때문이다. 두 명의 경호원이 우산을 든 채 마당으로 나가 대기하고 아래층을 담당하는 여성도 현관에 대기하고 정여진도 2층 거실을 상담 구조로 바꾸느라 바쁘게 움직인다. 하지만 오직 한 사람, 보리만은 지극히 태연한 자세로 자신에게 지정된 의자에 앉아 휘장이 쳐지고 상담 세트가 준비되는 광경을 주시한다. 그 광경 속에서 그는 열린 공간으로부터 한정된 공간으로 점차 유폐되어 간다. 발코니 쪽만 열리고 나머지 3면이 모두 차단돼 디귿 자 공간에 갇힌 형상.

이윽고 어르신이 2층 출입문 안으로 들어서는 소리가 들린다. 어르신 이쪽으로, 네네, 하며 조필규가 부축하는 기척이 곁들여지고, 네 그렇게, 이쪽, 하는 정여진의 음성이 이어지지만 뚜렷한 내용의 대화는 들리지 않는다. 이윽고 휘장이 쳐진 보리의 바로 옆 공간에 어르신이 안착하는 소리와 거칠고 불규칙한 숨소리가 동시에 들린다. 그렇게 5초, 10초, 15초, 20여 초의 시간이 흐른 뒤, 어르신이 조필규와 정여진을 싸잡아 단호한 어조로 지시한다.

"실내 불을 모두 소등하고 아래층으로 내려가. 한 사람도 2층에 남아 있으면 안 된다."

조필규가 네, 어르신, 알겠습니다, 하고 대답하는 사이 네, 하는 정여진의 낮고 짧은 대답도 스며든다. 곧이어 움직이는 기척, 그리고 완전한 소등. 출입문이 열리고 닫히는 소리가 들린 직후 어둠 속에서 빗소리가 과장스럽게 증폭된다. 빗줄기 때문인가, 도심의 먼

불빛도 스러져 푸르스름하게 보일 뿐이다. 어둠은 완벽하고 빗소리는 줄기차고 우렁차다.

다음 순간, 그 모든 배경음을 밀어내는 놀라운 움직임과 소리가 어둠에 뚜렷한 빗금을 긋는다. 차르르, 하는 소리와 함께 보리와 어르신 사이의 휘장이 순간적으로 걷힌다. 사람의 형상은 보이지 않지만 공간이 열렸다는 건 분명하게 감지할 수 있다. 너무 놀란 나머지 보리는 아무 말도 꺼내지 못한 채 고개를 돌리고 그 어둠의 내부를 주시할 뿐이다. 어둠밖에 보이지 않는데도 그 중심으로부터 분명한 존재감과 에너지가 확장된다. 심하지는 않지만 상대 공간으로부터 술 냄새가 스며들어 보리가 앉은 공간으로 넘어온다.

어르신 : 내가 보이나?

이보리 : 느껴집니다.

어르신 : 좋아. 보는 것보다 느끼는 게 더 확실하지.

이보리 : …….

어르신 : 오늘은 상담하러 온 게 아니니 안심하게. 아니 안심하면 안 되지. 상담보다 더 중요한 일일 수도 있으니까.

이보리 : …….

어르신 : 혹시 말이야, 어쩌면 이 공간에 도청장치가 있을 수도 있으니까 의자를 내 쪽으로 좀 더 당겨. 이제부터 나는 속삭이듯이 말을 할 거야.

이보리 : 도청장치라구요?

놀란 어조로 보리는 되묻는다.

어르신 : 그래, 도청장치. 믿어지지 않겠지만 나에게는 수도 없이 많은 적들이 있어. 뿐만 아니라 그들은 수단과 방법을 가리지 않고 나를 거꾸러뜨리려 협력하고 있어. 내부에 첩자가 있을 수도 있고, 외부에 저격수가 있을 수도 있어. 도청장치 같은 건 요즘 시대에 기본이잖아. 그러니 항상 조심하는 게 좋아. 나뿐 아니라 자네도 말이지.

이보리 : 조심하겠습니다.

어르신의 주문대로 보리는 1인용 소파를 어르신 쪽으로 바투 당겨 앉는다.

어르신 : 이건 심각한 극비 사항이니까 지금부터 내가 하는 말을 자네는 무덤까지 가져가야 해. 이 비밀이 외부로 유출되면 정말 모든 게 끝장날 수 있어. 지금은 상황이 생각보다 심각하고 치열하거든. 무슨 말인지 알아듣겠나?

이보리 : 알겠습니다.

어르신 : 자네를 의심하는 건 아니지만 이런 걸 알아내려고 하는 세력이 있기 때문에 자네가 이 사실을 알게 되면 지난번처럼 심각한 일이 발생할 수 있어. 자네가 다칠 수도 있다는 말이지. 이건 조집사도 모르는 비밀이야.

이보리 : 그렇게 엄청난 비밀을 왜?

어르신 : 잠자코 들어봐. 내가 오죽하면 이렇게 비가 내리는 야심한 밤에 자네를 보러 왔겠나. 그냥 올 용기가 나지 않아 코냑을 다섯 잔이나 마시고 왔어. 상황을 이해하겠나?

이보리 : …….

어르신 : 좋아. 그럼 이제부터 내가 오직 자네만 들을 수 있게 말을 할 테니 잘 듣게. 내가 이렇게 속삭이면 설령 이 공간에 도청장치가 설치되어 있어도 들리지 않을 거야. 술 냄새가 날지라도 내 쪽으로 상체를 좀 더 가까이 굽히게.

보리는 상체를 어르신 쪽으로 굽혀 밀담을 나누는 자세를 취한다. 그러자 어르신이 다시 속삭이기 시작한다.

어르신 : 나에게 오늘 아주 기가 막힌 일이 일어났어. 10여 년 가까이 연락이 두절됐던 딸에게서 국제전화가 걸려온 거야. 나에게 딸이 있다는 거 모르지?

이보리 : 당연지사.

어르신 : 이건 내 주변의 어느 누구도 모르는 비밀이야. 조 집사도 모른다고 아까 말했지? 내 아들놈도 몰라. 공식적으로 나에게는 아들놈 하나만 있는 것으로 돼 있지. 하지만 나는 젊은 날부터 많은 여자들을 접했고 딸애는 그 과정에서 나도 모르게 태어났어. 그 아이를 낳은 여자는 당시에 꽤 촉망받던 발레리나였어. 경제적인 어려움이 있다고 해서 내가 은밀하게 후원하다가 그만 그렇고 그런 사이가 돼 아이를 갖게 됐는데…… 내가 단호하게 아이를 지

우라고 하자 갑작스럽게 종적을 감춰버렸어. 사람이 너무 순수하다 보니, 잉태된 생명을 없앨 수 없다며 산중의 기도원으로 들어가 나 모르게 아이를 낳아버린 거야.

나는 몇 년이 지난 뒤에 그 아이의 존재를 알게 됐고 그 아이가 성장하는 데 어려움이 없게 뒤에서 잘 보살펴줬어. 그런데 그 아이가 너무 영리하고 영특해서 어릴 때부터 감당할 수 없는 재능을 발휘하기 시작한 거야. 국내는 물론이고 국제 수학 올림피아드에서 두 번 연속 만점을 받으며 세상을 놀라게 했지. 나는 그 애의 신분이 노출되지 않도록 서류상으로 가짜 아빠까지 만들어주고 최선을 다해 뒷바라지했지. 고등학교 때부터 미국 과학영재학교로 유학을 보냈는데 열여섯 살에 미국 유일의 영재 대학이라고 불리는 바드 사이먼 록(Bard Collage at Simon Rock)에 입학을 했어. 나는 그 애가 그렇게 잘 풀려나가 국제적인 과학자가 되기를 진심으로 바랐는데…….

의자의 등받이에 등을 기대는 기척, 그리고 긴 한숨 소리. 그렇게 몇 초가 지난 뒤 어르신은 다시 상체를 보리 쪽으로 굽히고 속삭이기 시작한다.

어르신 : 그런데 그 아이 엄마가 자궁암 말기라는 게 밝혀진 뒤부터 문제가 생기기 시작했어. 아이가 학교를 그만두고 한국으로 돌아와 엄마 옆에 붙어 간병만 하는 거야. 그때까지 나는 그 아이를 보이지 않게 뒷바라지했는데, 그 무렵에 그 아이를 호스피스 병

동에서 처음으로 만났어. 그 아이 엄마가 생명의 불꽃이 스러지기 전에 애비 모습을 한번 보여주고 싶었던 거겠지. 그 아이는 그때까지 자기 아버지가 서류상 죽은 것으로 돼 있었는데 살아 있는 다른 이름의 아버지를 보고, 자기 출생의 내막을 알게 되면서 너무 큰 충격을 받은 거야. 그래서 나는 그 아이에게 엄마가 세상을 떠나면 정식으로 유전자 검사 자료를 첨부해 호적에 이름을 올려주겠다고 했지. 하지만 그 아이는 성품이 너무 꼿꼿하고 강직해서 내가 감당하기 어려웠어. 그게, 그때 그런 일만 없었으면…….

상체를 뒤로 젖히고 긴 한숨을 내쉬고 나서 어르신은 잠시 호흡을 가다듬는다. 그런 뒤 문득 생각난 듯, 이렇게 속삭이는 내 말이 잘 들리나? 하고 보리에게 묻는다. 잘 들립니다, 하고 보리가 대답하자 속삭이는 게 훨씬 힘들어, 하고 속삭인다. 그런 뒤에 다시 하던 얘기를 이어나간다.

어르신 : 제 엄마가 세상을 떠난 뒤에 결국 그 아이는 대학으로 돌아가지 않고 인도로 갔네. 처음에는 여행을 간 줄 알았는데 1년, 2년, 3년이 지나도 돌아오지 않더군. 나는 통장으로 그 아이가 세계 어디에서든 애로 없이 살아갈 수 있을 만큼의 돈을 넣어줬지만 도무지 소식이 없더군. 5~6년이 지난 뒤 전화를 한번 걸어와 중국 서부에 있다고 하더군. 중국의 서부 어디냐고 했더니 티베트 가까운 고산지대라고 하더군.

그리고 다시 여러 해 소식이 끊겨 죽었는지 살았는지도 알 수 없었는데 한 번은 티베트에서, 한 번은 네팔에서 전화를 걸어와 몇 년에 한 번씩 자기 존재를 확인시켜 주더군. 하지만 그게 다였어. 잘 있다, 지원금 감사한다, 건강해라, 그렇게 몇 마디 하고 끊는 게 전부였으니까. 하지만 나는 그마저도 감사해서 그 아이 음성을 들을 때마다 감동과 회한과 자탄이 뒤섞인 심정이 되어 눈물을 흘리곤 했다네.

그런데 그 후로 소식이 끊긴 게 근 10년이 가까워져 나는 그 아이가 이 세상 어딘가에서 뭔가 잘못되어 죽은 게 아닌가 하는 불길한 생각에 시달릴 때가 많았다네. 나 같은 애비를 만나지 않고 정상적인 가정에 태어나 사랑받고 자랐다면 세상을 위해 그 좋은 재능을 마음껏 발휘하며 행복하게 살았을 텐데, 출생부터가 그렇게 잘못되었으니 그게 모두 내 잘못이라는 생각으로부터 나는 도무지 벗어날 수 없었네. 내가 죽일 놈이라는 사실, 내가 천벌을 받을 놈이라는 죄의식은 그 애를 통해 더욱 분명해졌어. 내가 지은 죄를 확인시켜 주기 위해 그 애가 태어난 것 같다는 생각이 도무지 뇌리에서 떠나질 않는 거야.

거기까지 얘기하고 나서 어르신은 다시 의자의 등받이에 몸을 붙인다. 어둠의 공간에 길고 긴 질곡의 스토리가 스며들자 실내 공기의 밀도가 높아지고 의외의 온기가 생성된다.

어르신 : 그런데 말이야.

속삭이는 어조를 깨고 평소처럼 시작하다가 아차, 하는 기색과 함께 어르신은 반사적으로 말을 멈춘다. 곧이어 속삭이는 어조로 다시 이야기를 시작한다.

어르신 : 그런데, 그렇게 10년 가까이 소식이 없던 그 애가 오늘 나에게 전화를 걸어왔다는 거야. 이거, 이거, 내가 좀 전에 말했지?

이보리 : …….

어르신 : 내 말 제대로 들었나?

이보리 : 들었습니다.

어르신 : 죽었는지 살았는지 10년 동안 생사를 알 수 없던 그 아이한테서 오늘 전화가 걸려왔다는데 이게 안 놀라워?

이보리 : 프로그램이 펼쳐지는군요.

어르신 : 그게 무슨 말이야?

이보리 : 연결되었다는 뜻입니다. 시공간을 압축한 모종의 얽힘이 드디어 펼쳐지기 시작했다는 거죠. 타임캡슐이 빛을 받은 겁니다.

어르신 : 무슨 자다가 봉창 뜯는 소리야? 무슨 말인지 모르겠지만 그냥 좋은 뜻으로 받아들이겠네. 아무튼 그렇게 기쁜 소식을 받았는데 내가 이렇게 폭우가 쏟아지는 밤에 왜 자네를 찾아왔겠나? 그게 궁금하지 않나?

이보리 : 저와 연결된 문제 때문이겠죠.

어르신 : 저? 지금 저라고 했나?

놀란 어조로 묻는다.

이보리 : 네, 저라고 했습니다.

어르신 : 자네는 지금껏 자신을 말할 때 이보리라고 하지 않았나. 갑자기 왜 그러는 거야?

이보리 : 프로그램이 펼쳐지기 때문입니다. 이제 저를 드러내야 할 때가 된 거죠.

어르신 : 그런데 내 딸아이와 자네가 무엇으로 어떻게 연결돼 있다는 거지? 내가 모르는 뭔가가 그 아이와 자네 사이에 있다는 건가?

갑자기 육성이 터진다. 다소 흥분한 어조.

이보리 : 연결고리까지는 알지만 그 이상은 모릅니다.

고개를 들어 어둠 속의 형상을 올려다보며 보리는 속삭인다. 주변 어둠보다 더 깊은 어둠의 형상이 뚜렷하게 부각돼 있다. 머리가 벗겨지고 다소 긴 얼굴, 그리고 전체적으로 골격이 큰 인간의 형상 내지 어둠의 형상.

어르신 : 나도 그걸 모르겠어. 정말 그것 때문에 여기 오는 동안에도 답답해 미칠 것 같았는데, 내가 먼저 자네에게 묻겠네. 하늘을 걸고 나에게 솔직한 대답을 해줄 수 있겠나?

다시 속삭이는 어조로 묻는다.

이보리 : 하늘을 걸지 않고도 솔직하게 말씀드릴 수 있습니다.

어르신 : 좋아, 그럼 묻겠네. 자네 송여주라는 사람 아나?

이보리 : 따님 이름인가요?

어르신 : 그렇다네.

이보리 : 모릅니다.

어르신 : 그런데 그 아이는 자네를 알아. 자네가 내 상담사로 고용되었다는 것까지 안다구. 어떻게 외국에 있는 애가, 그것도 10년 가까이 연락이 두절되었던 애가 자네 때문에 전화를 걸어올 수 있느냔 말이지. 이게 말이 돼?

이보리 : …….

어르신 : 어떻게 그럴 수 있지? 국내에 있지도 않은 아이가 어떻게 자넬 아느냐고.

이보리 : 그걸 저에게 물으시면 제가 뭐라고 답할 수 있을까요?

어르신 : 알면 안다, 모르면 모른다고 하면 되지.

이보리 : 모릅니다.

어르신 : 모르는데 그 애가 왜 그런 말을 해? 그 애가 그런 거짓말을 만들어서 해야 할 이유가 없잖아.

이보리 : 어떤 말을 했나요?

어르신 : 그 사람이 보내달라고 할 때 아무것도 묻지 말고 보내주세요. 그것이 한 번이건 두 번이건 혹은 그 이상이건 간에 무엇도 묻거나 따지시면 안 돼요……. 그게 그 애가 자네를 안다면서 나에게 한 말의 전부야. 도대체 그게 무슨 말인지 자네는 알아듣겠나?

이보리 : 제가 어르신께 보내달라고 해야 할 일이 생기고, 그것에

대해 어르신은 결정을 내리셔야 할 거라는 걸 송여주라는 분이 알고 있는 거죠. 그런 일이 생길 거라는 건 저도 예감하고 있습니다.

어르신 : 예감? 자네가 예감하는 건 뭔가? 그 예감이 내 딸과 연관된 일이라면 나도 알아야 하지 않겠나?

이보리 : 선불리 말씀드릴 수 없습니다. 상황이 생기면 말씀드리겠습니다.

어르신 : 그 아이가 자네를 아는 건 혹시 내 주변에 그 애에게 정보를 제공하는 인간이 있다는 뜻은 아닐까? 자꾸 의심이 들어. 찜찜해.

이보리 : 그런 차원의 일이 아닙니다. 상식과 상상을 초월하는 상황이죠.

어르신 : 상식과 상상을 초월하는 상황?

이보리 : 지금 그런 상황이 시작되고 있습니다. 송여주라는 분이 그 메신저로 먼저 연락을 취해온 것이고요.

어르신 : 이게 도대체 무슨 귀신 씨나락 까먹는 소리인지, 원…….

어르신은 의자 등받이에 소리가 날 정도로 등을 기대며 중얼거린다. 곧이어 무거운 침묵이 시작되고 빗소리가 다시 고조된다. 밀도가 한껏 높아진 실내 대기에 온기 대신 냉기가 느껴진다. 그때 번개가 번쩍이며 찰나적인 섬광이 실내에 명멸한다. 그 순간, 보리는 머리를 뒤로 젖히고 허공을 올려다보는 어르신의 얼굴을 스캔한다. 출력할 수 없는 속도, 감지된 것이 형상인지 홀로그램인지 시뮬레이션인지 분간하기 어려울 정도의 찰나. 이어 천둥소리가 저택의 상층부에서 지붕을 찢어내는 듯한 굉음으로 터져 오른다.

✦

어르신이 떠난 뒤 정여진이 2층으로 올라와 실내조명을 밝힌다. 보리는 자신의 자리에 앉은 채 움직이지 않는다. 실내조명 탓에 밖이 전혀 보이지 않고 실내 풍경이 발코니 창에 그대로 반영된다. 보리가 보리를 응시하는 반영 장면, 그 뒤로 정여진이 다가와 선다. 보리는 창에 비친 정여진을 보지만 반응하지 않는다. 정여진이 어르신의 자리에 앉자 비로소 보리가 입을 연다.

"어르신 계실 때처럼 다시 불을 꺼주세요."

"왜요?"

정여진이 다소 의아한 표정으로 묻는다.

"이제 당신이 알고자 하는 것에 대해 대답해야 하니까요."

"대답을 하는데 왜 어둠이 필요한가요?"

"당신의 깊은 이해가 필요하니까요."

"캄캄한 어둠 속에서, 내가 보이지도 않는데 나를 이해시킬 수 있나요?"

"당신의 표면의식보다 심층의식이 나를 알아버렸기 때문에 비켜갈 수 없게 되었어요. 당신은 당신 상위자아의 영적 능력을 모르기 때문에 당신과 나의 결속이 의미하는 차원을 아직 이해 못하고 있어요. 하지만 심층에서는 이미 모든 준비가 되어 있기 때문에 나는 당신에게 모든 진실을 전달할 수 있어요. 지금 우리가 사용하는 불완전한 언어의 의미를 더욱 명징하게 만들 수 있는 에너지가 나에게 있으니까요."

"정신감응으로 대화를 나누자는 건가요?"

"일테면 그런 것이지만 텔레파시를 사용하는 건 아니에요. 내가 지금 사용하는 이 몸은 아직 진동이 낮고 밀도가 높아서 그런 것을 구사할 만한 여건이 되지 않아요."

"당신의 몸에 무슨 문제가 있다는 건가요?"

동작을 멈춘 채 놀란 표정으로 정여진이 묻는다.

"몇 년이 지났지만 나에게는 이 몸이 아직 익숙하지 않아요. 영적 에너지를 자유롭게 구사하지 못하는 감옥처럼 느껴지는 거죠. 하지만 3차원 진동으로 말하자면 아무 문제 없어요."

"그럼 당신은 다른 차원에서 왔다는 건가요?"

"네, 저는 다른 항성계에서 지구로 들어온 존재입니다. 한마디로 간단히 설명하긴 어렵지만 저 같은 존재들을 워크인이라고 합니다."

잠시 사이를 두었다가 깊고 무거운 어조로 보리는 말한다.

"당신은 정말 여러모로 나를 놀라게 하네요. 나는 당신이 단순하게 성적 장애가 있는 사람으로 생각했는데 이제 보니 그것도 전혀 사실과 다른 위장이었다는 생각이 들어요. 연기를 하고 있는 건가요?"

"연기를 하는 게 맞습니다. 저는 이보리를 연기하지만 이보리가 아니고, 이보리가 아니지만 이보리의 모습으로 지구에 머물고 있는 겁니다. 이 경계는 매우 민감하고 섬세해서 경계를 유지하는 게 매우 어렵게 느껴질 때가 많아요."

"이곳에 이런 모습으로 앉아 있는 게 연기라면 실제의 당신은 어디에 어떤 모습으로 있는 게 정상인가요?"

"이제 불을 끌 시간이네요. 불을 끄고 오면 시작하죠."

정여진이 자리에서 일어나 출입문 앞으로 가 우측 벽면에 부착된 전체 소등 버튼을 누른다. 갑작스럽게 빛과 어둠이 자리를 바꾸며 실내의 시간성과 공간성이 동시에 소멸한다. 정여진이 자리로 돌아오자 눈을 감고 편안한 자세를 취하라고 보리가 말한다. 그런 상태로 이제부터 말을 하는 입도 없고 몸도 없고 오직 정신만 남겨진 것 같은 우주의 에너지 바다를 떠올려보라고 보리는 속삭인다.

보리의 유도에 정여진은 의자에 등을 기대고 머리를 뒤로 젖힌 채 내면의 에너지 바다로 차츰 스며들어간다. 이윽고 보리와 그녀 사이에 감응의 영역, 소통의 영역, 고유의 채널이 서서히 활성화된다. 정여진이 어둠 속에서 팔을 뻗어 보리의 손을 잡는다.

"당신은 처음부터 당신에게 주어진 정보 이상으로 나를 알아보고 있었어요. 내가 이 집에 오던 첫날, 2층 공간으로 올라와 당신을 보던 첫 순간, 나는 말로 표현하기 어려운 깊은 현기증을 느꼈어요. 그것은 내가 미처 예상할 수 없던 스토리 전개, 전혀 준비되지 않은 대비 상황의 폭발처럼 나를 당황하게 만들었죠."

정여진의 심신에 빈틈없이 스며드는 어조로 보리는 말한다.

"그 순간이 생각나요. 낯설고 신비스러운 에너지가 올라와 내 앞에 서던 그 순간, 나는 이상한 떨림을 느끼고 있었어요. 나는 아주 오랫동안 떨림 없는 삶을 살아왔는데, 그렇게 강렬하게 나를 진동하게 만드는 에너지가 있다는 게 정말 신기하게 느껴졌어요. 당신은 멀쩡하게 서 있는데 나에게는 당신이 계속 흔들리고 있는 것처럼 느껴져서 정말 이상하다고 생각했어요."

최면에 걸린 듯 정여진은 낮게 속삭인다.

"나도 당신의 떨림을 선명하게 감지하고 있었죠. 하지만 그 떨림이 당신의 영적 순수성으로부터 일어나는 발현이라서 너무 신성하고 숭고하게 여겨졌죠. 당신은 당신 자신이 감지하지 못할 정도로 숭고한 사랑의 에너지를 지닌 존재예요. 그리고 그 에너지를 지치고 상처받은 지구인들에게 훌륭하게 삼투시키고 있어요. 당신 인생의 사역이 얼마나 빛나는지 당신은 잘 모를 테지만 나는 그것을 볼 수 있어요."

"정말인가요? 지금 나의 몸에서 뜨거운 기운이 솟아오르고 그것이 눈을 통해 흘러나가고 있어요. 이렇게 마음을 녹이는 에너지를 당신은 어떻게 구사하는 건가요? 나는 이번 생을 아주 힘들게 살아내고 있었는데 당신 말을 들으니 태어나서 여기까지 흘러온 과정이 순식간에 하나의 궤를 형성하고 의미를 얻는 것 같아요."

그녀가 숨죽여 흐느끼는 여음이 어둠의 바닥으로 무겁게 가라앉는다.

"당신의 에너지는 이를 데 없이 숭고하고 존엄해요. 지금 이렇게 당신과 접속하고 있는 동안 느껴지는 이 깊은 에너지를 나는 오랫동안 잊지 못할 겁니다. 기억에 완전하게 아로새겨져서 시공간에 간섭받지 않는 데이터를 영원히 유지할 수 있을 것 같아요. 그 어떤 에너지로부터도 간섭받지 않고 변형되지 않는 완전한 기억이 되는 거죠."

정여진의 손을 잡은 보리의 손에 힘이 들어간다.

"아, 너무 감사해요. 당신에게서 흘러나오는 말은 있는 그대로 치유의 에너지가 되는군요. 나는 오랫동안 저주의 마법에 걸린 사람처럼 내 자신의 존재성을 자각하지 못하고 살아왔어요. 하지만 타임라인 복구 과정에서 당신은 이런 나의 왜곡된 원형성을 해방시켜 주었어요. 나는 어릴 때부터 남자들에 대해 이해하기 어려울 정도로 연민이 많았고 그것으로 인해 많은 성적 학대를 당하기도 했어요. 하지만 이상하게도 나는 그들을 미워하지 못했어요. 그런 문제를 극복하기 위해 상담을 하는 과정에서 소개받은 요가 선생님을 통해 마음을 보는 법을 배우고 인도로 가 6년 동안 요가와 명상을 배우며 내 안에 깃들어 있는 신비스러운 에너지에 조금씩 눈을 뜨게 됐죠."

"당신의 의식 영역에 떠오르는 장면들이 보여요. 아주 깊은 심층의 빛이 받쳐주고 있군요. 당신의 상위자아가 의식하는 진화의 빛이 너무 강렬해요. 그리고 전체적인 오라가 너무 아름답고 심오하군요. 저렇게 아름다운 오라를 본 적이 없어요."

"나도 못 보는 나를 보는 당신은 누구인가요? 이보리가 아닌 진짜 당신은 누구인가요?"

"당신의 심층의식은 첫 순간 나를 알아보았지만 이제 내 스스로 그것을 밝혀야 할 때가 되었군요. 지금부터 내가 하는 말은 잘못하면 당신에게 불편한 에너지로 받아들여질 수 있어요. 에너지 차원에서 불안정한 파동이 생길 수도 있으니 그럴 경우 곧바로 말해 줘요. 제대로 전달되면 나의 진실은 당신에게 물처럼 공기처럼 자연스럽게 삼투될 거예요."

"아뇨, 아뇨. 난 당신을 있는 그대로 받아들일 거예요. 지금, 어서, 당신의 진실이 스며들게 해줘요."

"그럼 시작하죠. 당신이 지난 한 달 가까이 만나온 나라는 존재는 실제 이보리라는 사람이 아닙니다. 이보리라고 할 수 있는 것이 오직 한 가지 있는데, 그것은 육체뿐입니다. 몸은 이보리라는 사람의 것을 입고 있지만 이 안에 담겨 있는 영체와 근원체는 이보리라는 사람의 것과 무관합니다."

"껍데기만 이보리라면 당신의 내용물은 누구인가요?"

"내가 머물던 곳은 시리우스 항성계입니다. 그곳은 지구보다 고차원 영역이라 형상이 없이 에테르 상태로 존재합니다. 필요할 경우 의식으로 형상을 만들어낼 수 있지만 그럴 필요성은 특별한 경우가 아니고는 잘 생기지 않죠. 그곳에서 나는 잉카라는 이름으로 특화된 영인데 그런 특화감은 원시적인 경우에만 의식되기 때문에 그곳의 존재들은 실상 상대를 인식해도 이름 같은 건 사용하지 않습니다.

영들의 세계에서 독자성을 강조하거나 내세우는 건 가장 어리석은 의식행위로 여겨지기 때문에 그런 실수를 하게 될 경우 영들도 날카롭게 자신의 문제를 인지하게 됩니다. 애초 우주 창조의 원형과 하나(Oneness)였음에도 영들은 분리 관념을 통해 자신들의 존재감을 느끼고 싶어해 온갖 양상의 물질우주를 만들고 그 속으로 들어가 갖가지 체험을 하며 '나'라는 망상 놀이를 하게 된 것이죠. 우주가 시작될 때부터 영들은 다시 하나의 상태로 되돌아가는 물질우주에서의 대장정을 시작했는데 언젠가는 다시 하나의 상태가 복원되고 우주라는 망상 놀이터도 사라질 거라고 믿고 있어요.

내가 존재하는 시리우스 항성계는 고차원 영역이라 밀도가 낮고 에너지가 높아 형상 없이 존재하지만 특별한 경우 지구 같은 물질 학습장으로 들어와 자신의 진화 계획을 실현하는 경우가 있습니다. 지금, 이보리의 몸을 입고 있는 내가 바로 그런 경우이죠. 그것을 위해 나는 지구로 오는 데 필요한 몸을 구해야 했고, 그것을 물색하는 과정에서 영적 가이드로부터 이보리라는 존재를 소개받았습니다. 몸을 입고 지구 생활을 할 수 있는 발판을 마련하게 된 거죠."

"당신 같은 고차원의 영들은 지구의 인간들과 같은 탈 것을 가지고 있지 않나요?"

"영과 혼의 연결 시스템은 3차원 시공간에서만 사용하는 구도입니다. 모든 우주가 지구 학습장과 같은 구조를 이루고 있는 건 아니죠. 그런 의미에서 지구는 굉장히 특이하고 재미있는 학습장임에는 틀림이 없습니다. 부정적인 관점으로 보면 지구는 전체 우주에서 유일한 행성감옥 같은 곳이라고 볼 수도 있죠. 그래서 여러 은하계에서 다양한 목적으로 이 공간으로 들어와 위장 생활을 하는 우주인들이 많습니다. 3차원에 들어와 직접적인 삶을 경험하고자 할 경우, 우리 같은 영들은 반드시 인간의 몸이 필요하기 때문에 몸을 얻는 과정을 선택해야 합니다. 나는 다 성장한 몸을 선택하고 그것을 입게 되었지만 어떤 영들은 아예 지구에서 태어나는 환생 과정으로 들어가 목적을 달성하기도 합니다. 그런 존재들을 버스인(Birth-In)이라고 하죠."

"중간에 들어온다는 말을 이해할 수 없어요. 당신이 이보리라는 사람의 영혼을 쫓아내고 몸을 차지했다는 건가요?"

"아뇨. 절대 그럴 수 없습니다. 굉장히 민감한 부분이라 설명이 쉽지 않지만 가장 중요한 것은 상대 영혼과의 합의입니다. 이보리라는 존재의 영과 혼이 모두 몸을 떠나는 것에 동의하고 나에게 자리를 비워주지 않는 한 그와 같은 이주는 이루어질 수 없습니다. 지구상에 태어났던 이보리라는 사람은 어린 시절부터 겪은 내적 상처를 극복하기 위해 참으로 훌륭하게 생을 견디며 살아냈습니다. 그는 성장 과정에서 자신의 출생 배경과 어머니의 자살을 알게 되고 그것을 극복하기 위해 운명에 대해 연구하는 치열한 삶을 살았습니다. 인간이 도대체 뭐고 인생이 무엇이기에 지구적 삶이 이런 식으로 전개되는가.

그는 그 뿌리를 찾기 위해 집요하게 공부를 했고 그 자료들을 모아 『인간 문제의 궁극에 대한 답』이라는 책을 출간하고자 했습니다. 하지만 그는 마지막 부분에 이르러 인간이 상위자아에 매달린 일종의 꼭두각시일 거라는 가설, 3차원 시뮬레이션 게임에 등장하는 게임 캐릭터일 거라는 단정에 빠져들면서 깊은 회의에 사로잡히고 그것을 극복하지 못해 결국 인생을 포기하기로 결심합니다. 자기 삶의 불행을 인간과 인생에 대한 연구로 극복하려 했으나 결국 마지막 고비를 넘기지 못하고 인생에 막을 내리려 한 것이죠."

"그렇게 인간 차원에서 알 수 없는 부분은 누군가, 그러니까 이보리의 상위자아 같은 존재가 알려주면 안 되나요?"

"그런 게 가능한 시스템이라면 지구상에 불행하게 살 사람이 아무도 없겠죠. 그건 우주의 대원칙에 어긋납니다. 아무리 고차원 우주의 영일지라도 저차원 존재들의 프로그램에 직접적으로 개입하면 안 됩니다. 차원 간의 불간섭 원칙, 그것이 우주에서는 가장 중요한 원칙이 되고 그것을 어길 경우 가차 없이 에너지 보상 법칙에 걸려 대가를 치르게 됩니다. 지구상에 태어나는 사람들이 자기 상위자아와 분자코드로 연결되어 있다고 해도 그와 같은 불간섭 원칙 때문에 상위자아가 직접적으로 나서서 문제를 대신 해결해 줄 수 없는 거죠.

상위자아는 인간에게 간접적인 영향력을 구사할 수 있는데 그것도 지구와 같은 환경에서는 에고가 구사하는 절대적 방해 에너지 때문에 큰 힘을 발휘하지 못합니다. 3차원 지구의 지배자는 에고라고 해도 과언이 아니죠. 그래서 지구에 태어난 모든 인간은 에고의 바다에 떠 있는 한 척의 소형 선박 같은 삶을 유지하게 됩니다. 영적 프로그램 에너지가 강한 환기력을 발휘하지 못하기 때문에 강력한 에너지를 사용하는 에고는 인간의 심령을 갉아먹고 병들게 하고 실패하고 좌절하게 만들죠. 자포자기하고 자학하고 자해하고 심할 경우 자살하게 만들기도 합니다. 그렇게 대부분의 인간들은 지구라는 학습장에서 리셋당하는 거죠.

에고의 승리는 3차원 세상의 리얼리티를 점점 더 강화하고 악의 세력들로 하여금 더 큰 힘을 사용하게 만듭니다. 이런 강화 프로그램이 지구라는 3차원 시뮬레이션 게임장의 운영 원리라고 할 수 있죠."

"그럼 이보리라는 사람은 자살을 한 건가요?"

"그가 수면제 복용으로 자살하려는 의도를 사전에 확인받았고, 그의 상위자아도 그것을 승인했기 때문에, 실제적으로 이보리의 인생은 리셋 단계로 접어들었습니다. 그는 수면제를 복용하고 열여덟 시간이 지난 뒤에 발견되어 병원으로 실려 가고 혼수상태에 빠져 중환자실에서 위세척과 회생 시술을 받게 됩니다. 그 과정에서 실제 이보리의 혼은 몸을 떠나고 그 내적 공백을 이어받아 나는 그의 몸을 입고 매우 민감한 적응 과정을 거치기 시작했죠."

"그럼 이보리라는 사람이 낸 책은 누가 쓴 건가요?"

"그의 몸을 입고 그의 거처로 돌아가 적응하는 과정에서 나는 그의 노트북에서 엄청나게 방대한 양의 인간과 인생에 대한 탐구 자료들과 그가 집필하다 결말 부분에서 중단한 『인간 문제의 궁극에 대한 답』의 원고를 보게 되었습니다. 그는 다시 환생하기 위해 대기 차원으로 돌아갔지만 그가 남긴 그 원고는 나의 지구 사역을 위해 필요한 도구가 될 것이라 결말 부분을 수정하고 보완해 책으로 출간했습니다. 나는 그 책을 매개로 어르신과 연결고리를 형성하고, 그것을 통해 이 소설의 차원을 확장하고, 더 넓은 우주 영역으로 이 소설이 펼쳐지게 오리엔테이션 텍스트로 활용했습니다."

"차원 간의 불간섭 원칙을 생각한다면 당신이 이보리의 책을 수정하고 보완해서 출간하는 것도 간섭이 아닌가요? 이보리는 그것을 완성하지 못했는데 그것을 당신이 완성한다는 게 왠지 석연치 않네요."

"그것은 나에게 필요한 프로그램 전개 과정의 일부라서 이보리와는 무관합니다. 수많은 선택과 갈림에 의해 그 책이 독립적인 스토리 매개물이 되었기 때문입니다. 그 책이 다음 생에 환생한 이보리의 인생 프로그램과 연관을 지닐 수도 있지만 현재로서는 나와의 매개 상황이 우선이기 때문에 괘념할 필요가 없습니다. 우주의 스토리텔링 방식은 막힌 구조보다 열린 구조를 우선하기 때문에 시간과 사건의 전개 가능성에 제한이 없습니다. 다 열려 있는 거죠."

"당신이 수정 보완했다는 결말 부분의 내용은 뭔가요?"

"간단히 요약하자면 인간의 자유의지에 관한 것입니다. 정말 미묘한 부분이라 간단히 언급하는 건 쉽지 않지만 이보리는 인간에게 자유의지가 터럭만큼도 없다는 결론을 내렸고 거기서 그의 인생은 리셋되었습니다. 그는 자신이 내린 극단적인 결론 때문에 더 이상 삶을 연장하기 힘들었던 것이죠.

나는 자유의지의 유무보다 주어지는 상황과 그것에 대한 선택을 통해 인생 프로그램이 전개되는 것으로 결론 지었죠. 어떤 식으로 결론을 내려도 사실 크게 문제가 될 건 없습니다. 우주에서는 할 수 있는 모든 것이 다 창조의 가능성이 되니까요. 이렇게 펼쳐지거나 저렇게 펼쳐지거나 궁극에는 극성의 반전이 일어나 다 하나로 만나게 되니까요.

인간에게 자유의지가 없다면 지구는 영들의 의지만을 반영한 고차원 영역이 되었을 겁니다. 역으로 말하자면 인간의 혼이 자유의지를 구사할 수 있었기 때문에 에너지를 오용하고 남용한 결과, 지구상에 현재처럼 악의 에너지가 차고 넘치게 된 거죠. 자유의지가 없다면 그 모든 지구적 정황을 영들이 주관했다는 얘기가 되는 것이니 말이 안 되죠. 영은 하나인 동시에 전체적인 구성력을 지니고 있기 때문에 순수하게 창조되는 악이란 존재할 수 없어요."

"인도에서 공부할 때 스승님들로부터 인간이 신들의 꼭두각시라는 가르침을 받았었는데…… 그것도 완전히 잘못된 건가요?"

"믿는 대로 되니까 잘못된 것이라고 할 수 없죠. 손바닥 안이 손일까요, 손바닥 밖이 손일까요, 아니면 안과 밖 전체가 손일까요?"

"안과 밖 전체가 손이라고 한다면?"

"전체가 손이라고 해도 그 손에는 안과 밖이 존재하잖아요. 손을 안쪽의 관점에서 말할 때와 밖의 관점에서 말할 때 많은 것들이 달라지니까요. 자유의지의 문제는 그와 같은 것이죠. 본질은 하나이지만 관점은 무한대로 늘어날 수 있으니까요."

"그럼 당신은 어떤 목적을 가지고 지구로 온 건가요? 이보리라는 사람의 몸을 빌려 입고 이 지구에 와서 무엇을 하려는 건가요?"

"안타깝지만 그건 말할 수 없군요. 나도 지구에 들어와 지구인의 몸을 입고 의도에 반하는 온갖 방해 에너지에 시달리는 이상 잠재적인 가능성을 확정적인 가능성으로 끌어올려 말할 수가 없네요. 나의 큰 뜻은 지구를 도우려는 것이고, 지금 지구는 지구인들의 자체 능력으로 해결할 수 없는 심각한 위기에 봉착해 있습니다. 지구에서 발생할 수 있는 상상을 초월할 만한 재앙은 전 우주에 심각한 영향을 미칠 수 있고 그것 때문에 많은 우주인들이 지금 지구로 들어와 음으로 양으로 활동하고 있습니다. 나 같은 워크인과 버스인, 심지어 우주선과 UFO로 들락거리는 외계인까지 합하면 그 수를 헤아리기 어렵습니다. 지금 지구는 전 우주의 화약고이자 지뢰밭이라고 해도 과언이 아니죠. 우주적인 시간으로 보면 일촉즉

발의 상황입니다."

"지구인들은 전혀 그렇게 생각하고 있지 않은데요."

"오직 지구인들만 그렇습니다. 차원 간 교류를 못한 채 갇혀 있으니까요."

"그럼 당신에게 나는 무엇인가요? 내가 이렇게 묻는다면 당신은 이런 질문에도 답을 할 수 있나요?"

"나의 정체를 밝히게 했기 때문에 당신의 존재성은 이 순간 이미 다른 의미로 부각되었습니다. 하지만 나는 이후의 당신, 그리고 당신과 나의 미래적 관점에 관해서는 아무것도 말할 수 없습니다. 잠재적인 파동 속에서 심하게 요동치고 있으니까요."

"불안정하다는 뜻인가요?"

"지구상의 말로 하자면, 예측하기 어렵다는 뜻입니다. 하지만 한 가지 에너지에 대해서는 지금 이 순간 분명하게 말할 수 있습니다. 모든 게 잠재적 가능성 속에 있지만 당신이 품고 있는 큰 사랑의 영역으로부터 내 의식의 많은 부분이 큰 힘을 얻고 있다는 사실, 그것은 가감 없는 진실입니다. 이 에너지를 당신도 느낄 거라고 믿습니다."

정여진이 어둠 속에서 몸을 일으켜 보리의 무릎 위로 올라간다. 그녀의 움직임에 보리는 반응하지 않는다. 정여진도 보리의 목에 양팔을 두르고 그의 뺨에 자신의 뺨을 붙인 채 움직임을 멈춘다. 그녀가 뭐라고 속삭이지만 보리는 반응하지 않는다. 그녀가 이렇게, 지금, 이렇게, 하는 토막난 말들을 속삭이자 보리가 그것을 받아 천천히 되새김질한다. 외부 세상을 휘젓는 빗소리 속에서 보리의 말은 금속의 언어처럼 명징해져 주변의 모든 불안정한 기운과 강렬하게 대비된다.

"지금 이 순간, 있는 그대로……."

6#

어느 날 나는 세 명의 남성 소설가들과 술자리를 가졌다. 그들 중의 하나가 거금의 창작지원금을 받게 되었다고 연락을 취해 성사된 자리였다. 네 명이거나 다섯 명으로 조성되는 이 남성 작가들 모임은 술을 마시고 각자의 관심사에 대해 다양하게 떠드는 것 말고 아무 목적을 지니고 있지 않았다. 도무지 만나려야 만날 수 없는 인연들, 그러니까 의식적인 모임을 의도한다면 불가능에 가까운 캐릭터들의 조합이라서 그 자연스러운 미팅은 언제나 신선도를 잃지 않았다. 천차만별, 비슷한 구석이라곤 털끝만큼도 없는 그 캐릭터들을 하나로 엮어주는 중심 동력은 오직 술뿐이었다. 술이 있다면 언제든 만날 수 있고 술이 없다면 만나기 힘든 사람들. 하지만 술을 전제로 한다고 해도 각자의 인생 프로그램 전개 과정이 다르니 시간을 맞추는 게 쉽지 않아 1년에 한두 차례 보는 게 고작이었다.

"선배님, 명상을 할 때 정말 뚜껑이 열립니까? 열려서 다른 차원으로 나가고 들어오는 게 가능합니까? 단도직입적으로 그것만 말해 주세요. 난 정말 그게 알고 싶어 미칠 것 같거든요. 그것에 대한 확신만 생기면 지금 당장이라도 땅바닥에 큰대자로 엎드려 신에게 귀의할 수 있을 것 같아요."

1년 반 만에 다시 만난 자리에서 셋 중의 하나가 나에게 거칠게 물었다. 6개월 정도 해외에 머물다 돌아온 그에게서 터져 나온 첫 질문이 너무 공격적이라서 나는 당황하지 않을 수 없었다. 출국하기 전에 그는 정서적으로 상당히 불안정한 상태를 보였고 그 자신도 그것을 인정했기 때문에 해외에서 보내는 6개월이 큰 변화를 불러올 거라는 예상에 대해 그와 나는 이의 없이 동의했었다. 하지만 1년 반이 지난 뒤 다시 만난 그에게서는 정서적 불안감 대신 궁극에 대한 극단적이고 거친 갈급증이 느껴졌다. 그런데 그것이 나에게는 자연스럽게 이해되고, 그가 보이는 심리적 조바심이 오히려 그의 진화를 증명하고 있다고 해석되었다. 그는 자신이 사부로 모시는 선생을 찾아가 똑같은 질문을 하고 야단을 맞았다는 말을 덧붙이기도 했다.

"뚜껑이 열린다고 해도 되고, 육체가 소멸된다고 해도 되고, 나라는 자의식이 소멸된다고 해도 되고, 나의 영과 혼이 일체를 이룬다고 해도 되고, 나라는 에너지가 우주 에너지와 하나가 된다고 해도 되고…… 다 돼. 그건 어쩌면 마약을 하는 경험과 흡사할 거야. 마약을 하는 사람들이 그것을 통해 경험하는 정신적 경로가 일정하다는 보고가 있었잖아. 그 궁극의 경지를 의식적으로 경험한 뒤에 그것을 다시 경험하고 싶어 중독자가 된다는 거지. 나는 명상도 그와 같은 에너지 중독이라고 생각해. 마약처럼 몸을 망가뜨리지 않고 오히려 활성화시키는 에너지 중독이라는 게 다를 뿐이지. 그 에너지가 온몸에 퍼져 일어나는 다차원적인 의식 경험을 어떻게 말로 형용할 수 있을까?"

나는 그가 봉착한 궁극의 문제 혹은 차원의 경계에 대해 긍정적으로 인도해 주고 싶었다. 그래서 망설이지 않고 그렇게 말했다. 망상자아를 벗어던지고 나면 완전히 다른 차원이 열린다는 요지였지만 그는 어떻게 나를 벗어던질 수 있는가, 그것에 대한 의구심을 쉽게 떨쳐버리지 못하고 있었다. 그것을 반영하듯 술을 마시며 여러 번 불안하다, 초조하다, 왜 이렇게 불안하고 초조하지? 하는 혼잣말을 여러 번 중얼거리곤 했다.

나는 분자코드가 활성화되고 상위자아와의 소통이 시작되면 그 불안과 초조가 깊은 연대감을 통해 소멸된다는 말을 그에게 해주고 싶었지만 그가 그 내적 구조와 필요성을 갈구하기까지 좀 더 시간이 필요할 거라는 판단으로 더 이상 조언하지 않았다. 그와 같은 에너지 파동이 실시간적으로 그를 못살게 구는 이유는 오직 한 가지, 그가 불안하고 초조하지 않을 수 있는 유일무이한 통로를 스스로 개척하라는 독촉인 동시에 독려였기 때문이다.

그렇게 뚜껑을 연 그날의 술자리는 새벽 2시경까지 계속되었다. 뚜껑이 열리느냐 열리지 않느냐로부터 시작된 그날 술자리의 화두는 종국에 이르러 '인간은 무엇인가'로 환원해 다양한 의견이 개진되었다. 하지만 그 마지막에 대체적으로 고개를 끄덕이며 서로의 의견을 존중하고 또한 수긍한 내용은 게임 캐릭터로서의 인간, 그리고 게임 환경으로서의 3차원 세상에 대한 것이었다. 그것에 양자역학까지 덧붙여져 파동함수로 유지되는 차원과 파동함수가 붕괴된 차원을 곁들여 '인간은 3차원 게임 캐릭터'로 귀결되었다. 그래서 그 술자리에 모인 게임 캐릭터 넷을 부리는 게이머들이 오늘 밤의 게임을 언제 어떻게 끝낼 것인가에 대해 횡설수설 서로 다른 예상을 했다. 술을 몇 차까지 마실 것인가, 술을 며칠 동안 마실 것인가 등등 어처구니없는 예상을 하다가 아무래도 게이머들이 노래방을 좋아하는 것 같다며 자의가 아닌 타의로 노래방에도 갔다.

노래방에서 넷 중의 하나는 여자친구와 문자를 주고받다가 황망히 사라졌고 나머지 셋은 낡은 노래방 기계에 에너지를 뺏기며 게임 캐릭터로서의 운명을 저주하는 노래를 고래고래 악을 쓰며 불렀다. 아무리 알고자 하고, 아무리 안다고 해도 끝끝내 벗어날 수 없는 운명에 갇힌 인간들, 한계 용량을 다 소진한 게임 캐릭터들처럼 그들은 빠르게 지쳐가고 있었다.

지친 심신을 충전하기 위해 일주일 동안 집필을 중단하고 여행을 다녀오기로 했다. 머리를 식힐 겸 다녀와야겠다고 작정한 두 군데 중 한 곳은 부산이고 다른 한 곳은 동해안의 헌화로였다. 부산에 대학교수로 재직 중인 후배가 있는데 그가 집필 중에 여러 번 취중

전화를 걸어 인생이 힘들다는 고백을 했었다. 인생에 앙앙불락하지 않고 너그러운 삶의 자세를 보이던 철학 전공의 그가, 그것도 비트겐슈타인으로 박사학위를 받은 그가 인생이 힘들다고 죽는 소리를 치는 건 몇십 년 만에 처음 있는 일이라 은근히 걱정을 하지 않을 수 없었다. 그래서 휴식 기간 중에 반드시 부산으로 내려가 그를 만나고 오리라, 작업 중에도 마음에 다짐을 두고 있었다. 동해안의 헌화로는 바다를 끼고 달리는 풍광이 아름다운 곳이라 카메라를 지참하고 가볍게 드라이브 여행을 다녀올 참이었다. 그러고 나서 다시 작업을 시작하리라.

결과적으로 나는 두 곳 다 일주일 동안의 휴식 기간 중에 다녀오지 못했다. 다녀오지 못한 것인지 다녀오지 못하게 된 것인지를 따진다면 나는 망설임 없이 후자를 고를 것이다. 나의 자의사로 못 간 게 아니라 부산을 못 가게 만든 결정적 이유를 되새기지 않을 수 없다. 부산 같은 경우 가려고 날짜까지 잡았지만 외국 생활을 하는 친족이 갑자기 귀국해서 나를 만나자고 하는 바람에 못 가게 되고, 다시 날을 잡으려고 하니 후배에게 일정이 생겨 갈 수가 없었다. 우선순위로 잡은 부산이 뒤로 밀리니 헌화로는 자연스럽게 김이 빠져 물거품이 될 수밖에.

부산과 헌화로가 무산된 이유를 나는 상위자아의 개입으로 돌렸다. 부산행을 도모하던 무렵부터 상위자아로부터 메시지가 다운로드되기 시작한 때문이었다. 그와 같은 다운로드에 나는 매우 민감하게 숙련되어서 언제, 어디에서건 하던 일을 멈추고 그것을 휴대폰 메모장에 곧바로 받아 적곤 했다. 새벽 등산을 하다가도 받아 적고, 명상을 하다가도 받아 적고, 지하철이나 버스를 타고 가다가도 받아 적고, 술을 마시다가도 받아 적었다. 전광석화처럼 뇌리를 스쳐가는 순간적인 아이디어와 달리 상위자아의 메시지는 완성형 사유로 거침없이 빠르게 다운로드되곤 했다. 그 내용은 나와 무관한 것, 내가 도무지 떠올릴 수 없는 것, 어떻게 보아도 나의 사유라고 할 수 없는 것들이라서 나는 그것을 분명하게 분별할 수 있었다.

부산행을 구체적으로 도모하던 무렵부터 다운로드되기 시작한 메시지는 아주 오래전부터 내가 문제 삼고 있는 민감한 부분에 관한 것들이었다. 요컨대 상위자아와 인간의 관계성에 대해 내가 골몰하는 문제들. 나는 그것을 '인간의 고유 의식' 내지 '인간적 자존심'이라고 주장했지만 인간을 '탈 것'으로 규정하는 상위자아의 입장에서 본다면 나의 생각은 불손하고 발칙하기 짝이 없는 것일 수 있을 터였다. 그러니 천금 같은 휴식 기간임에도 불구하고 상위자아가 그런 메시지를 나에게 전송하는 게 아니겠는가.

인간의 자유의지는 3차원 작동 방해 프로그램, 즉 에고의 개입에 의해 극대화된다. 이때 사용하는 캐릭터 또는 퍼스낼리티의 자유의지가 고유한 것처럼 여겨질 수 있지만 그것도 전체 프로그램의 일부라는 걸 간과해서는 안 된다. 에고는 미션 프로그램을 망가뜨리도록 인간을 끊임없이 유혹하고 꼬드긴다. 그것에 넘어간 인간이 인생 궤도에서 이탈하면 자멸·자학·자해·자살을 부추겨 가차 없이 사형을 집행한다. 이런 게임 요소에 영은 직접적으로 개입하지 않는다. 감독 역할을 할 뿐 선수 역할을 대신하지 않는 것이다. 그런 관점으로 보자면 인간은 에고의 난바다 위에 떠 있는 한 척의 쪽배와 다를 게 없다.

육체 안에는 여러 체(體)가 공존하지만 크게 보아 혼체는 육체를 입고, 영체는 혼체를 입고, 근원체는 그 모든 것에 편재된다. 근원체를 이해하는 지구인들의 수준은 그것을 하나님이나 창조주로 대체하지만 실제로는 훨씬 심오하고 근원적인 창조성 그 자체라 어떤 방식으로도 형용하기 어렵다. 근원체는 그 어떤 것에도 직간접적인 개입을 하지 않는다. 다만 편재되어 그것 자체가 될 뿐이다. 그러므로 만물은 근원체와 하나를 이룬다. 지구인들의 방식으로 표현하자면 '하나님 안에서 만물은 하나를 이루고, 하나 안에서 만물은 하나님을 이룬다'고 표현할 수 있을 것이다. 하나님을 밥 먹듯 입에 올리는 사람들은 만물을 내포하고 만물에 내포된 그 '하나'에 '님' 자를 붙여 그 존재가 곧 자신에게만 특별하게 국한된다고 자부하는 불치의 망상병 환자들이다.

부산행이 좌절되고 휴식 기간임에도 다운로드가 진행되던 무렵부터 나는 상위자아와의 신경전에 급격하게 전의를 상실하기 시작했다. 나의 의지는 휴식 기간을 상정하고 있는데 상위자아는 작업을 지속하고 있다는 게 명백해진 이상, 나는 허수아비로서의 삶을 자인하지 않을 도리가 없었다. 뿐만 아니라 상위자아가 보내오는 다운로드 메시지도 왠지 세뇌용인 것 같아 의심의 눈길을 보내지 않을 수 없었다. 영은 감독 역할을 할 뿐 선수 역할을 대신하지 않는다면서 어째서 부산과 헌화로에 내 마음대로 가지 못하게 하는가. 가지 못하게 할 뿐만 아니라 휴식 기간에도 미묘한 메시지를 보내 의식의 목덜미를 움켜잡는 이유가 무엇인가. 감독이 선수의 플레이를 사사건건 조종하는 꼭두각시 게임 구조가 아니고서야 어찌 그것을 이해할 수 있겠는가 말이다.

✧

일주일 동안의 휴식이 허망하게 막을 내리던 밤, 나는 유체계에서 상위자아와 접속했다. 상위자아의 배경에는 빙벽처럼 거대하고 흰 이미지가 어른거리고 있었지만 나는 그것이 무엇인지 알아차릴 수 없었다. 곧이어 빙벽처럼 거대하고 흰 그것은 붉게 너울거리는 이미지로 바뀌며 나의 의식을 어지럽게 만들었다. 녹빛으로 바뀌기도 하고 청빛으로 바뀌기도 하며 그 이미지는 나를 점점 더 혼란스럽게 만들었다. 나중에는 그 모든 것들이 원심력을 조성하며 어지러운 맴돌이를 이루기도 했다. 나는 그것이 무엇인지 상위자아에게 묻지 않을 수 없었다.

"나는 지금 네 혼의 불안정한 에너지 상태를 보여주고 있다. 네가 왜곡하고 네가 불신하고 네가 불만스러워하는 모든 것, 너의 인간적 자존이라는 것이 너의 혼에 대한 이해 부족에서 오는 것이라는 걸 너는 모르고 있다. 물론 그것을 네 스스로 알아차리기 전까지 나는 너에게 도움을 줄 수 없다. 너는 인간의 모든 행위가 영의 의도로 이루어진다고 믿지만 영과 혼이 다른 기능을 지니고 있다는 것까지 깨친 네가 어째서 그렇게 터무니없는 자존의 늪에 빠져 허우적거리는지 이해를 할 수 없구나. 너에게 이것은 너무 오래된 의식의 습관이다. 그것으로 인해 너의 진화는 너무 오래 느즈러지고 있구나."

"영과 육체 사이에서 혼이 하는 일이 도대체 뭔가요? 설령 혼이 육체를 부린다고 해도 그것은 혼을 부리는 영의 의도와 직결될 수밖에 없는 것 아닌가요?"

상위자아와 나 사이에 가장 첨예하게 대립되던 문제가 드디어 곪아 터지는 형국이었다. 차라리 잘되었다는 생각이 들기도 했지만 상위자아의 배경에서 끊임없이 소용돌이를 이루는 불안정한 이미지를 보고 있노라니 내가 매우 불온한 상태에 빠진 것 같아 깊은 자괴감이 느껴지기도 했다. 그때 소용돌이를 이루던 배경의 이미지들이 거짓말처럼 스러지고 깊이를 알 수 없는 어둠만 들어찬 시공간에서 상위자아가 준엄한 메시지를 전했다.

"이 문제로부터 자유로워지는 것이 네 인생의 마지막 과제가 될 것이다. 그것을 위해 나는 너와의 접속을 차단하고 너의 요구가 있을 때에도 너에게 접속을 용인하지 않을 것이다. 너희들이 술에 취해 노래방을 가고 안 가는 것까지 영들이 간여한다면 지금 네가 내 앞에서 이렇게 불신 의사를 가지고 나와 접속하는 게 어떻게 가능할 거라고 생각하느냐. 이 문제는 이제 오롯이 너의 것이 되었으니 너의 소설 작업에 대한 가호도 더 이상 기대해서는 안 된다. 내가 너에게 영감을 주고 가르침을 주고 에너지를 주는 것은 나의 역할이지만 너에게 제시되는 문제는 철저하게 너의 선택에 의해 전개된다는 걸 깨치기 전까지 너는 길을 잃고 오래 방황하게 될 것이다. 하지만 그 방황과 소모가 나에 의해 이루어진다고 생각하는 건 망상이니 스스로 깨어나기 바란다.

영은 다차원적으로 혼을 품어주지만 혼에게 제시되는 3차원 미션에는 어떤 식으로도 직접적인 간여를 하지 않는다. 그래서 혼에게 카르마가 생기고, 윤회가 지속되는 것이다. 카르마는 혼이 만드는 것이지 영이 만드는 게 아니다. 영인 나의 입장에서 보자면 너는 혼이다. 인간으로 태어나는 것도 혼이고 죽은 뒤에 영계로 되돌아오는 것도 혼이다. 하지만 그 혼은 나의 일부이다. 그 근본 원리를 네 스스로 깨치기 전까지 너는 한 발자국도 더 이상 나아갈 수 없게 될 것이다.

안타깝지만 너의 미래를 나는 그렇게 미리 보고 있다. 너의 혼이 곧 너이고 너의 혼이 곧 너의 마음이고 너의 혼이 곧 너의 육체를 부린다는 걸 스스로 깨친 뒤에야 너와 나는 다시 접속하게 될 것이다. 그제야 비로소 너는 제대로 된 나의 일부가 될 것이다. 그때가 찰나처럼 다가오기를!"

상위자아의 메시지를 접한 뒤 나는 기이한 멀미를 느끼며 다급하게 몇 가지를 더 물었다. 하지만 그 순간부터 갑자기 기억이 흐려지기 시작했는데, 기억에 남아 있는 것들을 근거로 되새겨보면 언제까지인지 알 수 없지만 나는 더 이상 상위자아와 교신할 수 없는 상태, 다시 말해 단절 상태에 빠지게 된다는 메시지를 반복적으로 접했을 뿐이었다. 그리고 마지막으로 상위자아는 보리, 즉 잉카인 그 존재와도 나는 더 이상 접속할 수 없을 거라는 기이한 메시지를 전했다. 왜 그러냐고, 도대체 나한테 왜 그러는 거냐고, 마지막에는 술에 취해 오열하는 듯한 심정으로 나는 유체계에서 극심하게 진동했다. 그러다 퍼뜩 육체로 돌아와 잠에서 깨어났는데, 그 순간 내가 느낀 첫 감정은 이런 것이었다.

아, 이런 관계 너무 역겨워!

7

새벽 4시 15분, 보리는 어둠 속에 결가부좌 자세로 앉아 있다. 지난밤까지 지속되던 요란한 빗소리가 멎고 간간히 새벽 풀벌레 소리가 방으로 밀려든다. 어둠 속에 곧추세운 척추와 두상, 결가부좌를 이룬 하체의 견고한 구도 속에서 내밀한 에너지와 팽팽한 긴장감이 느껴진다. 그러던 어느 순간, 그를 에워싼 주변 공간의 밀도가 갑작스럽게 낮아지며 비현실적인 빛줄기가 나타난다.

보리가 앉아 있는 정면, 그의 이마 높이에서 생성된 가늘고 긴 주홍빛 가로줄이 그의 정수리로 이동한다. 미동도 하지 않는 그의 머리 부분에서 가로줄은 천천히 아래로 이동한다. 정수리를 이등분하는 지점에서 그것은 아래로 이동하며 두상 전체를 스캔, 목 부분까지 내려왔다가 다시 올라간다. 그렇게 한 번, 그렇게 다시 한 번, 모두 세 번의 스캔이 이루어진다. 하지만 보리는 그것을 전혀 알아차리지 못한 채 깊은 명상에 빠져 있다.

이윽고 보리가 눈을 떴을 때 그의 눈앞에는 녹색 형광 물질로 이루어진 세로형의 에어스크린이 떠 있다. 공간을 가름하지 않고 공간 그 자체를 배경으로 삼은 신기한 스크린이다. 거기, 배면이 없는 허공에 녹색 형광 물질로 이루어진 메시지가 게시돼 있다. 그는 결가부좌를 풀지 않은 채 그것을 본다.

잉카 형제님

우리는 워크인으로 지구에 온 형제님의 사명을 알고 있는 대사단(大師團)입니다. 우리는 외계문명과 연합하여 지구를 심령적으로 보호하는 대사단으로서 형제님의 지구 미션을 돕게 되어 있습니다. 하지만 현재 여건상 형제님에게 텔레파시를 보낼 수 없어 원격 에어스크린을 사용합니다.

형제님은 지금껏 워크인의 신분을 숨기고 지구인의 몸을 빌려 살아왔습니다. 형제님이 워크인 신분이라는 건 분명하게 의식하고 있지만 형제님이 지구로 들어온 구체적인 미션에 대해서는 지금도 모르고 있습니다. 조만간 이동 명령이 떨어지고 워크인 집결지에 당도할 때까지 형제님의 미션은 봉인된 상태로 유지될 것이니 우리와 접선할 때까지 지시에 따라 안전하게 이동하시기 바랍니다. 형제님을 노리고 있는 지구암흑사단은 미션을 부여받고 지구로 들어온 워크인들을 색출하기 위해 전 세계를 수색하고 있으니 항상 몸조심하시기 바랍니다.

형제님의 정체는 지구암흑사단에 사전 노출되어 형제님의 머리 부분에 세 개의 매립식 칩이 심어져 있습니다. 그것이 형제님에게서 생성되는 모든 정보를 지구암흑사단에 노출되게 만들고 있습니다. 우리는 그것을 제거하는 것이 형제님에게 가장 시급한 문제라고 판단해 잠시 뒤 원격 파동으로 형제님이 극심한 두통을 느끼게 만들 것입니다. 그 전파에 의해 칩이 작동함으로써 그것의 위치가 밝혀지고 제거가 용이해질 것이니 두려워 말고 주변 사람들에게 병원 이송을 부탁해 두기 바랍니다.

칩이 제거되는 동안이나 그 후에도 형제님을 포획하려는 지구암흑사단의 작전이 지속적으로 전개될 것이니 항상 신변 안전에 만전을 기하고 지정된 장소에서 접선하여 작전이 진행될 수 있도록 준비하시기 바랍니다.

칩이 제거된 후 다시 접속하겠습니다.

에어스크린의 메시지를 읽고 나서 보리는 거실로 나가 정여진의 방문을 노크한다. 새벽 요가를 하고 있던 정여진이 나오자 그는 잠시 뒤 자신을 병원으로 이송시킬 준비를 해달라고 부탁한다. 놀라는 표정을 짓던 그녀는 이내 알겠다고 고개를 끄덕이며 곧바로 아래층으로 내려간다.

정여진이 아래층으로 내려가 경호원들을 깨우는 사이, 2층 거실에 서 있던 보리는 갑작스럽게 허리를 꺾으며 양손으로 머리통을 감싸쥔다. 이마를 바닥에 댔다가 곧바로 우측으로 구르며 미간을 찌푸리고 이를 악다문 채 으으, 으, 으, 하는 신음을 뱉기 시작한다. 그것도 모자라 머리통을 감싸쥔 채 계속 우측으로 몸을 굴리다 기어이 응접세트와 부딪친다.

정여진이 뛰어올라와 보리의 머리를 감싸안으며 괜찮아요, 괜찮아요, 하는 말을 연해 내뱉는다. 정여진을 따라 올라온 두 명의 경호원 중 스포츠형 머리가 어깨가 넓은 경호원에게 차량 준비할게, 하는 말을 남기고 황망히 계단을 다시 내려간다. 그런 뒤 어깨가 넓은 경호원이 정여진의 도움을 받아 보리를 등에 업고 계단을 내려간다. 정여진은 보라색 반팔 티셔츠 차림으로 보리의 등을 떠받치며 따라 내려간다.

"어느 병원으로 가면 되지?"

운전을 하던 스포츠형 머리가 묻는다.

"아무 데나 가까운 병원으로 가. 상황이 급한 것 같다."

조수석에 앉아 뒷좌석의 보리와 정여진을 넘겨다보던 어깨가 다급하게 말한다.

"아무 데나 어디?"

스포츠형 머리가 답답하다는 어조로 말하자 어깨가 정여진에게 묻는다.

"생각해 둔 병원이 있나요?"

여전히 으으, 신음을 뱉는 보리의 얼굴을 감싸안은 채 정여진이 난감한 표정을 짓자 어깨가 다급한 동작으로 어딘가에 전화를 건다. 조 집사님이라고 부른 뒤, 어깨는 상황을 짧게 설명하고 곧바로 전화를 끊는다. 2~3분이 채 지나기 전에 어깨의 휴대폰이 다시 울린다. 전화를 받자마자 그는 네, 알겠습니다, 한마디만 하고 끊는다. 그리고 조필규로부터 전달받은 어르신의 지시 사항을 스포츠형 머리에게 전한다.

"어르신께서 다니시는 병원, 알지? 거기로 모시고 가라신다."

신호를 거의 무시하고 달려 30분이 채 걸리지 않은 시간에 병원 응급실에 당도했지만 입구의 접수 직원들은 상황의 심각성에도 불구하고 지극히 사무적인 표정으로 일을 분리한다. 보리를 업은 어깨만 응급실 안으로 들어가게 하고 정여진과 스포츠형 머리는 출입을 통제당한다. 간단한 신상 기록, 아픈 부위와 증세 따위를 묻는 동안 정여진이 답하고 스포츠형 머리는 응급실 입구 쪽을 향해 경계 근무 임무를 맡은 군인처럼 긴장된 자세로 서 있다. 아직 새벽이라서인가, 응급실 주변은 잠잠한 기류로 가라앉아 있다.

잠시 뒤 어깨가 응급실 밖으로 나오자 접수처 직원이 바코드가 찍힌 종이 밴드 하나를 정여진에게 건넨다. 정여진이 그것을 받아 들고 어깨를 보자 그는 당연히 당신이 들어가야 한다는 표정으로 응급실 안쪽을 턱으로 가리킨 뒤 그도 또한 스포츠형 머리와 함께 경계 자세를 취한다.

정여진이 응급실 안으로 들어가자마자 간호사가 보호자냐고 묻는다. 정여진이 그렇다고 대답하자 언제부터 이런 상태였냐고 묻는다. 새벽 5시가 조금 못 돼서부터 통증이 시작됐다고 정여진이 대답한다. 그러는 사이 흰 가운을 입은 30대 여의사가 침대 옆으로 다가와 보리의 양손을 잡고 흔들며 큰소리로 묻는다.

"환자분, 내 말 들리세요?"

의사가 손을 잡고 세차게 흔들자 보리가 양손으로 머리를 감싼 채 가까스로 고개를 끄덕인다. 이름이 뭐냐고 의사가 다시 묻자 이보리, 하고 새된 소리로 대답한다. 이마와 목, 흰 티셔츠에 진땀이 배어 있지만 그는 필사적으로 머리를 감싸쥔 채 입으로 아, 으, 하는 소리만 되풀이하고 있다. 통증을 유발하는 전파에 일정한 파동이 있는 듯 그의 신음도 일정한 간격으로 밀려나온다. 의사는 이보리가 아직 의식이 있음을 확인하고 구체적인 증세를 본인에게 직접 묻는다. 하지만 이보리는 통증이 일어나는 구체적인 부위라거나 증세 따위에 대해서는 전혀 언급하지 못한다. 머리통 전체가 너무 아프다는 시늉으로 양손을 머리에서 떼었다 붙였다 하는 동작을 두어 번 되풀이할 뿐이다.

잠시 뒤 의사는 컴퓨터단층촬영과 자기공명영상장치를 이용한 검사를 시작할 거라고 정여진에게 말하고 사라진다. 의사가 사라진 뒤 정여진은 다시 보리 옆으로 가 진땀이 배어난 그의 이마와 목을 물티슈로 닦아준 뒤 허리를 굽혀 그의 머리 전체를 가슴으로 싸안는다. 맞은편 침대에 누운, 얼굴이 거무스름한 노파가 15도쯤 턱을 들어올린 채 일정한 간격으로 꺽꺽 하는 입소리를 내며 정여진의 모습을 공허한 눈빛으로 지켜본다.

오전 8시경 조필규가 응급실에 당도한다. 그가 도착했다는 전화를 받자마자 정여진이 응급실 밖으로 나와 계속 검사가 진행 중이라고 말한다. 그때 응급실 문이 열리고 간호사가 이보리의 보호자를 찾는다. 정여진 대신 조필규가 안으로 들어가자 50대로 보이는 머리가 희끗희끗한 의사가 이보리의 침대 옆에서 허리를 굽힌 채 손가락만 한 크기의 손전등으로 안구와 귓구멍을 들여다보며 고개를 갸웃거리고 있다. 조필규가 다가가자 의사는 천천히 허리를 펴며 알 수 없는 표정으로 고개를 몇 번인가 더 갸웃거리다가 문득 생각났다는 듯 조필규를 향해 무겁게 입을 연다.

"정밀 단층 촬영 결과, 현재 이 환자의 관자놀이와 콧속과 귓속에 굉장히 작고 긴 막대형 이물질이 삽입돼 있습니다. 그것 때문에 통증이 유발되고 있는 것 같은데, 그것을 제거하자면 정밀한 수술을 시행해야 합니다. 하지만 그 위치를 정확하게 파악하려면 라디오 전파 감지기와 자기장 감지기를 통한 검사를 먼저 진행해야 하기 때문에 시간이 좀 더 걸릴 것으로 예상됩니다. 이 환자의 몸에 누가 이런 이물질을 삽입했는지 알 수 없지만 그것을 삽입한 흔적도 외부에 전혀 없는 것으로 보아 원인을 파악하기가 어렵습니다. 현재 그 물체들에서 전파가 발신되고 있으니 곧 라디오 전파 감지기와 자기장 감지기를 통해 그것을 스캔하고 곧바로 수술을 진행하도록 하겠습니다."

의사의 말을 듣는 동안 조필규는 양미간을 잔뜩 찌푸린 채 고개만 두어 번 끄덕거린다. 의사가 병동과 연결된 출입문 밖으로 나가자 그도 응급실 밖으로 나와 어르신에게 전화를 건다. 좀 전에 전해 들은 의사의 말을 그대로 전하자 어르신 쪽에서 쉽사리 받아들이지 못하는 듯 그건 저도 잘 모르겠습니다, 그런 이물질을 삽입한 흔적이 없다는 것으로 미루어 그건 아닌 것 같은데, 아니, 네, 그렇죠, 그냥, 제거하면 될 거라는 말인 것 같았습니다, 네네, 잘 알겠습니다, 하고 중간중간 다급한 어조로 상황에 대처하는 말을 주워섬긴다. 상황이 생기면 곧바로 연락드리겠습니다, 하는 말을 끝으로 그는 전화를 끊는다.

✴

수술을 마친 보리가 1인용 입원실로 옮겨진 건 밤 8시 40분경. 11층 가장 안쪽에 위치한 1101호실로 옮겨진 직후 보리를 응급실로 이송한 두 명의 경호원이 복도 중간 지점의 엘리베이터에서 내려 입원실 앞으로 빠르게 걸어온다. 그들은 입원실 안으로 들어가지 않고 입구에 서서 긴 복도를 향해 경계 자세를 취한다. 곧이어 조필규와 정여진이 나타나고 그들은 입원실 안으로 들어간다. 이보리의 얼굴에 가로세로 감기로 붕대 처리가 돼 있어 두 눈과 콧구멍과 입만 열려 있는 형국이다.

"이제 안 아프세요?"

정여진이 보리의 손을 잡고 묻는다.

"전혀."

보리가 짧게 응답한다.

"잠시 뒤 의사가 몸에서 뽑아낸 것들을 가져온다고 했으니 기다려봅시다. 어르신께서도 하루 종일 걱정하고 계십니다. 어떻게 몸 안에 그런 이물질이 들어 있는가, 여러 번 저에게 묻고 또 물으셨습니다만 저로서도 아는 게 없는지라 뭐라 드릴 말씀이 없었습니다."

조필규는 보리의 대답을 자연스럽게 유도하지만 뜻대로 되지 않는다.

"그건 저도 모릅니다. 제가 그걸 알았더라면 문제가 다른 방식으로 풀렸겠죠."

붕대가 감긴 머리를 좌우로 흔들며 보리가 반응한다.

"혹 지난번 납치당하셨을 때 그놈들이 그런 걸 심어놓은 게 아닐까요?"

뭔가를 기어이 알아내고 싶어하는 표정으로 조필규가 다시 묻는다.

"기억에 없는 일들이라 당황스러울 뿐입니다. 어떻게 내 몸의 일부가 아닌 것들이 삽입 흔적도 없이 내 몸 안에 자리 잡고 있는 건지 정말 모르겠어요. 통증이 지속될 때는 송곳으로 뇌를 가장 깊숙한 곳까지 지속적으로 찔러대는 것 같았는데 지금은 감쪽같이 통증이 사라졌어요. 이렇게 거짓말처럼 통증이 사라질 수 있다니……."

"말을 많이 하지 마세요. 그냥 가만히 계세요."

정여진이 보리의 손을 잡고 나직하게 말한다.

그때, 머리가 희끗희끗한 의사가 혼자 입원실 안으로 들어온다. 그의 손에 원형의 작은 플라스틱 용기가 들려 있다. 그는 실내로 들어오자마자 그것을 자신의 손바닥 위에 올려놓고 조필규와 정여진에게 보라는 자세를 취한다. 반경 10센티미터가 채 되지 않을 정도의 둥근 용기 중앙에 지극히 가느다란 세 가닥의 물체가 놓여 있다. 한 개의 길이가 3밀리미터 정도밖에 되지 않지만 그 투명한 내부에는 육안으로 확인하기 어려운 지극히 미세한 장치들이 내장돼 있다.

"이게 뭡니까?"

그것을 들여다보자마자 조필규가 의사에게 묻는다.

"칩입니다."

"칩?"

이해할 수 없다는 표정으로 조필규가 긴장된 표정을 짓는다.

"저희가 수술하기 전에 이 칩들의 발신 위치를 파악하기 위해 관계 기관의 협조를 얻어 라디오 전파 감지기와 자기장 감지기로 검사를 했는데, 이 전자칩들은 비금속성이고 250가우스의 전자기장과 92.7에서 102.9메가헤르츠 사이의 라디오 전파가 발신되고 있다는 결과를 얻었습니다. 이것들의 정확한 기능은 아직 파악되지 않았지만 인간의 기술로 만들어진 게 아니라고 판단됩니다. 이것을 몸에 삽입한 흔적이 없는 것도 놀랍지만 이 작은 칩들이 생물학적 통제와 감시 기능을 하는 전파 발신 내지 일종의 송수신 장치라면 이 환자가 그동안 보고 듣고 경험한 모든 것들이 이 칩을 운영하는 존재들에게 빠짐없이 업로드되었을 거라고 판단됩니다. 어쩌면 원격 조종을 위한 송수신 칩일 수도 있습니다. 아무튼 이것은 매우 중요한 자료라서 저희가 환자와 보호자들에게 보여드리기만 하고 관계 기관에 수술 경과 보고서와 함께 제출해야 합니다. 아마 보고서 제출 이후 관계 기관에서 환자를 조사하러 올 수도 있으니 그리 알고 계세요. 아무튼 수술은 잘되었으니 이 칩들을 추출하기 위해 절개한 부분에 이상만 발생하지 않으면 며칠 내로 퇴원할 수 있을 겁니다. 칩을 찾는 과정에서 애초 예상과 달리 절개 부위가 의외로 커졌으니 덧나지 않게 조심해야 합니다."

"저도 좀 볼 수 있을까요?"

침대에 누워 있던 보리가 상체를 일으키며 묻는다.

"물론이죠. 자, 보세요."

의사가 자신의 손바닥에 놓인 원형 용기를 보리의 눈앞으로 가져간다.

보리는 말없이 그것들을 들여다본다. 그러다가 문득 고개를 들고 의사에게 묻는다.

"붕대는 언제 푸나요?"

"일단 경과를 지켜봐야 합니다. 별 이상이 없으면 2~3일쯤 뒤 풀게 되겠죠."

의사가 나간 뒤 조필규는 어르신에게 보고 전화를 하고 정여진은 침대 옆의 의자에 앉아 보리의 손을 잡는다. 얼굴의 붕대에 가볍게 손을 대며 답답하지 않아요? 하고 속삭이듯 묻는다. 보리가 별로, 라고 응대하자 그녀가 가볍게 고개를 끄덕인다.

"저는 지금 일단 어르신께 돌아가서 상세한 보고를 드려야 할 것 같습니다. 몸에서 이상한 칩이 세 개나 나왔다는 말씀을 드렸더니 굉장히 충격을 받으시고 다방면으로 그 이유를 파악하라는 지시를 하셨습니다. 그동안 이 선생님이 누군가로부터 감시를 받고 있었다면 지금 이 칩들을 제거한 것도 또한 위험에 노출될 가능성을 의미하는 것이라서 실제로 대책을 강구할 필요가 있을 것 같습니다. 그러니 내가 없는 동안 정여진 씨가 이 선생님 곁을 지키고 입원실 입구는 경호원들에게 단단히 당부해 두고 가겠습니다."

자신이 없는 동안이라도 무슨 일이 생기면 즉시 전화하라는 당부를 정여진에게 다시 한 번 남기고 조필규는 입원실을 나간다. 그가 나가고 난 뒤 보리는 정여진에게 리모컨을 눌러 침대를 세워달라고 말한다.

"오늘 밤부터 심상찮은 에너지 파동이 시작되겠군요. 칩이 제거되어서인가, 모든 게 점점 더 명료해지고 있는데…… 상황이 난감하군요. 사방이 다 차단돼 있어요."

각도가 조정된 침대에 등을 기대고 앉아 보리가 혼잣말처럼 중얼거린다.

"뭔가 사건이 생길 거라는 말인가요?"

긴장한 표정으로 정여진이 보리의 손을 잡으며 묻는다.

"사건은 이미 생겼고 이제부터는 그것에 대처할 방법을 찾아야 하는데 현재로선 길이 보이지 않네요. 점점 다가오고 있어요. 점점, 아주 빠르게!"

"뭐가 다가온다는 거죠?"

정여진이 한껏 긴장된 표정으로 묻는다.

"그들의 에너지가 가까워지는 게 느껴져요. 사방에서, 거의 우주적인 에너지를 동원해 그들은 움직이고 있어요. 나를 보호하려는 에너지도 그 반대편에서 동시에 움직이는 게 느껴져요. 엄청난 에너지 게임이 진행되는 것 같아요."

눈을 감은 채 고개를 반쯤 숙이고 보리는 자신이 감지한 에너지에 대해 설명한다.

"느껴지는 대로 말해 봐요. 한쪽은 당신을 찾으려는 에너지이고 다른 쪽은 당신을 지켜주려는 에너지인가요? 그들 사이의 에너지 싸움이 시작된 건가요?"

"맞아요. 내가 수신하고 있는 에너지를 여진 님이 장면으로 바꿔주네요."

고개를 들고 보리가 여진의 손을 잡는다. 그리고 덧붙인다.

"오늘 밤이 굉장한 고비가 될 것 같아요. 나는 아마도, 어쩌면 오늘 밤이나 내일부터 내 의식의 진동을 고조시키고 육체적 활용도 지금보다 다양하게 할 수 있을 것 같아요. 조만간 텔레파시가 올 거예요. 뇌파가 안정된 다음부터 텔레파시를 시작할 거라는 메시지를 받았어요."

"도대체 무슨 말을 하고 있는지 저는 잘 모르겠어요. 하지만 아무 걱정하지 말아요. 밤을 새워 당신 곁을 지켜줄게요. 당신에게 아무 문제가 생기지 않게 제가 잘 지켜줄게요."

붕대가 감긴 보리의 얼굴을 정여진이 가슴으로 감싸안자 보리가 그 자세를 풀고 여진을 자신의 가슴에 안는다. 그렇게 말없이 2~3분 정도 지난 뒤, 여진이 어깨를 들썩이며 울음을 터뜨린다.

"당신에게서 느껴지는 이 에너지는 뭐죠? 이게 뭔데 이렇게 안온한 열락을 느끼게 하는 건가요? 이런 느낌은, 이런 건, 내가 살아 있는 동안 한 번도 느껴보지 못한 건데……."

"그냥 가만히 있어요. 당신은 나의 고차원 진동에 어느 정도 동화되고 있어요. 내가 3차원 육체에 갇혀 있기 때문에 이 진동도 상당히 불안정한 것이지만 이제 3차원 육체에 적응이 거의 끝나가기 때문에 내 고유의 진동이 다시 회복되고 있어요. 이것이 회복되면 나는 이 3차원 시공간에서도 자유롭게 나의 의식을 구사할 수 있어요. 진동을 더욱 고조시키며 뜻한 것을 구현할 수 있게 되는 거죠."

"앞으로 나는 당신을 어떻게 불러야 하나요? 아무리 생각해 봐도 그걸 결정하기 힘들어요. 내 말 이해할 수 있겠어요?"

"물론이죠. 얼마든지 이해할 수 있어요. 간단히 요약해서 말하자면 나는 형식상 이보리이고 본질상 잉카라고 할 수 있죠. 현재로선 그래요. 미션이 끝난 뒤에는 어떻게 될지 현재로선 예측하기 힘들어요. 아무튼 지금은 미션이 중요하니까요."

"당신이 가져온 그 미션이 무엇인지 정말 궁금해요. 나 같은 지구인이 그런 걸 이해하기 어렵겠지만 어째서 당신처럼 다른 차원의 존재가 지구의 문제를 미션으로 삼게 된 건지 잘 납득이 되지 않아요. 지구인들이 자신들의 문제를 스스로 해결할 능력이 없기 때문인가요?"

"지구인들은 지금 자신들이 얼마나 심각한 상황에 처해 있는지 전혀 자각하지 못하고 있어요. 자신들의 차원 안에서 다차원적인 우주전쟁이 벌어지고 있는데도 아무렇지 않게 일상적이고 감각적인 시간을 보내고 있는 것이죠. 하지만 그들에게는 그게 당연할 수밖에 없어요. 지구 역사 이래로 지구상에서 일어난 다차원적인 모든 일들은 철저하게 비밀에 부쳐져 왔으니까요. 3차원에서 3차원 밖에 못 사는 사람들이 있는가 하면 3차원에서 4차원, 5차원적인 문제들과 대립하며 살아가는 존재들도 있어요. 모든 차원이 심각하게 얽혀 있지만 그것을 알아차리고 살아가는 지구인은 극소수에 불과하죠. 3차원은 무대 앞과 무대 뒤가 너무 다른 세상이에요."

"지금 지구에서 무슨 일이 일어나고 있나요?"

정여진이 퍼뜩 보리의 가슴에서 얼굴을 들어올리며 묻는다.

"지구인과 지구인 사이에서 일어나는 갈등과 쟁투는 물질우주의 근원적인 문제들이지만 그들 중 극악한 일부 엘리트 세력과 불순한 외계종들이 연합해 지구 밖의 고차원 문명계와 대립하고 있어요. 그들을 통칭해 지구암흑사단이라고 부르죠. 대부분의 고차원 문명은 지구와 지구인들의 진화와 차원 상승을 도와주고 싶어하지만 그것을 방해하는 지구암흑사단이 지구 전체의 존망을 위태롭게 하고 있어요. 이런 걸 아무리 강조해도 지구인들은 그 심각성을 받아들이지 못해요. 자신들의 피부에 와 닿지 않는다고 외면하는 거죠. 그 피부가 찢기고 피 흘리는 때가 올 때까지 지구인들은 '우주 안의 지구 문제'를 '지구 밖의 우주 문제'로 도외시하는 거죠. 나는, 그래서, 지금, 여기, 이렇게, 와, 있는, 겁니다."

스스로에게 다짐하듯 보리는 마지막 말을 또박또박 끊어 발음한다.

"당신의 몸에 칩을 심은 존재들이 바로 그들이겠군요. 그들이 당신의 미션을 알아차리고 감시하고 조종하기 위해 그런 걸 심은 게 분명해요. 그렇죠?"

"직관적 추리력이 비상하군요. 그들이 보유하고 있는 신기술은 외계의 고차원 문명계로부터 전수받은 것들이라 그런 칩을 사람 몸에 심고 조정하는 건 일도 아니죠. 그들이 지닌 전체적 기술의 수준은 지구상의 누구도 완전히 간파하지 못하고 있어요. 오직 그들 지구암흑사단의 비밀 무기로만 사용할 뿐이니까요."

"그럼 그 지구암흑사단이 당신을 찾아 지금 여기로 오고 있다는 건가요?"

"오고 있어요."

"그럼 당신을 지키려고 하는 그 반대 에너지는 뭔가요?"

"아직 지구적 전모를 다 알아내지는 못했지만 지구암흑사단과 맞서 싸우는 지구수호연대가 있어요. 그들은 세계적인 네트워크를 형성하고 실시간적으로 인터넷 방송이나 유튜브를 통해 지구암흑사단의 은밀한 만행과 UFO 비밀 공개, 지구암흑사단에 종사하던 내부자들로부터 확보한 비밀 정보 공개, NASA에 대한 해킹, 지구암흑사단 상위그룹 명단 확보 작업을 진행하고 있죠. 하지만 지구암흑사단의 최고수장이 지구인인지 외계인인지도 아직 밝혀지지 않은 형편이에요."

"그럼 당신은 지구수호연대의 보호를 받게 되는 건가요?"

걱정스러운 표정으로 정여진이 묻는다.

"나와 접촉한 그룹은 지구수호연대가 아니에요. 나의 몸에 세 개의 매립식 칩이 심어져 있다는 메시지를 에어스크린으로 전해 온 그들은 자신들이 외계문명과 연합하여 지구를 심령적으로 보호하는 대사단이라고 했어요. 내 몸에서 칩을 제거하고 나면 다시 연락을 취한다고 했으니 조만간 연락이 오겠죠. 아마 내 의식의 진동파가 정상적으로 안정되면 그들과 텔레파시로 교신할 수 있을 거예요."

그 순간, 누군가 입원실 문을 노크한다. 정여진이 보리의 손을 놓고 입원실 문을 열자 사뭇 긴장한 표정의 스포츠형 머리 경호원이 잠시 밖으로 나와보라고 말한다. 정여진이 무슨 일이냐고 물어도 그는 대답 대신 빨리 나와보라는 말만 되풀이한다.

입원실 밖으로 나선 정여진의 동공이 순간적으로 확대된다. 입이 벌어지고 순식간에 얼굴에 핏기가 가신다. 11층 길고 긴 복도 끝까지 다양한 차림의 남자들이 좌우 2열로, 다시 말해 통행이 가능한 가운데 공간만 남겨놓고 서로 마주보는 자세로 도열해 있다. 양복 차림도 있고 청바지와 반팔티 차림도 있고 견장과 계급 따위가 붙어 있지 않은 검은 군복 차림도 있고 끝부분에는 경찰복 차림도 있다.

"뭐죠?"

극도로 긴장한 표정으로 정여진이 어깨에게 묻는다.

"저희도 모르겠어요. 나타날 때마다 일일이 다 물었는데 저들 모두가 이보리 선생을 보호하기 위해서 기관이나 모처에서 파견 나왔다고 말하고 있어요."

"조 집사님께 연락했나요?"

"했습니다. 경호 인력을 더 보내겠다고 했는데, 그걸로 상황이 달라질까 모르겠네요."

"문제 해결이 안 되면요?"

"서로 피아를 분간할 수 없는 상황인데 인력을 늘린다고 뭐가 해결되겠습니까? 이보리 선생의 위치가 세상에 노출되었다는 게 문제의 핵심일 뿐이죠."

"옮겨야 한다는 말인가요?"

"그게 정답이긴 하지만 보다시피 인해전술식으로 지키고 있는데 어디로 어떻게 빠져나가겠어요? 정말 난감한 상황입니다. 현재 우리 편은 이 친구와 나 둘밖에 없어요."

그때 정여진과 어깨가 대화를 주고받는 뒤쪽, 입원실 출입구에 이보리가 모습을 드러낸다. 일순 긴장감이 고조되며 복도에 도열해 있던 30여 명이 넘는 인원이 일제히 보리 쪽으로 시선을 집중한다.

순간, 보리가 서 있는 복도 반대편 창유리에 둥근 광원이 형성되며 푸른 섬광이 밀려든다. 거의 동시에 그 광원으로부터 검은 기류가 밀려나오기 시작한다. 복도 양옆에 서 있던 사람들이 기겁하며 벽에 등을 기댄다. 놀란 나머지 복도 중간으로 이어진 다른 복도로 상체를 굽히고 다급히 도망치는 사람들도 있다. 하지만 대부분은 상황을 주시하며 긴장된 표정으로 자리를 지키고 있다. 끝부분의 몇 사람은 다급하게 권총을 꺼내 들고 검은 기류를 겨냥한다.

복도로 밀려든 검은 기류는 앞부분에서부터 빠르게 사람의 형상으로 변하기 시작한다. 사람의 형상이되 검정 일색의 군인 모습이다. 예컨대 독일 병정이 2차세계대전 중에 착용하던 것과 흡사해 보이는 헬멧, 견장도 없고 계급장도 없는 군복형의 상하의와 검정 군화로, 그들은 모든 형상이 동일하게 만들어지고 있다. 기체가 사람의 형상, 특히 군인의 형상으로 바뀌는 과정이 마법처럼 신기하게 보인다.

검은 기류가 하나의 형상을 완성하는 데 불과 몇 초도 걸리지 않는다. 그들은 머리끝부터 발끝까지 온통 검은색이라 자세히 보면 사람이 아닌 것 같다. 몸에 아무런 무기류도 지니지 않은 채 그들은 해면체처럼 흐물흐물, 대단히 기이한 연결 동작으로 움직임을 지속하고 있다. 얼굴 생김새나 크기도 모두 일정해 하나의 판형에서 무수하게 복제해 낸 클론으로 보인다.

블랙클론들이 복도 중앙을 가득 채우는 데 불과 5분도 소요되지 않는다. 족히 100여 명 가까운 인원이 만들어지자 그들은 복도 양옆에 서 있던 사람들을 단지 팔을 들어 그들의 목에 걸고 일정한 보폭으로 걸음을 옮긴다. 엘리베이터 맞은편의 계단 출입문이 열리고 사람들은 아무런 반항도 못한 채 그곳으로 밀려 들어간다.

복도 청소가 끝나자 블랙클론들이 밀집 대형을 갖춘다. 다섯 명이 일렬횡대를 이룬 전체 20열의 밀집 대형이 복도의 대부분을 채우고 그 선두에 지휘자급으로 보이는 블랙클론이 서 있다. 선봉 클론이 보리가 서 있는 방향으로 걸음을 옮기기 시작하자 보리와 정여진 앞에 서 있던 두 명의 경호원 중 한 명인 어깨가 응대하듯 앞으로 걸음을 옮긴다.

너댓 걸음 앞에서 선봉 클론과 어깨는 마주보는 자세로 걸음을 멈춘다. 어깨가 상체를 앞으로 숙이며 유도 겨루기 자세를 취한다. 하지만 클론은 움직이지 않는다. 어깨가 겨루기 자세를 취한 채 우측으로 돌아도 선봉 클론은 움직이지 않는다.

한순간, 어깨가 양팔을 벌리며 선봉 클론의 허리를 겨냥해 상체를 날린다. 하지만 어찌 된 일일지 어깨는 선봉 클론의 몸을 그대로 지나쳐 맞은편 벽에 머리를 부딪는다. 잠시 정신이 혼미해진 표정으로 머리를 흔들던 어깨가 벌떡 튀어 일어나며 이번에는 권투 스파링 자세로 선봉 클론과 맞선다. 하지만 상대는 여전히 움직임을 보이지 않는다. 어깨가 오른손 훅을 날리고 왼손 훅을 날려도 주먹은 공허하게 선봉 클론의 형상에 가격되지 않는다. 기류라는 게 밝혀지는 순간, 갑작스럽게 보리 쪽으로 돌아서며 어깨는 절규한다.

"이거 사람이 아니야! 이것들 전부 사람이 아니라구!"

어깨는 등을 돌려 보리 쪽으로 달려온다. 그리고 다급하게 말한다.

"여기는 저희가 막아볼 테니 어서 입원실 안으로 들어가세요."

어깨의 다급한 권유에도 보리는 동요하지 않고 블랙클론들을 주시한다. 선봉 클론을 앞세우고 그들은 한 걸음 한 걸음 보리가 선 입원실 앞으로 밀려온다. 보리는 양손을 들어 붕대가 감긴 머리를 감싸고 눈을 감는다.

"머리에 통증이 다시 오는 건가요?"

정여진이 보리의 머리를 양손으로 감싸며 묻는다.

"아니 아니, 잠시 집중하는 거예요. 지금, 불안정한 진동 속으로 텔레파시가 전해지고 있어요. 이게 뭔지, 에어스크린을 어떻게 하겠다는 건지……."

보리와 정여진 앞에 두 명의 경호원이 서 있고 블랙클론 대형이 10여 미터쯤 앞으로 다가왔을 때 복도 상단으로부터 갑작스럽게 차가운 냉기가 흘러내리기 시작한다. 그리고 그 순간, 100여 명의 클론들은 갑자기 대형을 해체하며 뜀걸음으로 보리 쪽으로 달려온다. 하지만 빠른 속도로 달려오던 선봉의 블랙클론들은 두 명의 경호원 바로 앞에서 아무것도 보이지 않는 허공에 부딪친 채 연해 뒤로 나가떨어진다. 계속해서 달려들어 보지만 보이지 않는 투명 방어벽에 부딪쳐 그들은 맥을 추지 못한다.

"이거 뭐지? 여기, 앞에 뭔가 보이지 않는 차단막이 생긴 것 같아요!"

극도로 긴장한 표정을 짓고 있던 스포츠형 머리가 반색하며 소리친다.

블랙클론들은 투명 차단막 앞에서 좌우로 몸을 부딪치며 자신들의 형상을 해체하기 시작한다. 곧이어 그들은 기류가 되고, 그 장막

같은 기류로 투명 차단막을 덮는다. 보리가 선 주변이 순식간에 암흑 공간으로 변한다.

"어서 안으로 들어가세요. 여기는 저희가 지키고 있겠습니다."

정여진이 보리를 이끌고 입원실 안으로 들어간다. 그런데 입원실 창밖으로 밝은 섬광들이 여럿 어른거린다. 보리와 정여진이 창가로 다가가자 병원 건물 상공에 세 대의 UFO가 움직임을 멈춘 채 떠 있다. 흔들리듯, 제자리를 맴돌듯, 광원들이 살아 움직이듯 어둠이 물든 허공에서 눈부신 빛을 발하고 있다.

"비켜요!"

순간, 정여진이 비명을 지르며 창가에 선 보리의 팔을 잡아 끈다. 블랙클론들이 병원 건물 벽면에 까맣게 달라붙어 해면체처럼 흐물거리며 위로 기어오르고 있다. 창틀에 손을 걸었던 클론들이 창유리에 손을 대려 하지만 신기하게도 그들의 손은 허공에서 다시 투명 차단막을 만난다. 아무리 두드려도 그들의 손짓은 공허하게 허공에서 너울거릴 뿐이다.

"나를 지켜주고 있어요. 완전하진 않지만 그 텔레파시가 지금 들어오고 있어요. 이 에어스크린은 누구도 열지 못한다고, 걱정하지 말라고……."

병원 건물 벽면을 타고 기어오르던 블랙클론들은 이번에도 에어스크린을 만나자 서로 몸을 부딪치고 뒤섞이며 검은 기류로 변해 입원실 창유리를 암흑으로 뒤덮어버린다. 외부로 열린 공간이 암흑으로 뒤덮이자 형광등이 밝혀진 입원실 공간이 유난스레 두드러져 보인다. 그 시공간에서 두 사람은 움직임을 멈춘 채 서로를 부둥

켜안고 있다. 정여진이 숨을 고르는 사이, 보리가 그녀의 귀에 대고 은밀하게 속삭인다.

"진동이 점점 고조되고 있어요. 강하게, 아주 강하게……."

자정 무렵, 조필규가 몹시 긴장한 표정으로 입원실로 들어온다. 그를 따라 입원실 입구를 지키던 두 명의 경호원도 따라 들어온다. 잠시 문이 열린 사이, 조필규가 데려온 여러 명의 건장한 경호 인력이 출입문을 등지고 서 있는 게 보인다. 두 명의 경호원과 조필규가 주고받는 대화를 통해 블랙클론들이 병원 복도에서 거짓말처럼 사라졌다는 사실이 확인된다. 입원실 창을 뒤덮었던 암흑 장막도 걷히고 없다. 하지만 놀라운 사실 한 가지가 더 추가된다. 원래 복도를 지키고 있던 사람들, 블랙클론들의 출현으로 계단 출입문 밖으로 추방되었던 사람들이 다시 원래의 자리로 돌아와 복도를 지키고 있다는 사실이 알려진다.

보리는 비스듬히 세운 침대에 등을 기댄 채 뉴스를 보고 있다. 몇 시간 전에 병원 상공에 나타났던 미확인비행물체들에 대한 뉴스가 벽에 걸린 TV에서 보도되고 있다. 하지만 아주 짧게, 목격자들의 동영상 제보를 잠깐 보여주고 화면은 곧장 다음 뉴스로 넘어간다.

조필규는 보리의 상태를 눈으로 살핀 다음 두 명의 경호원과 마주 서서 입을 연다.

"어르신께서 이 선생님을 오늘 밤 중에 다른 장소로 옮기는 게 좋겠다고 하셨는데, 현재 상황에 그게 가능할까?"

"보다시피, 빠져나갈 구멍이 없습니다. 이럴 줄 알았으면 수술이 끝난 직후에 바로 빼돌리는 게 좋았을 텐데요."

어깨가 힘들다는 표정으로 대답한다.

"헬기 같은 걸 띄우면?"

조필규가 답답하다는 표정으로 다시 묻는다.

"헬기를 띄우면 윈치 줄을 내려 환자를 끌어올려야 하는데, 그 소란 속에 저 밖에 있는 애들이 가만히 있겠습니까?"

스포츠형 머리가 되묻는다.

"그렇겠지? 지금 저 밖에 있는 놈들은 이 선생을 지키러 온 게 아니라 현재 위치에서 이동하지 못하게 감시하고 있는 게 틀림없어. 내가 들어오면서 일일이 소속을 물었지만 한 놈도 대답을 안 해. 저희들끼리도 서로 감시하는 눈치야. 한두 팀이 아니니 공권력으로 해결할 수도 없고, 인력을 더 늘려 복도에서 인해전술로 밀고 나갈 수도 없고…… 정말 난감하구만."

"그렇게 무리하게 일을 진행하다가 사고라도 나면 어쩌게요?"

조필규의 뒤쪽에 서 있던 정여진이 걱정스러운 표정으로 묻는다.

"저들이 저렇게 복도를 차단하고 있는 건 일정한 시간이 지난 뒤에 어떤 액션을 취하겠다는 뜻이야. 그러니 이렇게 손 놓고 있다가 당할 수만은 없잖아. 헬기든 탱크든 불러서 이 선생을 옮기지 않으면 우리가 저들에게 이 선생을 뺏기고 말 거야. 단지 이 선생을 서로 데려가려고 저러는 건지 아니면 다른 의도가 있는 건지도 모르고 말야."

조필규의 설명에 정여진이 다시 묻는다.

"다른 의도라뇨?"

"목숨을 뺏으려는 건지도 모를 일이잖아. 도대체 왜 이런 일이 일어나는 건지 정말 알다가도 모를 일이야. 이게 다 뭐지? 이게 그 세 개의 칩 때문에 일어난 일인가?"

조필규가 난감하다는 표정으로 양손을 흔들어댄다. 그때 침대에 비스듬히 누워 뉴스를 보고 있던 보리가 천천히 몸을 일으키고 정여진이 재빨리 그를 부축한다. 조필규와 두 명의 경호원이 일제히 보리에게 시선을 집중한다.

"이제 시간이 된 것 같아 말씀드리겠는데, 지금부터 제가 이 방에 혼자 있게 해주세요. 저를 다른 곳으로 옮길 필요가 없을 테니 아무 염려하지 않아도 됩니다. 다만 여진 님만 잠시 더 머물러주세요. 제가 붕대를 풀어야 하니 잠깐 저를 도와주고 가면 됩니다."

"아니, 수술 끝난 지 하루도 안 지났는데 그걸 벌써 풀면 어쩌겠다는 겁니까?"

조필규가 놀란 표정으로 묻는다.

"수술한 부위가 다 아물었으니 걱정하지 마세요. 길게 설명드릴 수 없는 일들이니 자리만 비켜주시면 됩니다. 그러면 모든 문제가 다 해결될 겁니다."

조필규는 잠시 더 난감한 표정으로 서 있다가 두 명의 경호원을 돌아보며 나가자고 말한다. 하지만 몸을 움직이려다 말고 그는 문득 뭔가 생각난 듯 다시 보리에게 묻는다.

"그럼 지금 나가면 다시는 이곳으로 들어오지 말라는 말인가요?"

"적어도 내일 아침까지는 그래야 할 겁니다."

조필규와 두 명의 경호원이 입원실을 나간 뒤 보리는 정여진에게 자신의 머리에 감긴 붕대의 마감 처리 지점을 찾아달라고 말한다.

"이거 간호사 불러야 하는 거 아닌가요? 제가 이렇게 함부로 하다가 잘못되기라도 하면 어쩌나요?"

"아무 걱정 하지 말아요. 그들을 부르면 소란만 생기니 우리끼리 해결합시다."

보리의 말을 들으며 정여진은 붕대가 마감 처리된 지점을 찾는다. 머리 뒤쪽, 붕대의 하단에 날클립 처리된 부분을 발견한 뒤에 그녀는 걱정스러운 표정으로 다시 한 번 묻는다.

"정말 이걸 빼도 되는 건가요?"

"그걸 빼고 붕대를 반대로 돌려 풀어주세요."

조심스러운 동작으로 정여진은 붕대가 싸인 반대 방향으로 풀어 나간다. 몇 분쯤 지난 뒤, 그의 두상과 얼굴이 드러나기 시작하자 그녀의 동작은 더욱 조심스러워진다. 붕대를 다 풀어낸 뒤 다시 네모난 부착물들을 발견하고 그녀의 동작은 더더욱 신중해진다. 마지막으로 코, 귀 뒤, 우측 관자놀이의 부착물을 극도로 조심하며 떼어낸다. 세 개를 모두 떼어낸 뒤 그녀는 입을 벌리고 잠시 뒤 입을 가리고 조금 웃었다가 함빡 웃으며, 믿어지지 않는다는 표정으로 그의 두상을 이리저리 거의 360도 회전하듯 스캔한다. 그런 뒤에 짝, 소리가 나게 손뼉을 치며 탄성을 터뜨린다.

"어머, 이건 정말이네요! 불과 몇 시간 전에 수술을 끝냈는데, 어떻게 이럴 수가 있는 거죠? 절개 부위가 의외로 크다고 했는데 어떻게 아무 흔적도 안 남아 있는 거냐구요? 이건 정말 믿어지지 않는 일이에요. 어쩜!"

그녀의 놀람에 아무런 응대도 하지 않은 채 보리는 침대에서 내려와 화장실로 들어간다. 그곳의 세면대 위에 부착된 거울 앞에 서서 자신의 모습을 잠시 주시하던 그는 수돗물을 틀고 두어 번 양손으로 물을 받아 얼굴을 씻는다. 물기로 머리카락까지 쓸어 넘긴 뒤 다시 한 번 얼굴을 좌우로 거울에 비춰본 뒤 그는 밖으로 나와 망설이지 않고 정여진에게 말한다.

"이제 집으로 돌아가세요. 오늘 밤엔 이 공간에 나 혼자 있어야 하니 여진 님이 여기서 고생할 필요 없습니다."

"제가 밤새 곁을 지키면 안 되나요?"

놀라고 당황한 표정으로 정여진은 묻는다.

"그럴 필요 없어요. 저의 진동이 점점 고조되면서 모든 게 완전해져 가고 있어요. 진동이 완전한 상태까지 고조되면 오늘 밤 중에 준비해야 할 것들이 많아요. 현재와 같은 대치 상태는 내일을 넘길 수 없기 때문에 오늘 밤 안에 준비를 끝내지 않으면 모든 게 수포로 돌아갈 수 있어요. 그러니 오늘 밤은 아무 걱정 하지 말고 집에 가서 편히 잠을 자고 내일 다시 병원으로 와줘요. 내일 오전에 여진 님 편한 시간에 병원으로 오면 내가 자고 있을 거예요. 그럼 깨우지 말고 그대로 두세요. 그건 나이기도 하고 내가 아니기도 하니까 이상하게 생각하지 말고 그냥 두면 돼요."

보리가 선 채로 여진의 어깨를 감싸며 말하자 여진은 난감한 표정으로 보리를 올려다본다. 그러다가 천천히 고개를 끄덕이며 보리의 손을 잡고 나직하게 가라앉은 어조로 입을 연다.

"알겠어요. 그렇게 할게요. 무슨 일이 있어도 몸조심해야 해요. 알았죠?"

정여진을 배웅하듯 출입문 쪽으로 걸음을 옮기며 보리는 고개를 끄덕인다. 출입문을 열기 직전, 정여진이 몸을 돌려 그의 가슴에 얼굴을 묻는다. 잠시, 보리는 그녀의 어깨를 감싸 안은 채 걱정하지 말아요, 이건 실재가 아니니까, 하고 속삭인다.

정여진이 떠난 뒤 보리는 출입문 우측의 미닫이 옷장을 연다. 그곳에 그가 응급실에 실려 올 때 입었던 옷들이 종이가방에 넣어져 중간 선반에 놓여 있다. 그는 환자복을 벗고 그 옷들로 갈아입는다. 그런 뒤 정여진이 앉았던 의자에 앉아 무릎에 손을 얹고 눈을 감는다. 좌우로 고개를 움직이다가 다시 눈을 뜨고 침대 위로 올라가 결가부좌 자세를 취한다. 오래잖아 그의 의식 속으로 텔레파시 메시지가 전해진다.

—형제여, 나는 자밀 대사입니다. 상위차원과 3밀도 차원을 오가며 대사단과 함께 지구암흑연대와 싸우는 지구수호연대 및 여러 선한 의지를 지닌 그룹들의 활동을 돕고 있습니다. 나에게는 시리우스에서 온 잉카 형제의 미션을 돕고 진동을 높여 순간이동이 가능하게 하라는 대사단의 결정이 있어 이렇게 접속했습니다. 진동을 높이는 일은 육체 속에 제한된 영적 편재성을 높이는 것이니 시

리우스에서의 기억이 완전하게 회복되면 자연스럽게 이루어지리라 믿습니다. 그러니 지금 이 순간부터는 시리우스에서처럼 고진동 기능을 회복하는 일에 집중해야 합니다. 몸속의 이물질들이 제거되어 진동이 빠르게 고조되고 있지만 부분적으로 불안정한 경향을 보일 때도 많습니다.

—네, 대사님, 그러하리라 믿습니다. 제가 순간이동을 위해 의식의 어느 부분에 집중을 해야 할까요?

—순간이동은 육체를 영적 상태로 바꾸어 일종의 상념체로 시공간을 이동하는 것입니다. 이동한 뒤에는 상념체의 지시로 다시 육체적 형태를 주조합니다. 진동을 극대화시켜 3밀도 차원의 육체를 이루는 입자를 분해해 일종의 전자파 에너지로 바꾸는 것입니다. 그리고 원하는 지점에서 다시 3밀도 차원으로 진동을 약화시키면서 형상을 회복하는 것이죠. 그것을 위해서는 상념을 구분하고, 진동 에너지를 순간적으로 극대화하는 일에 의식을 집중해야 합니다. 순간적으로 전체 이동이 가능하게 하는 방법이 있고 시작 지점에 형상을 남겨두고 이동하는 방법도 있습니다.

—양쪽에 동시에 존재하는 방법이군요.

—그렇습니다. 에너지의 차이는 있지만 사람들은 육안으로 그 차이를 식별할 수 없습니다. 이쪽에 있으면서 저쪽에 있고, 저쪽에 있으면서 이쪽에 있을 수 있는 것이죠. 그리고 필요할 경우 한쪽의 형상을 다른 쪽으로 이동시킬 수도 있습니다. 필요에 따라 적절하게 사용할 수 있는 것이죠.

—그럼 지금 저의 진동 에너지가 어느 레벨 정도인지 감지해 주

세요.

—그것보단 여기서 내가 에너지를 보낼 테니 받아보세요.

몇 초 뒤, 보리의 몸이 거짓말처럼 공중으로 떠오른다. 침대로부터 약 30센티미터 정도 떠올랐다 이내 제자리로 내려앉는다.

—저의 레벨은 아직 많이 부족하군요.

—송과체에 집중하고 이동하고자 하는 공간의 데이터를 입력하세요. 그리고 순간적으로 에너지가 극대화될 때 양미간 사이, 수평과 수직이 만나는 지점에서 점화가 일어나야 합니다. 순간적인 소멸처럼, 순간적인 방전처럼, 그런 다음 시공간 점프가 이루어집니다. 그런 일이 찰나처럼 연속적으로, 거의 한순간에 이루어져야 합니다. 물론 지극히 자연스럽게 연결되고 또한 실현되어야 합니다.

—육체의 밀도는 너무 높고 에너지는 너무 낮아서 진동이 완전하게 고조되지 않네요. 하지만 진동에 대한 기억이 완전하게 복원된 듯하니 한번 시험해 보도록 하겠습니다.

—오호, 때 이른 결정을 내리는군요. 너무 서두르지 않는 게 좋습니다. 어떤 워크인들은 육체적 상태에 제대로 적응하지 못해 오래 고생하는 경우도 있습니다. 하지만 군이 시험해 보겠다면 증폭된 에너지를 신뢰하는 게 좋겠죠.

—첫 시도인데 어디로 이동하는 게 좋을까요?

—가능하면 병원 안에서 이동 연습을 해보세요. 주차장이나 구내식당 같은 곳이면 실수로 추락해도 사람들 눈에 잘 띄지 않을 테니까요.

—잘 알겠습니다. 그럼 지하 주차장으로 가보겠습니다.

—구체적인 장소를 정확하게 지정하지 않을 경우 장애가 발생할 수도 있습니다.

—그럼 상념을 지하 3층 주차장으로 맞추고 시작하겠습니다.

보리는 눈을 감고 순간이동을 위해 자신의 진동 에너지를 극대화한다. 제3의 눈이라 불리는 송과체로부터 양미간 사이의 교차점에 에너지를 모으고 진동을 순간적으로 고조시킨다. 그러자 거짓말처럼 시공간이 바뀌고 그는 어둠침침한 지하 3층 주차장의 구석진 기둥 뒤에 모습을 드러낸다.

벽면과 기둥 사이, 어둠 속에 도열한 몇 대의 차량들이 보인다. 그런데 보리가 선 바로 옆 차량에서 기이한 진동이 일고 있다. 보리가 옆 유리를 통해 안을 들여다보니 흰 가운을 입은 남자와 푸른 유니폼을 입은 여자가 뒷좌석에서 기이한 자세로 서로 뒤엉겨 움직이고 있다. 당황한 보리는 눈을 감고 다시 진동을 고조시키려 하지만 실패한다. 차 안의 커플은 아직 보리의 존재를 눈치채지 못하고 있지만 보리는 순간이동을 위한 집중이 어려워 숨을 죽이고 걸음을 옮긴다. 그리고 옆에 주차된 차를 돌아 집중하기 적절한 어둠 속으로 들어가 다시 자세를 잡는다.

이동-실패, 이동-성공, 이동-실패, 이동-성공, 이동-성공.

그렇게 순간이동 연습이 진행되는 동안 상식적으로 이해할 수 없는 시간이 흐른다. 자밀 대사와 보리 사이의 시간은 일상 세계와 달리 흐르지만 일상 세계에서는 그사이에 새벽이 오고 아침이 오고 병동 전체에 식사 카트가 오가는 시간이 도래한다. 고작 순간이동 연습 다섯 번을 진행했는데, 그 다섯 번의 순간이동 사이에 현실이라고 불리는 시공간에서는 여덟 시간이 흐른 것이다.

—형제여, 이제 모든 것을 원활하게 할 수 있게 되었으니 다음 미션을 진행해야 합니다. 오늘 오전 10시경에 이 병원에 전자감시망이 설치되고 나면 순간이동을 통해서도 밖으로 이동하기 어려운 상황이 올 겁니다. 지구암흑사단의 요원들이 나타나 미션 수행을 위해 지구로 들어온 워크인 체포 작전을 개시할 것이니 그 전에 순간이동을 통해 이곳을 빠져나가야 합니다. 그리고 지시하는 장소에서 지구수호연대와 접선해야 합니다.

—제가 어디로 가면 되죠?

—형제여, 그건 지금 고지할 수 없습니다. 모든 것이 다 시공간에 노출되기 때문에 그 시행 시각 직전에 알려주고 곧바로 순간이동을 진행해야 합니다. 텔레파시를 받는 동시에 이동을 해도 그것은 지구암흑사단에 거의 동시에 노출되니 한순간이라도 순간이동이 빠르게 진행돼야 합니다. 현재 지구 전역에는 지구암흑사단의 감시망이 설치돼 있어 정보를 주고받기도 어렵고 순간이동을 하기도 어렵습니다. 아무튼 잠시 뒤 다시 접속하도록 하겠습니다.

그로부터 15분쯤 뒤 자밀 대사로부터 다시 텔레파시가 전해진다.

—형제여, 지금 즉시 순간이동하세요. 접선 장소는 안국역, 100년 기둥, 100년 충전소!

보리는 눈을 감고 이동 지점을 상념의 좌표로 삼는다. 진동을 극대화하는 그 즉시 보리의 순간이동이 이루어진다. 그 순간, 입원실 출입문이 열리고 정여진이 들어온다. 보리의 순간이동과 그녀의 출현이 거의 동시에 이루어진 것이다. 먹을거리가 담긴 종이가방을 손에 든 채 그녀는 들어서자마자 침대를 주시한다. 순간적으로 긴장하고 순간적으로 안도하는 표정.

보리는 침대에서 편안한 표정으로 잠을 자고 있다.

7#

나는 한 달이 넘는 시간 동안 소설을 쓰지 못했다. 나의 의사와 상관없이 생겨난 일이었으니 이번 경우에도 소설을 '쓰지 않았다'가 아니라 '쓰지 못했다'고 표현해야 옳을 것이다. 그래서 바로 앞의 장을 쓸 때, 다시 말해 보리의 몸에서 세 개의 칩을 제거하는 수술을 진행하는 장면을 쓸 때 하마터면 오열을 터뜨릴 뻔했다. 감정을 제어하느라 작업을 멈추고 여러 번 호흡 조절을 하지 않을 수 없었다. 어떻게 이런 일이 일어날 수 있는가.

참으로 신기하게 느껴진 것은 이제 더 이상 상위자아가 소설에 개입한다는 느낌이 들지 않는다는 것이었다. 그렇다고 소설을 내가 장악해 온전한 창작이 이루어지는 것도 아니었다. 소설의 스토리를 잉카 스스로 써나가는 듯한 편안함. 그런 느낌이었다. 나는 더 이상 소설에 침투하는 나 이외의 에너지 문제로 갈등하며 상위자아와 불편한 관계를 유지하고 싶지 않았다. 어떤 경로를 거치건 소설이 잘 써지면 그만 아닌가.

한 달이 넘도록 한 줄의 소설도 쓰지 못한 저간의 내 심경을 이곳에 모두 옮기는 건 불가능하다. 너무 황당하고 기막히고 어처구니없기 때문이다. 먹을 때는 개도 안 건드린다는 속담이 있다. 개에 빗대 사람에 대한 최소한의 존중심을 강조하는 말일 것이다. 개가 먹을 때와 소설가가 소설을 쓸 때를 견주어 말하자면 지난 한 달 넘게 나에게 일어난 일들은 먹는 개를 걷어차는 일, 엎어치기하는 일, 날려버리는 일과 하등 다를 게 없었다. 내 의지로 아무것도 할 수 없을 때 느끼게 되는 인간됨의 비참함과 비루함을 어떻게 말로 형용할 수 있을까.

알다시피 이보리가 시리우스에서 온 워크인이라는 게 밝혀진 뒤로 상위자아와 나 사이의 갈등은 파국을 맞았다. 문제의 핵심은 내가 상위자아의 꼭두각시라는 자각이었고, 그것에 대해 상위자아는 '영과 혼의 문제'로부터 자유로워지는 것이 내 인생의 마지막 과제가 될 것이라고 선언했다. 뿐만 아니라 그 문제가 해결될 때까지 상위자아에 대한 나의 접속 요구를 용인하지 않을 것이라고도 했다. 그것으로 끝이 아니고 나의 소설 작업에 대한 가호도 더 이상 기대하지 말라고 했다. 창작에 필요한 영감과 가르침과 에너지를 차단하겠다는 냉혹한 선언이었다.

내가 믿거나 말거나 상위자아의 선언과 예언은 그다음 날부터 그대로 집행되고 실행되기 시작했다. 새벽에 일어나 명상을 해도 도무지 에너지가 활성화되지 않았다. 들숨과 날숨이 만나도 몸이 열리지 않고, 아무리 호흡을 주시해도 양미간 사이의 가로세로 교차 지점이 열리지 않았다. 정수리를 열고 상위차원으로 유체 이동을 하는 것도 되지 않고 육체를 에너지로 변환해 우주 에너지와 하나가 되는 유영도 할 수 없었다. 육체는 돌덩어리처럼 경직되고 에너지는 모조리 고갈돼 사막 한가운데 결가부좌를 하고 앉아 있는 것 같았다.

20년 넘게 명상을 했지만 그런 적은 단 한 번도 없었다. 하지만 그 당혹감은 명상에서 그치지 않았다. 소설 작업을 하지 못하게 된 건 물론이고 내 자신의 존재감이 완전히 소거된 듯한 느낌 때문에 나는 극도의 불안감에 시달리지 않을 수 없었다. 명상으로부터 얻은 에너지가 얼마나 지대한 것이었는지, 상위자아와 내가 얼마나 내밀하게 연결되어 있었는지, 그것들이 모조리 소거된 뒤에야 비로소 내가 '아무것도 아닌 것'이라는 걸 뼈저리게 자각할 수 있었다.

그렇게 나흘을 보낸 뒤, 월요일 오전에 어머니가 갑작스럽게 의식을 잃었다. 아무리 불러도 반응하지 않고 아무리 흔들어도 반응이 없는 상태, 나는 그것이 혼수상태라고 판단하고 응급구조대 앰뷸런스를 불러 어머니를 종합병원 응급실로 옮겼다. 상황이 발생하고 응급실까지 가는 동안, 시간은 길지 않았지만 나는 내 인생을 지탱해 온 가장 중요한 요소들이 허망하게 붕괴되는 환영을 보았다. 명상 불가, 유체계 접속 불가, 소설 작업 불가…… 그것도 모자라 이제는 어머니까지!

오후 2시경에 응급실로 들어간 어머니는 온갖 검사를 다 받고 밤 11시경에 입원실로 옮겨졌다. 어머니의 의식이 불명해진 원인은 밝혀지지 않은 채 전해질 균형이 깨지고 신장 기능이 떨어져 일단 신장내과로 입원한 다음 신경내과와 협진을 통해 의식 불명 문제를 해결한다는 것이 병원 측의 설명이었다. 불이 꺼진 4인 입원실 창가에 서서 나는 의식이 없는 어머니를 내려다보며 기이한 환영을 보았다. 그 푸르스름한 병실 침대 위에 어머니가 아니라 내가 누워 있는 서늘한 환영이었다. 더 이상 소설을 쓰지 말라는 경고인가?

다음 날부터 나는 매일 아침 7시에 집을 나섰다. 담당 의사의 회진이 8시부터 시작되기 때문에 7시에는 집에서 출발해야 했다. 장편소설을 집필하던 소설가는 사라지고 한 어머니의 아들로서 자식 된 도리를 다하기 위해 완전히 다른 삶의 회오리 속으로 휩쓸려 들어간 것이었다.

어머니 담당은 여의사였는데 그녀는 회진 때마다 전해질 수치, 염증 수치, 신장 기능에 대해 5초에서 10초 정도 짧고 빠르게 기계처럼 읊조린 뒤 사라지곤 했다. 며칠이 지난 뒤부터는 그녀가 말하는 내용을 내가 대신해도 되겠다 싶을 정도로 판에 박힌 것들이었다. 그녀는 어머니가 정확하게 신장내과에 입원할 환자가 아니라는 생각을 지니고 있는 것 같았고 나도 그것에는 동의하고 있었기 때문에 굳이 캐묻고 자시고 할 건더기가 없었다.

어머니 연세가 80대 중반이고 너무 노쇠한 탓에 육체적 기능을 가지고 시시비비를 가릴 만한 상황이 아니었다. 문제는 어머니의 의식이었다. 여전히 의식을 회복하지 못하고 있는 상태에 대해 신장내과 담당 의사는 신경과와 협진을 해야 하며 뇌파 검사도 준비하고 있다고 했다.

어머니의 의식은 어디로 간 것일까.

나는 침대 옆에 마련된 의자에 앉아 하염없이 떨어지는 수액을 올려다보며 기이한 생각 속으로 빠져들기 시작했다. 육체에 달려 있는 다섯 종의 센서, 즉 눈과 코와 귀와 혀와 손으로부터 색과 냄새와 소리와 맛과 감촉의 정보가 취합되면 그것으로부터 의식이 시작되고 그 의식은 모든 정보를 주관적으로 판단해 '나'를 중심으로 활용한다는 걸 나는 샤카무니로부터 배웠다. 그 모든 색과 냄새와 소리와 맛과 감촉이 다 실재하는 게 아니라고, 그래서 '나'라는 것이 의식하는 것조차도 실재하는 게 아니라고 샤카무니는 가르쳤다. 이것은 나의 것이 아니다, 이것은 내가 아니다, 이것은 나의 자아가 아니다, 라고.

어머니는 다섯 종의 센서가 제대로 작동하지 않고 의식도 제대로 기능하지 못하는 상태에 있는 게 틀림없었다. 그러니 어머니의 상위자아인 영이 있다 할지라도 의식의 주체인 혼은 지금 기능 정지 상태에 있다고 해야 할 터였다. 영은 혼을 타고 혼은 몸을 타고 각각 기능하면서 하나의 생명으로 활동하는 것이 인간인데 지금 어머니는 육체와 혼의 기능이 마비 상태에 빠져 있는 것이었다.

나의 상위자아가 마지막 접속 때 나에게 강조한 내용에 의하면 영은 다차원적으로 혼을 품어주지만 혼에게 제시되는 인생의 미션에는 직접적인 간여를 하지 않는다고 했었다. 그래서 혼에게 카르마가 생기고, 윤회가 지속되는 것이라고 했었다. 요컨대 카르마는 혼이 만드는 것이지 영이 만드는 게 아니라는 요지였다. 거기까지는 논리적으로 납득할 만한 구조를 지니고 있지만 매번 모든 것을 도로(徒勞)로 몰아 사람 환장하게 만드는 결정적인 지점이 있었다.

—영인 나의 입장에서 보자면 너는 혼이다. 인간으로 태어나는 것도 혼이고 죽은 뒤에 영계로 되돌아오는 것도 혼이다. 하지만 그 혼은 나의 일부이다.

영과 혼은 같은 것이라고 말할 수 없는 것이다. 그것은 역할과 기능이 완전히 다른 것이고 그렇기 때문에 부르는 명칭도 다른 것이다. 그런데 왜 마지막에 가서는 항상 혼을 영의 일부라고 품어버리는가. 품어버려서 그 구분과 다름을 모호하게 만들어버리는가.

내가 지닌 불만의 핵심은 그것이었고 나는 그것을 집요하게 알고 싶어했다. 내가 운전하는 내 소유의 차를 '나의 일부'라고 말하는 건 3차원 지구에서도 과장된 메타포로 받아들여질 것이다. 아무리 자기 차를 사랑한다고 해도 그것을 자신의 일부라고 내세우는 건 허세와 다를 게 없다. 요컨대 운전자와 자가용, 게이머와 게임 캐릭터 식으로 표현하면 문제될 게 없을 것이다. 영의 탈 것인 혼, 혼의 탈 것인 몸—그 삼위일체로서의 영혼육.

나는 매일 아침 7시에 병원으로 출근하고 해질 무렵에 퇴근했다. 간호와 간병을 함께 하는 포괄 병동이라 정해진 시간 이외에 병문안하는 걸 철저하게 통제하는 병원이었다. 나는 더 이상 장편소설에 대한 생각을 지속할 수 없는 현실에 포박당해 있었다. 운전을 하고 집으로 돌아오는 길에 석양빛이 눈을 찔러 앞이 보이지 않을 때가 많았다. 하지만 아무것에도 반응하지 않는 무기질 인간처럼 나는 무감각하게 전방만 내다보며 가속페달을 밟았다.

하루하루, 그렇게 살아갔다. 그럴 때 나에게는 혼이 없는 것 같았다. 혼이 있어도 사용할 수 없는 상태, 예컨대 주어지는 프로그램에 순응하는 일 말고 달리 할 수 있는 게 없는 기계적 인간. 그럴 때 만약 나의 혼이 뒤집어져 에잇, 쓰펄! 간병이고 나발이고, 소설이고 나발이고, 모조리 개나 물고 가버려! 하고 뛰쳐나가 술을 퍼마시거나 자살을 해버리면 어떻게 되는가.

나를 나라고 생각하게 만드는 주체가 혼이다. 혼은 다섯 개의 센서가 달린 육체를 입고 인생의 기록장치인 마음도 사용한다. 선택적 상황에 처할 때 혼은 자유의지를 구사할 수 있다고 상위자아는 명백한 메시지를 나에게 주었다. 그래서 카르마와 윤회가 생긴다고도 했다. 그렇다면 지금 나의 상황에 정녕 내가 선택할 수 있는 자유의지가 있는가.

어머니가 의식을 잃었기 때문에 내가 소설을 쓰지 못하게 되었다면 그것은 인과의 문제로 간단히 수긍할 수 있을 것이다. 하지만 그 반대로 특정한 에너지가 나로 하여금 소설을 못 쓰게 하기 위해 어머니의 의식을 잃게 만들었다면 어떻게 되는가. 오비이락(烏飛梨落), 까마귀 날자 배 떨어진다는 식의 기막힌 타이밍을 나는 내내 의심스러워하지 않을 수 없었다. 상위자아와의 불화, 그리고 모든 접속 에너지로부터의 차단과 퇴출, 그리고 그 직후에 일어난 어머니의 의식 불명.

의식이 불명해진 어머니를 전제조건으로 두고 소설을 계속 쓰느냐 쓰지 않느냐 하는 건 전적으로 나의 자유의지에 달린 문제라고 할 수 있을 것이다. 그런 전제조건을 설정하고 그 앞에서 쓰느냐 마느냐를 자유의지의 문제로 제시하는 건 정말 야비한 짓이다. 환자 침대 옆에 노트북을 펴고 앉아 소설을 쓸 수도 있겠지. 얼마든지 그럴 수 있겠지. 감성과 감정을 지닌 인간이 아니고 기계적인 터미네이터라면 얼마든지 그럴 수 있겠지. 하지만 소설이 무엇인지를 알고 그 속성과 본질을 아는 에너지라면 그런 전제조건을 설정하지도 않고 그런 전제조건하에서 쓰느냐 마느냐 하는 걸 자유의지의 문제라고 제시하지도 않을 것이다. 내가 어째서 '먹을 때는 개도 안 건드린다'는 속담을 입에 올렸겠는가.

그런 상황에서 소설을 쓴다는 건 원천적으로 불가능한 일, 그것은 자유의지의 문제와는 하등 상관없는 일일 수밖에 없다. 나는 누군가 발로 걷어차는데도 밥을 처먹는 개가 아니고, 발로 걷어차이는 상황을 견디면서까지 먹고자 하는 개일 수 없다. 원천적으로 그건 가능하지 않은 일, 태생적으로 불가능한 일일 수밖에 없다. 그러니 못 쓴다. 그러니 쓰지 못하는 것이다.

결론은 간단하다. 지금 나에게 순차적으로 일어나고 있는 이 모든 일들은 나로 하여금 소설을 쓰지 못하게 만드는 의도된 프로그램의 진행일 뿐이라는 것!

그 지점에서 나는 모든 걸 체념했다. 나로 하여금 소설을 못 쓰게 하는 에너지에 완전히 무릎 꿇고 굴복하고 항복하고 백기를 들었다. 두 손 두 발 다 들고, 그 이상의 행동을 요구한다면 땅바닥에 배 깔고 엎드려 이마를 땅에 짓찧을 수도 있었다. 피 흘리는 이마를 쳐들고 완전한 항복의 언어를 입 밖으로 꺼낼 수도 있었다.

—주어지는 대로, 원하는 대로, 있는 그대로, 오직 당신의 뜻대로!

✳

병원 생활이 열흘쯤 지났을 때였다. 어머니 침대 맞은편에 있는 93세 김말례 노파 침대 옆에 50대 중후반쯤으로 보이는 아주 특이한 차림새의 거구가 나타났다. 회색 개량한복 차림에 밀짚모자를 쓰고 목에는 흰 수건을 둘러 언뜻 〈나는 자연인이다〉에 출연한 사람을 떠올리게 했다. 피부색이 전체적으로 검붉고 눈이 부리부리한 게 산에서 마주치면 가만히 서 있기만 해도 산적으로 보여 사람들이 줄행랑을 놓을 것 같았다. 그가 찾아온 김말례 노파는 내 어머니와 다를 바 없이 의식을 회복하지 못한 채 혈관 영양제를 맞으며 연일 잠만 자고 있었다.

"그쪽도 들고나는 혼이요?"

나는 휴대폰을 들여다보다가 화들짝 놀라 고개를 들었다. 맞은편 침대의 노파에게 건넨 말인 줄 알았는데 놀랍게도 그가 내 옆으로 와 어머니를 내려다보며 묻는 말이었다. 그가 묻는 말이 무슨 의미인지 선뜻 알아차리지 못해 나는 두 눈을 치뜨고 퍼뜩 의자에서 몸을 일으켰다. 마주 서니 키가 나와 거의 같았다. 하지만 몸집이 나보다 훨씬 좋고 에너지 파동도 엄청 강하게 느껴졌다.

"그쪽 어머니도 내 어머니처럼 좋은 곳으로 갈 준비를 하는 혼인가 묻는 겁니다. 보아하니 그런 듯하긴 한데."

"들고나는 줄은 모르겠으나 의식이 불명해져서 병원으로 온 건 사실입니다. 하지만 병원에서는 이유도 못 찾고 치료 방법도 못 찾고 있네요."

"에헷, 그런 건 이유도 없고 치료 방법도 없는 겁니다. 그냥 갈 때가 가까워져서 그런 것뿐이니까요. 차원의 경계를 넘나들며 몸을 떠날 준비를 하는 거죠. 오고가는 생사를 두고 이런 병원에서 뭘 할 수 있겠습니까."

그가 말을 거침없이 하는 바람에 나는 응대할 엄두도 내지 못한 채 신기한 눈빛으로 그의 면모를 주시했다. 그러자 자신을 주시하는 나에게 그가 엉뚱한 제안을 했다.

"밥때도 됐는데 나가서 같이 순대국밥이나 한 그릇씩 말아 먹읍시다. 병원으로 오다 보니 길 옆에 식당이 있던데."

이 무더운 여름날 점심에 순대국밥을? 나는 순간적인 저항심이 일었지만 거부하지 못했다. 병원에 있다 보면 병원 에너지에 동화돼 생명의 기운이 자연스레 위축되는 게 느껴지는데 이 사람은 병원 에너지와 당최 다른, 그러니까 정반대의 원시적인 에너지를 지니고 있는 것 같아 도무지 그것을 물리칠 엄두를 낼 수 없었다.

병원 본관 건물에서 순대국밥집까지 걸어가는 10여 분 동안 그와 나는 대화를 주고받지 않았다. 병원 로비와 입구에는 환자와 보호자들의 움직임이 불안정하게 뒤섞여 언뜻 야전병원을 떠올리게 했다. 하지만 그와 내가 대화를 주고받지 않은 이유는 그런 어수선한 주변 분위기 때문이 아니라 그의 걸음이 너무 빨라 도저히 대화를 나눌 만한 보행 속도를 유지할 수 없어서였다. 걸을 때는 걸음이나 옮길 것이지 시답잖게 대화는 무슨 얼어 죽을! 저만치 앞에서 훠이훠이 걸음을 옮기는 그의 뒷모습에서 그런 외침이 들려오는 것 같았다.

"혹시 혼에 대해 좀 아십니까?"

무더운 날씨라서인지 순댓국밥집에는 손님이 별로 없었다. 의자에 앉자마자 나는 그를 뒤따라오며 지속적으로 묻고 싶었던 것을 단박 입 밖으로 꺼냈다. 그러자 물수건을 들어 손을 닦던 그가 갑자기 동작을 멈추고 미간에 힘을 주며 나를 노려보았다. 뭔지 모르게 켕기는 기분이 들어 나는 덧붙였다.

"그냥, 아까 저희 어머니를 보면서 들고나는 혼이라는 표현을 하시길래…… 사실 저도 저희 어머니 혼이 현재 어떤 상태인지 몹시 궁금해하고 있거든요. 저렇게 의식불명 상태인데도 혼이 정상적으로 기능한다고 할 수 있는 건가요?"

동작을 멈추고 비스듬한 자세로 앉아 있던 그가 돌연 물수건을 손에서 내려놓고 식당 내부를 재빨리 휘둘러보았다. 그러더니 단박 나의 손목을 낚아채며 이리 오시오, 하고 말했다.

"아니, 갑자기 왜?"

주변 사람들은 그와 내가 순간적으로 시비가 붙어 싸움을 벌이려는 줄 알고 일제히 시선을 집중했다. 하지만 그는 아랑곳하지 않고 가장 안쪽 벽면 옆의 테이블로 나를 이끌어 맞은편 의자에 앉게 했다. 그러고는 서빙하는 아줌마를 불러 순대와 술국 그리고 소주를 달라고 했다.

"혼에 대해 알고 싶은 게 뭐요?"

주문을 한 뒤에 그가 다짜고짜 물었다. 그의 태도에 나는 본능적인 경계심을 느끼지 않을 수 없었다. 그래서 그의 잔에 소주를 따르고 그가 따라주는 소주를 받으며 짧은 동안 생각을 정리하지 않을 수 없었다. 자칫 입을 잘못 열었다간 부질없고 허망한 낮술 상대로 전락해 봉변을 당할 수도 있겠다는 생각이 섬광처럼 뇌리를 스쳐간 때문이었다. 지금은 계속 안 좋은 일, 나에게 도움이 안 되는 일만 생기는 시기가 아닌가.

"그럼 초면이지만 실례를 무릅쓰고 제가 궁금해 하는 핵심을 꺼내보겠습니다. 저는 영혼육의 시스템에서 영과 혼의 관계가 어떻게 설정되고 작동되는지 그걸 알고 싶어하는 사람입니다. 정확하게 어디까지가 영의 영역이고 어디까지가 혼의 영역인지 그게 알고 싶은 거죠. 요컨대 혼이 구사하는 게 자유의지라고 할 수 있는지, 아니면 영의 꼭두각시놀음인지."

나는 그 정도 떡밥이면 족할 거라고 생각했다. 그걸 알아들으면 더 대화할 것이고 그렇지 않으면 후딱 식사를 끝내고 자리를 뜰 생각이었다.

"좋소, 우리는 오늘 이후에 다시 만나지 못할 인연이니 통성명 같은 건 나누지 말고 핵심에 대해서만 대화하도록 합시다. 형씨가 알고 싶어하는 바로 그 문제를 나도 오랫동안 부둥켜안고 나뒹굴어 왔으니 우리가 오늘 노친네들을 빙자하여 이렇게 인연의 고리를 형성한 것도 다 하늘의 뜻이라고 생각하면 될 것이오. 이 세상에 우연이란 없으니까 말이요."

건배한 뒤에 그는 말을 이었다.

"영과 혼의 관계를 정확히 알고자 하는 건 형씨가 인간이란 존재에 대해 미련이 많아서 그럴 것이오. 인간 중심으로 생각하고자 하는 의식의 습성 말이오. 아니라고 할 수 있습니까?"

"아니라고 할 수 없습니다."

"그럼 인간이 눈뜬 허깨비라고 하면 믿겠습니까?"

"혼이 의식을 구사하는데 어찌 허깨비이기만 하겠습니까?"

"어쨌거나 형씨는 기를 쓰고 영과 혼을 이분법적으로 분리시키고 싶어하는 것 아니오?"

"나눌 수 없다는 말씀인가요?"

"바다 앞에 서서 하늘과 바다를 정확하게 구분할 수 있다고 생각하는 것과 그것이 무엇이 다른 거요? 앞으로 가면 갈수록, 뒤로 가면 갈수록 하늘과 바다의 구분이 계속 달라지는데 말이요."

"그렇다고 해도 하늘과 바다가 한 덩어리는 아니지 않습니까."

"그럼 형씨의 오장육부는 하나하나 낱 단위로만 기능합니까? 몸 안에 있는 모든 기관들이 어느 한 부분도 소외시키지 않고 모두 연결되어 하나의 몸을 이루고 있는데 그걸 어떻게 낱 단위로 존재한다고 말할 수 있습니까? 영혼육도 그렇게 한 덩어리로 작동하면서 우주적인 활동을 하는 겁니다. 인생이 설령 영의 주도로 전개된다고 해도 그 영의 주도는 우주 전체와 연결고리를 이루어 거기서도 분리할 수 없는 하나가 됩니다. 그러니까 영이 곧 혼이고 혼이 곧 영이다, 하는 겁니다."

오, 마이 갓! 나는 손을 들어 이마를 짚었다. 여기서 또 결정적인 벽을 만나는구나. 그래서 나는 소주잔을 단번에 비우고 발작을 일으키듯 상체를 흔들어댔다. '영이 혼이고 혼이 영이다'라는 식의 상투적인 표현에 나도 모르게 진저리를 쳐댄 것이었다. 다음 순간 나는 미묘한 좌절감을 느끼며 고개를 푹 떨궜다. 그러자 그가 내 심중을 헤아리기라도 한 듯 다른 버전으로 얘기하기 시작했다.

"앞서 한 말이 마음에 들지 않는다면 다른 방식으로 얘기해 보겠소. 우주는 하나의 의식입니다. 그것을 굳이 나누자면 진동의 고저 원리에 따라 여러 차원으로 나뉘게 됩니다. 그 차원이 7차원 혹은 11차원까지 있다고 말하는 사람도 있고 18차원까지 있다고 말하는 사람도 있고 또 다르게 말하는 사람도 있습니다. 하지만 모든 차원에는 서로 다른 생명의 형태들이 고유의 진동에 맞게 존재합니다. 창조된 모든 것들은 의식을 지니고 있고 그것들은 의식 활동을 통해 개체적인 영혼으로 진화하게 됩니다. 그리고 개체적인 영혼이 되면 거의 본성적으로 더 높은 영적 차원으로 자신을 구현하며 근원적인 창조 에너지와 합일하는 과정으로 나아가고자 합니다.

각 차원의 수준에 따라 혼을 필요로 하는 영들이 있고 혼을 필요로 하지 않는 영들이 있습니다. 아직 발전도상에 있는 영들은 우리가 살고 있는 3차원 같은 곳에서 혼과 육을 사용하며 영적 진화를 도모합니다. 인간들이 3차원 세상에서 열심히 살면서 인생학습을 하는 것처럼 보이지만 그 모든 활동의 궁극은 모두 영에게 귀결된다는 것입니다."

"그러니 인간이 수레이고 탈 것이고 꼭두각시이고 게임 캐릭터라는 것 아닙니까?"

"허허, 제대로 알고 계시는군요. 실제로 그렇습니다. 영과 혼은 명백히 다른 것입니다. 혼은 개체적 인격을 지니고 있고 기억과 지성과 정신을 지닌 '나'라는 자아의식입니다. 우리가 '나'라고 내세우는 의식 주체가 바로 혼인 겁니다. 하지만 영은 우주의 근원 에너지와 연결된 창조주적인 면모를 지닌 에너지입니다. 혼은 의식이지만 영은 차원이 다른 근원 에너지이기 때문에 개체적인 동시에 집단적인 연결 구조를 지니고 있습니다. 우리가 말하는 윤회의 주체는 영이 아니고 혼입니다. 모든 인간들이 다르듯 모든 혼의 의식 에너지는 살아 있는 동안 자신의 개성을 구사함으로써 카르마를 만들고 그것으로 인해 윤회전생을 반복하게 됩니다."

"거기까지는 저도 압니다. 제가 알고 싶은 건 말이죠, 그렇게 사용되던 혼이 나중에 어떻게 처리되는가 하는 겁니다. 더 이상 사용 용도가 없어지면 지구상의 탈 것들처럼 폐차 처리되나요? 아니면 블랙홀이 빨아들여 우주적으로 완전히 소멸시켜 버리나요?"

나는 다소 비감한 표정으로 물었다. 그 지점에 생각이 이르면 언제나 비참한 기분이 들곤 했기 때문이다. 용도 폐기라는 말, 쓰다가 버려진다는 말, 그런 것들이 인생과 겹치면 정말이지 세상 살기 싫다는 생각이 들곤 했기 때문이다.

그가 무표정한 얼굴로 나를 건너다보다가 다시 건배를 제안했다.

"이 우주에 생명을 지닌 모든 것들은 소멸되지 않습니다. 진화와 상승 구조가 열려 있기 때문에 어떤 식으로 들여다보아도 모든 것들은 서로서로 연결되어 우주적인 생명의 움직임 속에서 돌고 돕니다. 그런 관점에서 말하자면 혼도 인생 공부를 통해 점차 각성하고 자기 수준을 얻게 됩니다. 사람들이 왜 도를 닦겠습니까? 혼의 수준을 높이고 더 높은 차원을 의식하고 염두에 두기 때문에 그러는 겁니다. 즉, 혼의 의식 수준이 어느 정도에 이르게 되면 자연스럽게 영을 의식하게 됩니다. 사람들 품성 속에서 자연스럽게 신성이 드러나는 시기가 오는 겁니다. 그때 혼은 영을 확실하게 자각하고 자신과 함께 존재함을 알게 됩니다. 그걸 '견성(見性)'이라고 하는 거죠. 바로 그 견성을 통해 영을 닮아가는 마음 수련을 계속하고 나중에는 영과 일체를 이루는 수준에 이르면 모든 카르마가 소멸되고 윤회의 굴레에서 벗어나게 되는 거죠.

혼이 자기 안의 영을 완전히 깨닫고 그 영과 완전한 합일을 이루는 상태에 도달하면 그것을 일컬어 '그리스도'라고도 하고 '붓다'라고도 합니다. 영혼 합일, 다시 말해 영혼 분리 불가의 상태에 도달하는 것이죠. 혼이 그 경지까지 이를 수 있다는 게 놀랍지 않습니까?"

혼이 그 수준까지 이를 수 있다는 게 놀랍지 않느냐는 그의 마지막 물음에는 나에 대한 위로의 뜻이 분명하게 담겨 있었다. 그 지점에서 나는 눈두덩이 욱신거리는 걸 느꼈고, 그것 때문에 소주를 단숨에 비워버렸다. 오랫동안 갈망해 오던 답을 얻은 기분, 어떤 극점을 밟고 선 기분, 예컨대 그런 감동이 느껴져서 나는 고개를 들 수 없었다. 뭔가 뜨거운 것이 자꾸만 눈에서 흘러내려 볼을 간지럽히고 있었다. 오가다 마주친 뜻밖의 인연 앞에서 평생 갈망하던 답을 얻고 이렇게 머리 조아리며 어깨 들썩이게 될 줄 누가 알았겠는가.

그날 그 자리에서 그와 나는 다섯 병의 소주를 비우고 자리를 파했다. 나중에는 술에 많이 취했기 때문에 기억이 가물가물하지만 그는 경북 청량산 밑에서 취미 삼아 장승 깎는 일을 하고 있다고 했다. 그는 본래 특정 불교 종파의 무술을 계승한 승려로 지내다가 환속해 '참새'처럼 살고 있다고 했다. 기억이 가물거리긴 하지만 그가 말한 참새의 의미가 '참된 자유를 갈망하는 새'가 아니었던가 싶은데, 그게 아니라면 그 비슷한 언저리쯤일 것이다. 그가 영혼육에 대해 그처럼 깊은 식견을 가지게 된 것은 젊은 날 종암 스님이라는 선승에게서 배워 품게 된 것이라 했고, 그 스님의 가르침은 불교적인 것과 거리가 멀어 매우 은밀하게 알음알음으로 전해지고 있다고 했다. 아무려나 그가 마지막에 내 어머니에 대해 했던 말만은 기억에 또렷하게 각인되어 있었는데 그것은 이와 같았다.

"나는 우리 김말례 여사께서 떠나신다고 불러서 이렇게 달려왔지만 형씨 어머니의 혼은 금방 떠나지 않을 것이요. 어머니가 기다리는 어떤 시기가 있는 듯하니 병세 때문이라면 걱정을 하지 않아도 될 것이오. 수명은 사람이 좌우하는 게 아니니까 말이오."

그날 그 자리에서 너무 과음한 나머지 나는 다음 날 아침 담당 의사의 회진 때 자리를 지키지 못했다. 지끈거리는 머리를 이고 병원에 당도했을 때 시간은 어느덧 오전 11시가 가까워지고 있었다. 입원실에 들어가 보니 어머니의 침대도 김말례 노파의 침대도 보이지 않았다. 나는 놀라 간호데스크로 달려가 물었다. 그러자 어머니는 뇌파 검사를 받으러 갔다고 했다. 그리고 놀랍게도 김말례 노파는 새벽 3시경에 심정지로 사망해 침대가 빈 것이라 했다.

순간, 전날 술자리에서 들었던 말이 뇌리를 스쳤다. 김말례 여사께서 불러서 이렇게 달려왔다던 그의 말! 나는 등줄기로 소름이 돋는 걸 느끼며 본관 10층에서 내려와 별관 장례식장 건물을 찾아갔다. 지하로 내려가자 망자와 상주의 이름이 게시된 알림판이 보였다. 두 군데에서 장례식이 진행되고 있었는데 이상하게도 '김말례'라는 이름은 보이지 않았다. 혹시나 싶어 지하 전체를 한 바퀴 둘러보았지만 내가 확인하고 싶어하는 장례식장은 끝끝내 찾을 수 없었다. 몸을 떠난 혼처럼 그들 일체가 나와의 인연 범위에서 홀연히 사라져버린 것이었다.

〈2권에 계속〉

운명게임 1

초판 1쇄 2020년 11월 11일

지은이 | 박상우
펴낸이 | 송영석

주간 | 이혜진
기획편집 | 박신애 · 심슬기 · 김다정
외서기획편집 | 정혜경
디자인 | 박윤정
마케팅 | 이종우 · 김유종 · 한승민
관리 | 송우석 · 황규성 · 전지연 · 채경민

펴낸곳 | (株)해냄출판사
등록번호 | 제10-229호
등록일자 | 1988년 5월 11일(설립일자 | 1983년 6월 24일)

04042 서울시 마포구 잔다리로 30 해냄빌딩 5 · 6층
대표전화 | 326-1600 **팩스** | 326-1624
홈페이지 | www.hainaim.com

ISBN 978-89-6574-079-7
ISBN 978-89-6574-040-7(세트)

파본은 본사나 구입하신 서점에서 교환하여 드립니다.

이 도서의 국립중앙도서관 출판예정도서목록(CIP)은 서지정보유통지원시스템 홈페이지(http://seoji.nl.go.kr)와
국가자료공동목록시스템(http://www.nl.go.kr/kolisnet)에서 이용하실 수 있습니다.(CIP제어번호:2020045427)